COMMENT ENSEIGNER L'HISTOIRE À UN ADO DÉGÉNÉRÉ EN REPOUSSANT LES ASSAUTS D'UNE NYMPHOMANE ALCOOLIQUE

DU MÊME AUTEUR

La Route sanglante du jardinier Blott, Gallimard, Folio, 1986

La Grande Poursuite, Gallimard, Folio, 1988

Le Bâtard récalcitrant, 10/18, 1996

Fumiers et Cie, Belfond, 1997 ; 10/18, 1999

Panique à Porterhouse, Belfond, 1998 ; 10/18, 2000

Quelle famille !, 10/18, 2001

Wilt 3, 10/18, 2005

Wilt 4, Belfond, 2005 ; 10/18, 2006

Wilt 1, 10/18, 2005

Wilt 2, 10/18, 2005

Outrage public à la pudeur, 10/18, 2006

Le Gang des mégères inapprivoisées ou Comment kidnapper un mari quand on n'a rien pour plaire, Belfond, 2010 ; 10/18, 2011

Cancres Ltd et Cie, Omnibus, 2010

TOM SHARPE

COMMENT ENSEIGNER L'HISTOIRE À UN ADO DÉGÉNÉRÉ EN REPOUSSANT LES ASSAUTS D'UNE NYMPHOMANE ALCOOLIQUE

Traduit de l'anglais
par Daphné Bernard

belfond
12, avenue d'Italie
75013 Paris

Titre original :
THE WILT INHERITANCE
publié par Hutchinson, Londres

Ce livre est une œuvre de fiction. Les noms et les personnages sont le fruit de l'imagination de l'auteur et toute ressemblance avec des personnes réelles, vivantes ou mortes, serait pure coïncidence.

Si vous souhaitez recevoir notre catalogue
et être tenu au courant de nos publications,
vous pouvez consulter notre site internet :
www.belfond.fr
ou envoyer vos nom et adresse
aux Éditions Belfond,
12, avenue d'Italie, 75013 Paris.
Et, pour le Canada,
à Interforum Canada Inc.,
1055, bd René-Lévesque-Est,
Bureau 1100,
Montréal, Québec, H2L 4S5.

ISBN 978-2-7144-5028-9

Belfond | un département **place des éditeurs**

place
des
éditeurs

1

EN ROUTE POUR L'UNIVERSITÉ FENLAND, Wilt était d'une humeur de chien. La veille au soir, sa femme Eva et lui s'étaient méchamment querellés au sujet du montant exorbitant des frais de pension de leurs quatre filles selon Wilt, elles auraient très bien pu rester dans leur école au Convent. Mais Eva s'était montrée inflexible : ils devaient envoyer les quadruplettes dans un établissement privé.

— Il faut qu'elles apprennent les bonnes manières, ce qui n'est pas le cas au Convent. Et puis tu jures tellement qu'à ton contact elles deviennent grossières. Ce que je ne supporte pas. Mieux vaut qu'elles s'éloignent de la maison.

— Si tu devais remplir ces paperasses inutiles et enseigner l'informatique aux analphabètes que je me coltine - ils en savent dix fois plus que moi sur ces foutus gadgets -, tu jurerais toi aussi !

Wilt s'était abstenu d'ajouter que, depuis que leurs quatre filles étaient ados, leur répertoire d'obscénités dépassait largement le sien.

— Je n'ai pas les moyens de payer des frais de scolarité, Dieu sait combien d'années encore, juste pour que

Madame ait le plaisir de se vanter auprès de ses foutues voisines que ses chères filles fréquentent une boîte privée. Le Convent coûtait déjà une petite fortune...

Soirée pleine d'acrimonie, donc. Car Wilt n'avait rien exagéré : avec son maigre salaire, comment régler le pensionnat des quadruplettes tout en maintenant le modeste train de vie auquel sa famille était habituée ? Directeur du prétendu département des techniques de la communication, il était moins payé que les chefs des départements académiques, bombardés professeurs depuis que le collège d'arts et de technologie Fenland avait acquis le statut d'université. Résultat, ses collègues gagnaient bien plus que lui. Une discrimination qu'Eva n'avait cessé de lui rappeler durant leur prise de bec :

— Si tu avais eu la présence d'esprit de t'en aller voilà des années, comme Patrick Mottram, tu aurais pu trouver un poste convenable avec un salaire digne de ce nom dans une vraie université. Mais non ! Oh, non ! Monsieur a voulu rester dans ce collège technique de bas étage parce que Monsieur y avait « trop d'amis pour le quitter » ! Quelle ânerie ! En vérité, tu es une vraie chiffe molle !

Sur ce, Wilt était parti. Quand il était revenu du pub, résolu à en finir une fois pour toutes avec Eva, c'est elle qui était partie se coucher sans l'attendre.

Le lendemain, en pénétrant dans le parking de l'université, Wilt s'avoua qu'elle avait raison. Il aurait dû démissionner depuis des années. Il détestait le département des techniques de la communication, et il aurait pu compter sur un seul doigt les amis qui y étaient restés. Il aurait aussi dû quitter Eva. C'est vrai, quelle idée d'avoir épousé ce tyran infernal qui ne faisait jamais rien à moitié ! Pour preuve ? Les quadruplettes !

Son moral chuta d'un cran supplémentaire à l'évocation de ses filles, quatre copies conformes de leur abominable mère, aussi vociférantes et autoritaires qu'elle. En fait, encore plus vociférantes et autoritaires qu'Eva, puisque multipliées par quatre. Toujours à se disputer et se bagarrer, elles étaient pour beaucoup dans son manque d'ambition.

Quand elles étaient bébés, entre les couches, les biberons et les horribles petits pots qu'Eva les forçait à avaler, Wilt avait fondé de grands espoirs sur sa progéniture, imaginant pour chacune de ses filles un avenir des plus prometteurs. Mais en grandissant leur conduite était devenue atroce. Elles torturaient les chats, importunaient les voisins – sans qu'on puisse jamais désigner la coupable tant elles se ressemblaient. « Au moins, se disait-il, maintenant qu'elles sont pensionnaires, elles sont à la charge de quelqu'un d'autre. » Mais l'addition était drôlement salée.

Wilt se réjouit en découvrant une enveloppe scellée sur son bureau. L'administrateur en chef, Mr Vark, l'informait que sa présence n'était pas requise à la réunion du comité des nominations académiques créé depuis peu. Wilt remercia Dieu : il aurait été incapable de survivre à ce genre de session interminable où l'on remuait force papiers en prononçant des jugements définitifs sur des sujets sans objet.

De bien meilleure humeur, il alla inspecter les salles de classe, vides pour la plupart ou fréquentées par quelques étudiants en train de jouer sur les ordinateurs. Le trimestre s'achevant dans une semaine et la période des examens étant terminée, maîtres et élèves faisaient l'école buissonnière – à supposer que ces fainéants d'étudiants aient auparavant fait acte de présence. De retour à son bureau, Wilt s'attelait au planning du trimestre suivant quand Peter Braintree, professeur d'anglais, passa sa tête par la porte.

— Henry ? Tu viens à la nouvelle réunion débile de Vark ?

— Oh, que non ! Vark m'a demandé de ne pas y assister. Et, pour une fois, j'obéis.

— Tu as bien raison. Fichue perte de temps ! Si seulement je pouvais sécher moi aussi, j'ai des tonnes de copies à corriger...

Braintree marqua une pause.

— Tu ne pourrais pas par hasard me...

— Pas question ! répondit fermement Wilt. Corrige tes copies tout seul. Tu ne vois donc pas que je suis occupé ?

Il lui flanqua l'emploi du temps sous le nez et poursuivit :

— Je cherche le moyen d'inclure l'avenir digital dans les cours du jeudi après-midi.

Braintree avait depuis belle lurette renoncé à comprendre les obscures formules de Wilt. Il se contenta de hausser les épaules et de laisser la porte se refermer bruyamment derrière lui.

Wilt lâcha les problèmes d'horaires – tâche rebutante entre toutes –, et passa le reste de la matinée à remplir les formulaires concoctés quotidiennement par l'administration pour justifier la présence dans ses bureaux d'un personnel encore plus pléthorique que les maîtres de conférences.

— J'imagine que ça évite à ces connards de traîner dans les rues, marmonna-t-il pour lui-même. Et de gonfler le nombre des soi-disant étudiants pour faire baisser les chiffres du chômage.

Sa mauvaise humeur recommença à monter.

Après le déjeuner, il s'assit pendant une heure dans la salle des professeurs pour lire les journaux empilés là. Comme d'habitude, ils étaient farcis d'histoires atroces. Une femme enceinte avait été frappée à coups de couteau, sans motif apparent, par un gamin de douze ans ; quatre voyous avaient tué un vieillard à coups de pied dans son garage ; quinze assassins déments avaient été relâchés de l'asile psychiatrique de Broadmoor après cinq ans de détention - ils s'étaient abstenus de toute action criminelle pendant ce laps de temps. Et ça, c'était dans le *Daily Times* ! Wilt tâta du *Graphic*, dont le contenu s'avéra également écœurant. Finalement, ayant évité les pages politiques pleines de mensonges, il décida d'aller prendre l'air.

Il faisait le tour du parc quand il remarqua une silhouette familière assise sur un banc. En s'approchant, il eut la surprise de découvrir son vieil adversaire, l'inspecteur Flint. Il s'assit à côté de lui.

— Qu'est-ce que vous fichez là, monseigneur ?

— En fait, je me demandais ce que vous-même fabriquiez.

— Rien de passionnant. J'aurais cru que vous seriez accaparé par quelque chose que vous seriez capable de mener à bien.

— Comme quoi ?

— Arrêter des innocents, peut-être. Une de vos spécialités. Tenter de vous convaincre que ce sont des criminels. Vous m'avez pris pour l'un d'eux quand j'ai été assez bête pour jeter cette poupée gonflable dans un trou, mais j'étais ivre, et c'était il y a des années.

Flint hocha la tête.

— En effet. Mais ensuite il y a eu les histoires de drogue et de terrorisme sur Willington Road. Vous avez été compromis dans ces affaires pourries. Sans doute pas volontairement, mais il est curieux de constater que vous avez le chic pour vous mettre dans des situations délicates. Il doit y avoir du bandit en vous pour que vous soyez ainsi impliqué dans ce genre de délits, vous ne croyez pas ?

— Pas du tout. Mais je reconnais, inspecteur, que vous avez une imagination fantastique.

— Pas moi, Henry. Sûrement pas. Je ne fais que répéter les paroles de votre vieil ami et mon cher collègue, Mr Hodge - pour vous, c'est le commissaire Hodge, bien sûr. Et je peux vous dire qu'il n'a pas oublié le bourbier dans lequel vous l'avez plongé avec cette affaire de drogue. D'ailleurs, il ne s'en est jamais remis. Pour être franc, je suis convaincu que vous seriez incapable de commettre un crime même si on vous le présentait sur un plateau d'argent. Vous êtes un baratineur, pas un homme d'action.

Wilt soupira. L'inspecteur avait sacrément raison. Mais avait-on besoin de lui rappeler sans cesse qu'il n'était qu'un incapable ?

— Penser à moi est une chose, mais qu'est-ce que vous faites assis sur ce banc ? Vous êtes à la retraite ?

— J'y ai pensé sérieusement. Je vais peut-être la demander. On ne me donne plus rien d'intéressant à faire à cause de ce salaud de Hodge. Il épouse la fille du directeur de la police et dégote une promotion au poste de commissaire pendant que je me retrouve cloué à mon bureau à remplir des papiers et à régler des questions administratives. Emmerdant comme la pluie.

— Bienvenue au club ! laissa échapper Wilt qui pourtant détestait cette expression. J'en suis là moi aussi. Des formulaires, des plannings, des paperasses de toutes les couleurs... et vous savez ce que j'y gagne ? Eva me fait la gueule parce que j'ai un salaire de misère alors qu'elle veut envoyer les filles dans un pensionnat hors de prix. Dieu sait comment on va tenir à ce train-là.

Ils continuèrent à bavarder, pestant contre la situation économique et les hommes politiques en général, sans voir le temps filer. Lorsque Wilt consulta sa montre, il était plus tard qu'il ne le pensait. Il se demanda si la réunion du comité des nominations académiques était terminée.

Après avoir salué Flint, il regagna son bureau. Il était plus de quatre heures quand Braintree passa à nouveau la tête par l'encadrement de la porte, et lui annonça qu'il s'était esquivé pour pisser tandis que le comité continuait à s'en donner à cœur joie.

— Tu as eu le nez creux de ne pas t'y pointer, même si Vark t'en avait dispensé. Ils n'arrêtent pas de s'engueuler, surtout au sujet de l'actualité. En tout cas, à six heures, je file. Tu peux m'attendre ?

— Pourquoi pas ? Je n'ai rien de mieux à faire... Une chance que je me sois mis aux abonnés absents, murmura Wilt dès que Braintree eut disparu.

Il passa le reste de l'après-midi dans la salle des professeurs, ressassant le diagnostic de l'inspecteur Flint sur sa tendance à se mêler d'affaires criminelles. « Je suis un baratineur, pas un homme d'action ! » se dit-il. Il aurait donné n'importe quoi pour retrouver son vieux Fenland Tech. À cette époque, il avait l'impression de faire un travail utile, même si cela revenait à discuter avec des apprentis techniciens pour les amener à réfléchir.

Lorsque Braintree revint, Wilt était au comble du désespoir.

— On dirait que tu as vu un fantôme !

— Absolument. Le fantôme du passé et des occasions perdues. Quant à l'avenir...

— Mon vieux, il te faut un remontant.

— Tu as parfaitement raison ! Une bière ne me suffira pas. Parlons plutôt d'un bon whisky.

— Moi aussi j'en ai besoin, après cette bataille verbale.

— C'était nul à ce point ?

— Disons qu'à la fin ils ont atteint le summum. On va dans quel pub ?

— Vu mon humeur, je suggère Les Armes du bourreau. Un endroit tranquille d'où je pourrai rentrer à pied ou, tout au moins, tituber jusqu'à la maison.

— Excellente idée ! Après quelques tournées, je ne me risque pas à prendre ma voiture. Ces temps-ci, il suffit d'être à un kilomètre d'un bar pour que ces salopards vous demandent de souffler dans leurs conneries de ballons.

Le pub était vide, et aussi triste que son nom. Le barman avait tout l'air d'un ancien bourreau disposé à exercer ses talents sur ses deux clients.

— Alors, ça sera quoi ? demanda-t-il d'un ton rogue.

— Deux doubles scotchs, et allez-y mollo sur le soda, répondit Braintree.

Wilt alla s'asseoir dans le coin le plus lugubre de la salle. La situation devait être vraiment désastreuse pour que Peter Braintree commande des doubles quasi secs. Aussi, quand son ami apporta les verres, Wilt lui lança :

— Allez, crache le morceau ! C'est si terrible que ça ? Accouche, bon Dieu !

— En temps normal, je te dirais : « À ta santé ! » mais étant donné les circonstances, je préfère : « Haut les cœurs ! »

— Je ne veux savoir qu'une chose : on m'a viré ?

Braintree secoua la tête en soupirant.

— Non, tu n'es pas encore sorti de l'auberge. Le vice-chancelier a sauvé ta tête. Ou plutôt le vice-proviseur, comme on dit maintenant. Désolé, je sais ce que tu penses des nouveaux titres. Vois-tu, c'est Mayfield qui présidait la séance, et tu n'es pas un de ses chouchous.

— C'est le moins qu'on puisse dire ! s'exclama Wilt.

— Ouais. Seulement, il déteste le Dr Board encore plus. Mais vu que Board est le directeur des langues vivantes, et qu'elles sont vitales si on veut que notre établissement conserve son statut d'université, Mayfield était bloqué. Alors, comme tu es un ami de Board et comme Mayfield ne t'aime pas, ça commençait à sentir le roussi pour le département des techniques de la communication...

— Tu veux dire que mon job est en jeu ?

— Oui, mais attends ! Le vice-proviseur est venu à ton secours en faisant remarquer que ton département a le plus grand nombre d'étudiants de l'université, et que, puisque les maths ont disparu des curriculums et que les sciences sont au plus bas, on ne peut pas se passer de la tech com. C'est-à-dire de toi.

— Comment ça ? Ils pourraient trouver quelqu'un pour me remplacer...

— Le vice-proviseur n'y songe pas. Il a coincé Mayfield en lui proposant ton poste, mais Mayfield s'est défilé en disant qu'il refusait d'avoir affaire aux hooligans de ton département. Oui ! Il s'est bien fait avoir ! Mayfield était blanc comme un linge, mais le vice-proviseur ne l'a pas lâché. Il a dit que tu maniais ces brutes très adroitement...

— Voilà qui est tout à fait correct de sa part. Il a vraiment dit « adroitement » ?

— Absolument, et Board en a rajouté une couche : il a rappelé que tu avais un véritable don et des années d'expérience, pour te colleter avec des types que lui n'approcherait pas sans un AK47 ou un autre engin d'artillerie lourde. À un moment, il t'a même qualifié de « sorte de génie ».

Wilt avala une gorgée de whisky.

— J'avoue que Board a toujours été un bon copain. Mais il est un peu dépassé par les événements. Normal que Vark ne veuille plus de moi.

Il fixa avec tristesse le fond de son verre et reprit :

— Ce sont peut-être des hooligans, mais certains de mes gars ont un cœur en or. Ce qui est important, c'est de les laisser faire ce qu'ils aiment.

— Quoi ? Passer leur temps à jouer en ligne ou visiter des sites porno ?

Wilt secoua la tête.

— Ils n'ont pas accès à ces sites. J'ai demandé à des techniciens du département d'informatique d'en bloquer les accès. Et puis, les sites les plus X coûtent cher et mes gars n'ont pas de cartes bancaires. Sauf, évidemment, s'ils les ont volées, mais en général ces cartes-là ne marchent pas sur Internet.

— Mayfield se trompait donc quand il disait qu'on n'aurait jamais dû te fournir tous ces ordinateurs.

Wilt termina son whisky.

— On n'aurait surtout jamais dû fermer le vieux collège. Mais j'ai un truc à fêter : on ne m'a pas viré et le vice-proviseur n'est pas près de démissionner. Il perçoit un énorme salaire, cet enfoiré de malheur, et, tant qu'il reste, notre cher Pr Mayfield est pieds et poings liés. Je prendrais bien un autre whisky. Bouge pas ! Je m'en occupe.

Cette fois-ci, il commanda des triples.

— J'aurais aimé voir la gueule de Mayfield. Il n'est pas plus professeur que moi. Buvons à la santé du vice-proviseur... et du Dr Board.

2

MALGRÉ L'ALTERCATION DE LA VEILLE AVEC HENRY, Eva passa une excellente journée – la meilleure depuis très longtemps, même. Il y avait des mois qu'elle cultivait sa relation avec une dame de la haute : celle-ci venait très régulièrement à la maison de retraite Harmony où Eva faisait du bénévolat. Lady Clarissa, qui habitait North Fenland, rendait visite une fois par semaine à son oncle, un colonel à la retraite qui avait perdu une jambe lors de la Seconde Guerre mondiale.

En arrivant, elle annonça à Eva :

— J'ai trouvé une maison parfaite pour oncle Harold. Elle s'appelle Le Dernier Poste, est située tout près d'ici sur Clarton Road, à deux pas du cabinet d'un médecin. Mais le plus important, c'est que les pensionnaires sont tous d'anciens officiers et que le fils de la femme qui s'en occupe est également militaire. Bien sûr, il n'était pas dans l'armée pendant la guerre de mon oncle : il est bien trop jeune, il ne devait même pas être né... mais il a sûrement servi comme gradé quelque part. À l'heure actuelle, il travaille à l'hôtel de L'Ours noir. En fait, d'après sa mère, il en est le responsable. Il enfile parfois son ancien uniforme et elle est follement fière de lui.

Enroulé dans une couverture écossaise et assis dans une chaise roulante à côté de Lady Clarissa, son oncle lui jeta un regard torve en déclarant qu'il refusait de vivre dans un lieu appelé Le Dernier Poste, car tel était le nom du chant des morts qu'on jouait aux enterrements militaires et qu'il l'avait assez entendu.

— J'ai visité des tas d'endroits beaucoup moins bien, et la gérante serait ravie de t'accueillir, répondit Lady Clarissa. Elle a un fils officier et tu auras droit à un régime de faveur.

Elle se tourna vers Eva pour lui expliquer :

— Mon oncle a perdu une jambe à Arnhem.

Le vieil homme la reprit vertement :

— Non, en traversant le Rhin ! Pourquoi faut-il donc toujours que tu racontes n'importe quoi ?

— Eh bien ! C'était en Europe, non ?

Oncle Harold força le ton :

— En Allemagne, bon sang ! Et les femmes ? J'imagine qu'il n'y a là que de vieilles toupies. J'en ai vu suffisamment.

Lady Clarissa soupira :

— Il n'y a pas de femmes dans cette maison. En dehors de la gérante, évidemment.

Le vieillard n'était toujours pas convaincu :

— Pourquoi fallait-il que tu choisisses une maison de retraite sur Clarton Road ? Il y a un cimetière au bout de la rue !

— C'était ça ou une maison appelée La Fin du voyage. Tiens, j'y pense, c'est juste à côté du crématorium ! Tu préfères ça ?

— Enfer et damnation ! rugit oncle Harold. Pourquoi ne pas dire de l'incinérateur ? Je refuse de faire rôtir les restes de mon corps. Que ces enfoirés de Teutons aient grillé ma jambe après l'avoir fait sauter me suffit !

— Bon, d'accord, je veillerai à ce que tu ne sois pas incinéré. Mais, puisqu'on en parle, où désires-tu être enterré ? Non pas que je sois pressée, mon cher oncle...

— Hum ! Ne crois pas que je sois né de la dernière pluie. Tu as d'excellentes raisons pour venir me voir... mais j'aimerais bien les connaître. Dieu sait que je n'ai pas deux pences à mon nom. Après avoir bien réfléchi, j'ai décidé d'être enterré au Kenya, où je suis né et où j'ai grandi.

— Mais c'est en Afrique ! Ça va coûter une fortune de te transporter là-bas... et c'est trop loin pour que la famille vienne te voir.

— C'est le cadet de mes soucis ! Alors que je suis toujours en vie, je n'ai vu personne depuis des années. Quelle différence ça fera quand je serai mort ?

— Oh, ce n'est pas gentil de ta part de dire ça, d'autant que ce n'est pas vrai ! protesta Lady Clarissa. Je te rends visite chaque semaine. Qu'est-ce que je ferais si tu étais enterré au Kenya ? Je n'ai personne à voir dans ce coin perdu. Excuse-moi de te le dire, mais tu exagères, surtout que je t'ai trouvé une maison épatante.

— Sans doute, mais elle pourrait avoir un nom un peu plus gai.

— Bon, si elle ne te plaît vraiment pas, j'en chercherai une autre, concéda Lady Clarissa en soupirant.

Elle embrassa son oncle sur le front et s'en alla en maugréant.

Lady Clarissa se rendit au parking en même temps qu'Eva et lui confia ce qu'elle avait sur le cœur :

— Mon oncle n'est pas la personne la plus facile qui soit. Enfin, voilà, je suis prête à retourner à l'hôtel, et ravie que vous puissiez vous joindre à moi pour le déjeuner. Prenons donc ma voiture.

Elles montèrent dans sa Jaguar et se rendirent à L'Ours noir en silence.

Lady Clarissa s'enquit de ce qu'Eva désirait comme apéritif.

— J'aimerais un doigt de porto, répondit-elle.

Mais on lui servit un sherry Tio Pepe alors qu'elle ne buvait que du porto doux. Lady Clarissa, elle, prit un double dry martini dont elle avala une bonne dose avant de s'avachir dans son fauteuil. Et d'attaquer :

— La semaine dernière, Miss Clancy de l'Harmony m'a laissé entendre que votre mari donnait des cours à l'université Fenland. J'imagine que c'est un excellent professeur. Savez-vous à quelle université il a étudié ?

— Cambridge, répondit machinalement Eva, qui n'en avait pas la moindre idée.

— Oh, très bien ! Et sauriez-vous par hasard le nom de son collège ?

— À l'époque, je ne le connaissais pas, mais il m'a parlé de Porterhouse.

— Incroyable ! Mon mari y a également fait ses études, et il sera enchanté d'avoir un ancien de Porterhouse chez lui. Quelqu'un à qui parler. Je crains qu'il ne se sente très seul au manoir.

Lady Clarissa marqua une pause avant d'ajouter :

— Dites-moi, ma chère Eva, pensez-vous que votre mari serait disposé à donner des cours d'histoire du niveau bac à mon fils Edward ? J'ai la ferme intention de le faire entrer à Cambridge et mieux encore à Porterhouse.

Eva eut un petit sourire en coin.

— J'en suis sûre. En fait, j'en suis certaine.

— Mais c'est merveilleux ! À l'évidence, Edward aurait dû recevoir une bien meilleure éducation dans cette école minable, et se prétendant publique alors qu'elle était tout à fait privée et coûtait les yeux de la tête. De plus, j'aimerais bien savoir pourquoi tous ces établissements sont toujours situés au milieu de nulle part ! Celui où nous avons envoyé Edward, près de Lidlow, n'a servi à rien. Pensez : même après l'avoir présenté à trois reprises, il n'a toujours pas réussi l'examen d'histoire !

Elle fit signe au serveur.

— Un autre martini, mais cette fois-ci je veux du Tanqueray 50° et moins de Noilly Prat. Dans le dernier, il y avait tellement de vermouth qu'on ne sentait pas le gin. Et un autre fino pour mon invitée.

— Oh, vaut mieux pas, fit Eva qui n'avait jamais bu de dry sherry auparavant et n'avait pas aimé ça. Je dois conduire cet après-midi et je ne veux pas perdre mon permis, voyez-vous.

— Ma chère, ce ne sont pas deux finos qui vont vous enivrer.

Sous l'emprise du précédent sherry et de cette femme riche qui lui donnait du « ma chère » et la traitait comme son égale, Eva accepta en suggérant :

— J'aimerais au moins payer cette tournée...

Heureusement, Lady Clarissa refusa d'un petit geste de la main.

— Ça ira sur ma note. Je descends toujours dans cet hôtel quand je viens voir mon oncle et j'en profite pour faire un peu de shopping.

Elle alluma une cigarette et ajouta :

— Quoi qu'il en soit, mon mari règle toutes mes dépenses. C'est un homme délicieux.

— Mais comment faites-vous quand vous rentrez en voiture ? Vous n'avez pas peur de souffler dans le ballon ?

— Vous ne pensez quand même pas que je conduis ? J'ai un chauffeur. En réalité, c'est le garagiste local, mais je l'emploie comme chauffeur. Je lui ai accordé sa matinée et il doit attendre quelque part, pour me ramener. Chez moi, je ne fais évidemment aucun excès, mais de toute façon la police ne m'arrêterait pas. C'est un des avantages que procure mon mariage avec George. C'est un JP, n'est-ce pas...

Devant l'incompréhension manifeste d'Eva, Lady Clarissa précisa :

— Bien sûr, s'il avait été moins paresseux, il serait QC. Nous menons des vies presque séparées.

Elle avala le reste de son cocktail, puis se leva :

— Passons dans la salle à manger.

Eva, qui maniait mal les sigles, surtout ceux commençant par un « J » et qui n'avait pas la moindre idée de ce que pouvait signifier « QC »[1], fut ravie de changer de décor. Abandonnant son sherry, elle suivit Lady Clarissa. Quand elle eut terminé son repas, qu'elle accompagna, contrainte et forcée, d'un verre de vin blanc, elle était d'excellente humeur. Avec le café, Lady Clarissa, qui avait sifflé la bouteille de bourgogne blanc, commanda deux verres d'armagnac et insista pour qu'Eva y goûte. Mais à peine avait-elle trempé ses lèvres dans le breuvage que Clarissa lui ordonna :

— Allez ! Cul sec ! C'est le meilleur des digestifs.

---

1. J pour juge et QC pour avocat à la cour. *(N.d.T.)*

Eva obtempéra et le regretta aussitôt. Car la question du salaire de Wilt arriva sur le tapis.

— Nous sommes disposés à payer votre mari mille cinq cents livres par semaine, tout compris. Et si Edward réussit à intégrer Porterhouse à la rentrée, nous lui verserons une prime de cinq mille livres. Comme les vacances d'été durent deux mois, il a le temps. Mais je me rends bien compte que nous vous prenons de court, vous aviez sans doute des projets de vacances...

— Le Lake District, articula Eva avec difficulté, nous y allons chaque année.

L'alcool lui faisait tourner la tête, et le bonus de cinq mille livres accélérait encore le manège.

— Vous n'avez qu'à annuler et venir chez nous. Notre propriété comprend un cottage meublé dont vous pourrez disposer gratuitement. Et nous ne sommes pas loin d'une charmante plage de sable. Je suis persuadée que vous adorerez notre domaine...

Clarissa marqua une courte pause.

— Mais vous souhaitez sûrement en parler à votre mari avant que je ne le rencontre... ?

Horrifiée, Eva s'empressa de balayer cette suggestion : Wilt ne ferait pas une bonne impression à Lady Clarissa.

— Malheureusement, il passe le week-end chez sa mère. Elle ne va pas bien depuis un moment.

— Désolée de l'apprendre. Enfin, je reviens le week-end prochain voir mon satané oncle dans sa maison de retraite. Incroyable ce qu'il peut être revêche, le cher homme, malgré tout ce que je fais pour lui ! Enfin, j'aurai sans doute l'occasion de faire la connaissance de votre mari à cette occasion.

Eva fit un signe de tête sans grande signification. Une longue et pénible opération de dressage s'annonçait si elle voulait que Wilt ne fiche pas tout en l'air.

Lady Clarissa se leva.

— Je vais faire une petite sieste avant de rentrer. J'ai été enchantée de bavarder un peu avec vous, ma chère. Et je suis ravie que vous soyez d'une taille normale.

Sur ce, elle abandonna une Eva tout à fait perplexe. En quoi sa taille avait-elle la moindre importance ? Le fils de Lady Clarissa était-il un nain ou une personne de petite taille, selon la formule politiquement correcte en usage ? Mais dans ce cas, Lady Clarissa se serait intéressée à la taille de Wilt et pas à la sienne. Quel déjeuner étrange... et, à la réflexion, comme elle se sentait bizarre après avoir bu autant ! Abandonnant sa voiture dans le parking de la maison de retraite, Eva prit un taxi. Une fois chez elle, elle s'octroya un petit somme non prévu au programme et ne se réveilla que plusieurs heures après. Elle découvrit qu'elle était couchée sur le plancher et qu'elle ne se souvenait pas comment elle avait atterri là.

« Dieu merci, Henry n'est pas rentré ! Il ne me verra pas dans cet état ! » songea-t-elle encore à moitié groggy.

Elle s'était inquiétée pour rien : des heures plus tard, le dîner qu'elle lui avait préparé en toute hâte était toujours intact. Songeant à l'impact qu'aurait l'argent de Lady Clarissa sur leurs finances, elle se mit à fredonner en sortant du four le steak et les brocolis pour les déposer dans le réfrigérateur. Ensuite, elle s'installa devant la télévision et regarda un film. Elle attendit encore un moment puis abandonna la partie. Elle éteignit partout et monta se coucher en espérant qu'Henry avait sa clé. Elle était désormais certaine qu'il avait passé la soirée dans des pubs et qu'il reviendrait ivre mort.

Wilt l'était, en effet. Après les doubles whiskys, il était passé à la bière forte. Pour aggraver les choses, il faisait nuit noire quand il quitta Les Armes du bourreau avec Braintree, car les lampadaires de ce quartier d'Ipford étaient éteints. Se trompant plusieurs fois d'itinéraire, il dut retourner à son point de départ avant de retrouver le pont enjambant le fleuve et son chemin. Si sa rue était éclairée, sa maison était plongée dans l'obscurité. Il lui fallut pas mal de temps pour dénicher sa clé et, après plusieurs tentatives, pour l'introduire là où devait être le trou de la serrure. Mais ce n'était pas la bonne ! Le mois précédent, parce qu'elle vivait dans la crainte d'éventuels cambrioleurs, Eva avait fait installer un nouveau verrou, bien plus résistant que le premier. Wilt en laissa choir sa clé devenue inutile.

— Merde !

Il tâtonna autour de lui, mais, avant d'avoir pu remettre la main dessus, il dut répondre à un besoin pressant. Il effectua quelques pas sur la pelouse, et il commençait à se soulager quand une lampe s'alluma dans la maison de l'autre côté de la rue, et Mrs Fox apparut à la fenêtre pour observer la scène. Wilt fit promptement volte-face ou, plus exactement, il l'aurait fait s'il avait été moins soûl. Au lieu de ça, il s'emmêla les pieds et s'étala de tout son long, la face contre le carré d'herbe qu'il venait d'arroser. Il resta étendu, se consolant à l'idée que la haie qui entourait le jardin empêchait Mrs Fox de le voir.

Il se serait volontiers endormi, mais le silence de la nuit fut brisé par la sonnerie du téléphone, et la lumière qui jaillit dans la chambre fut suivie par les pas lourds d'Eva descendant l'escalier. Wilt s'efforça de réfléchir. Malgré les vapeurs de l'alcool, il reconstitua les derniers événements : Mrs Fox avait appelé Eva pour l'avertir que quelqu'un tentait de pénétrer chez elle par effraction. Il voulut se lever, retomba à terre et finit par se traîner à quatre pattes jusqu'à la porte d'entrée où il plaida sa cause par la fente de la boîte aux lettres :

— Ce n'est que moi ! croassa-t-il.

Mais Eva ne l'entendait pas. Elle était bien trop occupée à discuter avec Mrs Fox sur l'opportunité d'appeler la police. Wilt essaya de saisir ce qu'elle disait, mais ne perçut que quelques bribes :

— Non, pas la police. Je vais fermer à double tour... Merci de m'avoir appelée... Je ne manquerai pas d'en parler à mon mari.

Eva raccrocha et attendit. Mrs Fox, qui, comme elle, avait la phobie des cambrioleurs, prit son temps avant de retourner se coucher et d'éteindre.

Plutôt mourir que de l'avouer à une voisine, mais, en entendant les jurons proférés de l'autre côté de la porte, Eva avait identifié l'intrus.

Wilt reprit ses supplications :

— Ce n'est que moi. Pour l'amour du Ciel, laisse-moi entrer. Je suis trempé, et si je reste dehors plus longtemps...

Il était sur le point d'ajouter qu'il risquait d'attraper une pneumonie quand Eva, soudain prise d'une idée géniale, l'interrompit. Elle allait se venger de ses insultes de la veille en prolongeant son agonie :

— Vous êtes qui, exactement ?

— Bon sang de bois ! Tu sais très bien qui je suis ! Henry, ton foutu mari !

— Je ne reconnais pas sa voix. Et, qui que vous soyez, vous êtes ivre.

— Je me fiche de la voix que j'ai, je suis trempé jusqu'aux os ! Bon, d'accord, j'ai trop bu !

— Si vous êtes celui que vous prétendez être, vous avez une clé, répondit Eva, bien décidée à prolonger sa torture. Pourquoi ne pas l'utiliser ?

— Mais je l'ai laissée tomber ! Et quelle idée d'éteindre la lampe du perron ! Je n'y vois rien. Il fait complètement noir.

Allait-elle rallumer ? Eva préféra changer de tactique.

— Je vais appeler la police, claironna-t-elle en remettant la chaîne bruyamment.

— Tu es folle ? C'est la dernière chose à faire !

Eva dut admettre qu'il avait raison. L'irruption de la police toutes sirènes hurlantes, ce qui donnerait au voisinage l'occasion de cancaner, n'avait rien de tentant. Pourtant, elle voulait que Wilt continue de mariner un petit peu. Elle alluma la lampe du perron et, sans toucher à la chaîne, entrouvrit la porte pour contempler son mari. Le visage couvert de boue, il avait une mine épouvantable.

— Vous n'êtes pas mon mari, persista-t-elle. Vous ne lui ressemblez pas du tout.

— Eva, j'en ai plus que marre ! Je vais défoncer cette putain de porte ! Si tu ne m'ouvres pas immédiatement, je traverse la rue et je vais pisser dans la boîte aux lettres de Mrs Fox ! Tu verras ce que nos connards de voisins diront.

Eva referma précipitamment la porte pour libérer la chaîne.

— Bon, j'imagine que je dois te laisser entrer.

Le temps qu'elle ouvre en grand, Wilt, affaissé dans une plate-bande, rendait tripes et boyaux.

— Allons, tu peux entrer maintenant, fit-elle quand il eut fini.

Wilt ne réussit pas à se mettre debout. Il franchit le seuil en rampant sous le regard réjoui d'Eva, qui sortit en robe de chambre à la recherche de la clé. L'ayant trouvée, elle referma à double tour et inspecta son mari avec dégoût. Jamais elle ne l'avait vu dans un tel état d'ébriété. Mais avec la gueule de bois carabinée qu'il aurait à son réveil, il ne pourrait pas contrecarrer les plans qu'elle avait élaborés à son sujet.

— Tu montes directement et tu prends une douche ! Et tu vas dormir dans la chambre d'amis. Pas question que tu passes la nuit à côté de moi.

Elle alla se coucher, laissant Wilt se débrouiller pour gravir l'escalier.

Une demi-heure plus tard, après avoir tenté de prendre une douche et être tombé deux fois dans la baignoire, un Wilt contusionné et amer se traîna dans la chambre d'amis, plus mort que vif, et sombra dans un sommeil abyssal.

Le lendemain matin, il téléphona à l'université pour prévenir qu'il était au lit avec un virus et qu'il serait absent. Personne ne lui répondit.

— On est samedi, fit Eva. Personne ne travaille à Fenland le week-end.

Wilt remercia Dieu et retourna au lit. Peu de temps après, il fut réveillé par Eva qui, au cours de l'été précédent, avait appris beaucoup plus qu'elle ne le pensait sous la houlette de sa tante Joan. Depuis qu'elle avait été éloignée de la Starfighter Mansion, à Wilma, dans le Tennessee, par ladite tante Joan – fichue dehors serait le terme plus exact –, elle s'était endurcie. Pendant des années, elle avait supporté les soûleries et les jurons d'Henry. Désormais, elle appliquerait la méthode de vengeance mise au point par sa tante. Il était temps de passer à l'offensive.

Elle secoua Wilt jusqu'à ce qu'il se réveille, puis arracha ses couvertures et elle prit un air écœuré en le voyant tout nu.

— Écoute-moi bien ! Tu vas faire exactement ce que je te dis.

— Bon Dieu, Eva ! Tu veux que je crève de froid ?

— Il fait chaud. Si tu as froid, c'est ta faute ! Hier soir, tu étais vraiment cuit.

— D'accord ! Avec Peter, on a fêté ça.

— Fêté quoi ?

— C'est une vachement longue histoire. Ça peut attendre, non ?

— Non.

— Bon, si tu tiens à le savoir, mon poste n'a pas été supprimé. Voilà ce qu'on a arrosé.

— Dieu merci !

Eva fut sur le point de quitter la pièce, mais se ravisa. Elle connaissait son Henry, qui mentait comme un arracheur de dents quand il le jugeait utile. Elle ne se laisserait pas avoir une fois de plus.

— Qui a dit qu'on allait supprimer ton poste ? Tant pis si c'est une longue histoire, je veux entendre la vérité !

Wilt la dévisagea de ses yeux injectés de sang tout en maudissant le voyage en Amérique de sa femme. Avant, quand il avait la gueule de bois, elle lui fichait la paix.

Maintenant, il n'était plus sûr de pouvoir affronter la dictature d'Eva, surtout dans l'état où il se trouvait.

— Rends-moi les couvertures et je te la raconterai.

— Non, parle d'abord.

— Au départ, je devais assister au CNA.

Elle détestait quand il utilisait ces damnés sigles.

— Ça veut dire quoi ?

— Le comité des nominations académiques. C'est là qu'on décide des cours qui vont être supprimés et des chefs de département qui seront sacqués. Mais comme le cours des techniques de la communication n'est pas une matière suffisamment académique, je n'ai pas été obligé d'assister au comité. Peter m'a raconté ce qui s'est passé. Ce salaud de Mayfield a voulu me faire sauter.

— Qu'est-ce que ça peut me faire ?

Wilt soupira.

— Si tu veux tout savoir, il est le président du comité des nominations académiques.

— Et alors ?

— Heureusement, le vice-proviseur était présent. Il a fait valoir qu'on ne pouvait pas se débarrasser de moi car j'étais seul capable de tenir tête aux étudiants des techniques de la communication, et puis c'est mon département qui compte le plus grand nombre d'élèves de l'université. Tu as compris ?

Eva hocha la tête.

— Bon. Alors, pour enfoncer le clou, il a demandé à Mayfield s'il voulait prendre ma place – et ce salaud l'a bouclé aussi sec. Peter m'a dit qu'à cette idée l'imbécile s'était presque évanoui. En tout cas, ensuite, plus personne n'a parlé de me remplacer.

— Dieu merci, répéta Eva, presque convaincue.

Elle pourrait toujours vérifier auprès de Peter.

— Tu permets que je me rendorme ?

— Non, pas question. Je te veux debout, habillé et en bas dans un quart d'heure. J'ai une nouvelle passionnante à t'annoncer.

Wilt grogna. Il le savait depuis longtemps : ce qu'Eva jugeait passionnant l'était rarement pour lui.

3

C'EST AVEC DEUX MINUTES D'AVANCE que Wilt tituba au bas de l'escalier, après avoir prestement enfilé le pantalon qu'il portait la veille – le seul vêtement qu'il avait trouvé dans sa hâte. Eva était assise à la table de la cuisine, un verre d'eau et un tube d'aspirine devant elle, mais hors de portée d'Henry.

Elle attaqua d'une voix forte :

— Écoute-moi bien, Henry ! Je t'ai dégoté un job pour l'été. Mille cinq cents livres par semaine, tout compris. Formidable, non ? Elle veut que son fils soit admis à Cambridge.

Wilt se laissa tomber sur une chaise et se prit la tête entre les mains. La douleur était lancinante.

— C'est qui, « elle » ? Et quelle sorte de job ? Mille cinq cents livres par semaine ? Pour ce prix, ça ne peut pas être si formidable... et que diable signifie ce « tout compris » ?

— C'est Lady Clarissa Gadsley, et elle t'offre un job temporaire.

— Pour faire quoi ?

— Donner des leçons particulières à son fils Edward Gadsley, dans leur domaine de Sandystone. Elle veut qu'il réussisse l'examen d'histoire. J'ai dit que tu serais enchanté.

— Charmant ! Il faut que je passe mes grandes vacances à farcir la tête d'un petit cancre snob et odieux afin qu'il entre à Cambridge. Tu n'as pas songé un instant que je n'avais pas enseigné l'histoire depuis trente ans – et encore, c'était à des andouilles incapables de situer l'Autriche sur une carte.

— C'est sûrement pas sorcier, et tu as deux mois pour y arriver. On aura assez d'argent pour continuer à envoyer les quadruplettes à St Barnaby et on va s'offrir des vacances à l'œil.

— Toi peut-être... Minute ! Qu'est-ce que tu veux dire par « des vacances à l'œil » ? Moi, je n'aurai pas de vacances du tout.

Eva sourit tout en s'efforçant de ne pas fixer les rides qui sillonnaient le front de Wilt.

— Lady Clarissa met gracieusement à notre disposition un cottage meublé qui se trouve dans la propriété. Et il y a une charmante plage pas loin.

— Super ! Et quand aurai-je l'occasion d'en profiter ? Je serai bouclé comme un idiot à l'intérieur, en train de m'évertuer à faire comprendre les origines de la Révolution française à son fils. Origines dont je ne sais plus rien moi-même, d'ailleurs !

— T'as intérêt à te renseigner. Et sans traîner !

— Bon, n'en parlons plus pour le moment, j'ai tellement mal à la tête que je suis incapable de réfléchir. Je meurs de faim. Je n'ai pas dîné hier soir et j'imagine que j'ai aussi raté le petit-déjeuner...

— La faute à qui ?

Eva regarda l'état pitoyable de son mari et se laissa fléchir.

— Si tu prends une douche et flanques ton pantalon dégueulasse dans la machine à laver, je te préparerai des sandwichs.

Wilt monta au premier en soupirant.

— Tu parles de saloperies de vacances pourries, murmura-t-il au milieu de l'escalier.

— Je t'ai entendu ! cria Eva. Tu jures encore ! Il faut que tu apprennes à ne plus utiliser ces mots grossiers. Nous allons dans la haute.

Wilt garda pour lui ce qu'il en pensait et passa sous la douche.

Quand il redescendit une demi-heure plus tard, vêtu d'un pantalon gris et d'une chemise, Eva téléphonait à Mavis Mottram pour lui annoncer l'affreuse nouvelle et la faire bisquer. Wilt emporta au salon ses sandwichs pain complet et sardines, et suivit d'un œil vague un match de cricket à la télévision.

Il préférait ressasser la façon dont sa femme avait changé depuis son retour d'Amérique. Wilt en ignorait la raison, et Eva refusait de la lui dire. Elle était déterminée à taire ce qui lui était arrivé à Wilma, dans le Tennessee, au cours de l'été précédent. Parfois, quand elle pensait que Wilt ne l'écoutait pas, elle marmonnait : « Salope » ou : « Sale vache. » Finalement, aux yeux de Wilt, il était clair comme le jour que son expédition pour aller voir l'oncle Wally et la tante Joan avec les quadruplettes à la remorque avait été aussi désastreux que son propre voyage au cœur de la vieille Angleterre, entrepris à la même époque.

Il avait fini dans un hôpital psychiatrique après avoir atterri sur la tête à l'arrière d'un 4×4 et avoir été accusé par erreur de la disparition d'un ministre du cabinet fantôme. Eva avait prétendu avoir avancé son retour à cause des deux crises cardiaques de l'oncle Wally. Wilt soupçonnait la main ou plutôt les mains des quadruplettes dans les malheurs de Wally Immelmann, mais comme il détestait cet homme abominable, cela le laissait froid. Ce qui le dérangeait, en revanche, c'était la nouvelle détermination d'Eva à le dominer, un défaut majeur importé de l'Amérique impérialiste. En fait, « dominer » était un mot trop faible, tout comme « contrôler ». Depuis l'été dernier, elle exigeait qu'il fasse tout ce qu'elle voulait, quand elle le voulait.

Eh bien, il n'avait nullement l'intention de ramper devant une famille de snobs qui le traiterait de haut. Et quel genre de demeuré était ce fils à qui il devait donner des cours ? Il se demandait où il pourrait dénicher le programme d'histoire du bac quand Eva fonça vers lui.

— Ah, te voilà ! Pour ta gouverne, j'ai dit à Lady Clarissa que tu avais été à Porterhouse, sache-le. Tu as donc un point commun avec son mari, Sir George. Il était étudiant là-bas. Ça vous fera un sujet de conversation.

Wilt la regarda bouche bée.

— Mais bon sang de bonsoir ! Je n'y ai jamais mis les pieds ! J'étais à Fitzherbert. Et tu voudrais que je fasse la causette avec ce pourri, et que j'évoque le bon vieux temps dans ce foutu Porterhouse et les qualités de son actuel président ? Ce type doit se rendre chaque année à la fête du collège et faire partie du club des anciens. Il lui faudra moins de dix secondes pour s'apercevoir que je lui raconte des bobards.

— Oh, tu n'as qu'à te renseigner et le laisser parler !

— Merde et merde !

— Encore un juron à éliminer de ton vocabulaire ! glapit Eva en disparaissant de la pièce.

Wilt la suivit et se dirigea vers la porte d'entrée. Après avoir vérifié qu'il était en possession des bonnes clés, il sortit profiter du soleil de l'après-midi. Il avait besoin de quitter cette maison et de bavarder avec quelqu'un de sensé.

Il se dirigea vers les jardinets où vivait son vieil ami Robert Coverdale. Depuis quelques années, Robert habitait une cabane plutôt que sa maison, celle-ci étant, d'après lui, « infestée de mégères » à savoir sa femme et ses « deux pucelles - ha ! ha ! - de sœurs ».

À quatre pattes, il arrachait les mauvaises herbes de son rang d'asperges quand Wilt survint. Il se releva.

— On dirait que tu es passé sous un autobus, dit-il en allant chercher une autre chaise dans sa cabane.

Wilt s'assit.

— C'est la sensation que j'ai aussi. Ma femme...

Robert l'interrompit et alluma une pipe bien culottée.

— Ne m'en dis pas plus. Je connais ! Tu as une sacrée veine qu'elle n'ait pas de sœurs. Regarde-moi, avec ma paire. Deux chattes en chaleur, voilà ce qu'elles sont. Et sans l'ombre d'un mari... Alors, la dernière d'Eva ?

Wilt lui raconta, et ajouta pour faire bonne mesure, que s'il n'avait pas deux belles-sœurs, il était accablé de quatre filles diaboliques.

— Le salaire du sexe, commenta Robert. Je trouve que l'amibe a raison. Elle vit seule, totalement célibataire et quand elle a envie d'une progéniture, elle se coupe en deux et laisse l'autre partie vivre sa vie. La solution idéale : pas de responsabilités, pas d'engueulades, pas de remontrances et surtout pas de baise. Et pas de devoirs de vacances où tu donnes des leçons à un jeune abruti dont le père est comte ou quelque chose d'approchant dans son North Fenland.

— Sans oublier que le vieux a été à Porterhouse, et qu'Eva a dit à sa femme que j'y avais également été.

— C'est quoi, Porterhouse ? Ça évoque une maison de passe.

— Un collège de Cambridge de la pire espèce. Plein de gaillards aux comptes en banque boursouflés et aux cervelles atrophiées. Je ne vois même pas pourquoi ce demeuré croit qu'il a besoin de réussir un examen d'histoire pour être admis. J'ai l'impression qu'il est déjà au niveau.

— Dieu merci, je n'ai jamais mis les pieds à l'université, fit Robert. Je suis entré dans la menuiserie comme apprenti, et j'ai gagné ma vie en fabriquant et en écoulant des « antiquités ». Quand les temps sont devenus durs, j'ai fait des cuisines et des parquets.

Une heure plus tard, Wilt retourna chez lui de bien meilleure humeur. Le vieux Robert était farouchement indépendant. Il faisait sa cuisine sur un réchaud à gaz, chauffait sa cabane en hiver avec un poêle à pétrole, s'éclairait avec une lampe à huile et ne demandait rien à personne. On ne le dérangeait pas, car les gens ignoraient qu'il vivait là, et les locataires des autres jardinets lui étaient reconnaissants de surveiller leurs légumes et d'éloigner les chapardeurs. Pas d'épouse emmerdeuse, pas de filles atroces et pas de boulot pour lui causer des soucis.

Wilt se demanda si la liste d'attente pour louer un lopin de terre était longue.

4

LADY CLARISSA SE DÉBARRASSA DU JEUNE HOMME avec qui elle avait passé la nuit à L'Ours noir, fourra son uniforme de chauffeur dans le coffre de la Jaguar, et conduisit les trois kilomètres qui la séparaient du manoir pour annoncer la bonne nouvelle à Sir George.

— Tu as fait quoi ? demanda-t-il, furieux d'être interrompu en pleine sieste.

— Je me suis arrangée pour qu'Edward réussisse son examen. Et j'ai trouvé une bonne maison de retraite pour oncle Harold. Elle s'appelle Le Dernier Poste.

— Un nom prédestiné. Et hors de prix, je suppose. N'oublie pas que c'est moi qui casque pour ce vieux fou, je me demande bien pourquoi. Il est ton oncle, pas le mien.

Lady Clarissa monta sur ses grands chevaux :

— Personne ne te force. Je m'en chargerai.

Sir George eut envie de sourire.

— Tu parles, Charles ! Enfin, ce n'est pas grave. Pendant un instant, j'ai cru que tu allais nous l'amener ici. C'est ce que tu m'avais laissé entendre en partant.

— Tu imagines toujours le pire et tu me prends pour une idiote.

— Parfois...

Il soupira avant de reprendre :

— N'en parlons plus. Parle-moi donc de ton crétin de fils à qui tu veux faire faire des études.

Ce fut au tour de Clarissa de soupirer.

— C'est aussi ton fils. Par le nom, au moins. Même si ça ne te plaît pas, Edward est ton beau-fils.

— Je sais. Comme je sais que ton premier mari est mort sur un passage à niveau non gardé... et je ne le lui reproche pas.

— Qu'est-ce que tu veux dire exactement par là ? Encore une de tes odieuses plaisanteries au sujet d'Edward ?

— Non, pas au sujet de ton cher petit Eddie, comme tu aimes l'appeler.

— Je ne l'appelle pas Eddie et il n'est pas du tout petit... Mais tu n'as que des griefs à la bouche quand tu parles de feu mon mari. Au moins, il n'était pas radin.

— Tout à fait vrai. Je ne regrette que trop sa grande générosité et la propension qu'il avait à encourager tes goûts de luxe extravagants... Je voulais dire que je ne lui reprochais pas d'avoir mis fin à sa vie. Il m'arrive d'avoir de sombres pensées moi aussi, mais je refuse de laisser une riche veuve derrière moi, comme il l'a fait, l'imbécile. Et je ne suis pas prêt à faire de ton horrible Eddie mon héritier.

— Tu racontes n'importe quoi ! Mon premier mari a connu une fin horrible sous le 17 h 15 de Fakenham.

— Quelle blague ! Cette histoire a été concoctée de toutes pièces pour la compagnie d'assurances. Si elle avait su qu'il s'était suicidé, tu n'aurais pas touché la moitié du quart d'un penny. Tu le sais, n'est-ce pas ?

— Il faut toujours que tu voies les choses en noir ! cria Lady Clarissa en quittant la pièce.

Quelques minutes plus tard, elle était de retour.

— Où est Cook ? Je veux mon thé !

Sir George se leva et redressa le portrait de sa mère qui était accroché au-dessus de la cheminée.

— Aucune idée. Sans doute en train de marchander ses fesses à Norwich. Je suis sûr que certains hommes aiment les maigrelettes. Bref, je l'ai virée.

— Tu l'as virée ?

— Tu es vraiment obligée de répéter tout ce que je dis ? Oui, je l'ai mise à la porte. Il va falloir que tu prépares le thé toute seule. Et fais-le infuser suffisamment, je te prie. Je déteste la lavasse.

Lady Clarissa s'allongea sur une chaise longue près de la fenêtre et contempla avec haine le dos de son mari.

Elle avait espéré qu'il serait de bonne humeur quand elle reviendrait. Au lieu de ça, il n'était pas à prendre avec des pincettes. Si seulement elle avait épousé un être plus facile !

— Puis-je te demander pourquoi tu l'as licenciée ? Parce qu'elle restait mince malgré tes efforts pour la faire grossir ? Eh bien, je vais me préparer mon thé, mais je préférerais mourir plutôt que de t'en faire un. Et, en parlant de poids, tu vas en perdre ce soir car je ne ferai pas la cuisine. Tu devras jeûner !

Il se tourna vers elle avec un grand sourire.

— Oh, mais je sors ce soir ! Il est même temps que j'aille prendre un bain et que je me change.

Sur ces mots, il disparut.

Lady Clarissa n'avait pas l'intention de laisser l'humeur de son mari déteindre sur elle. Dieu seul savait qui il allait retrouver, pensa-t-elle, une fois dans la cuisine. Quand il rentrerait, il irait dormir dans sa chambre particulière, comme d'habitude. Avec un peu de chance et en comptant sur l'abus de cognac, il passerait une bonne nuit et, demain matin, il entendrait ses plans d'une oreille bienveillante. Elle se sentit rassurée.

Rassuré, Wilt l'était également. Bavarder avec le vieux Coverdale lui avait remonté le moral. De toute façon, plus il y pensait et plus il était curieux de voir comment vivait l'aristocratie. Et le North Fenland était un coin du pays qu'il affectionnait. Froid l'hiver, bien sûr, balayé par les vents qui soufflaient directement de l'Oural sans être freinés par les vastes steppes ni par la plaine d'Allemagne du Nord. Mais l'été, le pays serait doux et certainement tranquille, exception faite des plages envahies par des hordes d'affreux vacanciers.

Si Eva avait raison et que le domaine de Sandystone comprît des forêts et des lacs, son séjour pourrait être agréable. Il serait coupé du monde extérieur, et aurait l'occasion de se promener dans les bois quand il ne gaverait pas ce garçon de détails historiques… Tout compte fait, ce serait peut-être des vacances. Eva et les quadruplettes passeraient leurs journées à la plage tandis qu'il gagnerait ses mille cinq cents livres par semaine, ce qui calmerait sa femme.

Lorsque Wilt eut fini de dîner et se fut couché dans son lit, il s'était persuadé que ces vacances d'été s'annonçaient bien. Le week-end se termina paisiblement, et le lundi matin il retourna d'un cœur léger à son bureau de l'université.

5

AU MANOIR, CLARISSA RUMINAIT les derniers événements dans le jardin, en contemplant l'eau verte et boueuse des douves. Pour le déjeuner, la femme de l'aide-jardinier leur avait servi une soupe épaisse et glauque. « De l'eau des douves réchauffée aurait été sûrement meilleure », se dit Clarissa. Sir George, quant à lui, en avait goûté une cuillerée avant de se lever précipitamment pour jeter le contenu de son assiette par la fenêtre.

— Où as-tu déniché cette bonne femme ? Dans un égout ?

— C'est la femme d'Herb.

— Mon Dieu ! Je me demande comment il peut être encore en vie. Il doit avoir un estomac d'acier pour supporter cette cuisine immonde.

— Je n'ai trouvé personne d'autre dans le village. Tant que tu continueras de virer les bonnes cuisinières sous prétexte qu'elles sont trop minces à ton goût, ne t'attends pas à ce que j'embauche une perle gastronomique du jour au lendemain. De toute façon, je vais lui dire d'arrêter de faire de la soupe car nous sommes l'un et l'autre au régime.

Sir George s'était approché de la desserte où trônait un flacon de cognac.

Sa femme le surprit en pleine action.

— Qu'est-ce que tu fabriques ? Tu ne bois jamais de cognac pendant le déjeuner.

Il cracha dans les douves ce qu'il avait dans la bouche avant de répondre :

— J'essaie de me débarrasser de ce goût infâme. Mais ça va sans doute tuer les poissons.

Bien que le reste du déjeuner n'ait pas été aussi immangeable, la suite ne leur plut guère davantage. Sir George compara le blanc-manger à une méduse ventripotente. Ayant entendu ce commentaire, la femme de l'aide-jardinier se vexa. Clarissa mit la remarque de son mari sur le compte de l'alcool, mais, dans son for intérieur, elle se demanda pourquoi la cuisinière ne lui avait pas renversé le plat sur la tête.

Plus tard, Sir George disparut pour assister à un match de cricket, après avoir déclaré qu'il ignorait à quelle heure il rentrerait. Ce dont Clarissa se fichait éperdument, car elle n'était nullement pressée de le revoir. Le reste du week-end s'écoula assez paisiblement. Comme Clarissa l'avait prévu, son époux avait explosé au sujet du salaire promis à ce « maudit prof » et du cottage mis gratuitement à la disposition de sa « bonne femme » – mais elle l'avait rassuré, ayant répété son petit discours :

— Si ce type peut le faire entrer à Porterhouse, Edward ne sera plus à ta charge. De plus, vous aurez un sujet de conversation : vous pourrez vous remémorer le bon vieux temps passé à Cambridge.

— Comment ? Cet homme doit être un génie s'il arrive à faire entrer ton fils dans cette satanée université. Répète-moi donc son nom.

— Wilt... Henry Wilt.

— Wilt ? Un nom prédestiné[1] ! Après avoir fait le maximum pour ton fils, il sera complètement à plat. En tout cas, surveille Eddie. Qui te dit que ce n'est pas un pédophile et qu'il ne va pas tripoter ton fils ? Oui, fais attention à lui.

— Ne sois pas ridicule ! Comme si Eddie n'était pas assez grand pour veiller sur lui-même. En outre, après avoir vu sa femme, je suis certaine que Wilt n'en est pas un. Sinon, elle l'aurait étranglé depuis longtemps. À mains nues.

Sur ces mots redoutables, elle avait laissé son mari mariner.

Tout en se promenant dans le jardin, Lady Clarissa dressa son plan d'action. Elle avait réussi à calmer la femme d'Herb, au moins temporairement, elle pourrait donc continuer à lui confier la confection des repas à condition de ne préparer que des saucisses et des rôtis servis avec des pommes de terre et un seul autre légume. Les desserts se limiteraient à des gâteaux de riz ou de tapioca, que Sir George détestait particulièrement, et parfois à une pseudo-salade de fruits. Ces manigances étaient bien sûr destinées à le convaincre d'engager une cuisinière digne de ce nom.

En fait, plus Clarissa y pensait, plus il lui semblait utile d'avoir une nouvelle excuse pour pouvoir se rendre aussi fréquemment à Ipford. Elle raconterait à son mari qu'il y avait là une excellente agence de placement qui

1. *To wilt* : dégonfler. *(N.d.T.)*

pourrait leur dégoter une excellente cuisinière. Craignant que des soupçons ne lui viennent à propos de ses récents séjours à Ipford, elle voulait éviter à tout prix qu'il en connaisse la véritable raison. Elle sourit intérieurement en songeant à sa suite de L'Ours noir.

Il fallut qu'elle retourne très vite à Ipford pour faire entrer oncle Harold au Dernier Poste, et s'assurer que le mari de Mrs Wilt était prêt à donner des cours à Edward. La présence de cet homme éduqué aurait un double avantage, si elle contribuait à calmer l'humeur de Sir George, songea-t-elle. Mais il lui fallait prévenir Mr Wilt – quel était son prénom, déjà ? Henry ? – qu'il ne devait en aucun cas aborder des sujets tels que les impôts et la politique. Ne disait-on pas : « Un homme averti en vaut deux ? »

Ravie de ses projets, elle retourna au manoir pour récupérer la clé du cottage où elle avait l'intention de loger Henry et Eva Wilt. Elle irait là-bas à pied, pour vérifier la relative propreté des lieux, et l'absence de chauves-souris et autres créatures indésirables. Pour plus de sûreté, elle prit un carnet afin de noter ce qu'elle devrait acheter. Mais la maison ne demandait qu'un bon nettoyage. Elle supposa que les enfants partageraient la même chambre, Eva les ayant décrites comme des adolescentes. Bien qu'Edward ne se soit pas beaucoup intéressé aux filles jusqu'à présent, Clarissa se prit à espérer que leur présence ne le perturberait pas trop.

À dire vrai, lors des courtes vacances qu'Edward passait à Sandystone, peu de choses semblaient l'intéresser, et il se cantonnait à sa mauvaise habitude de lancer des pierres sur tout ce qui bougeait. Rien ni personne, que ce soit un petit animal ou un jeune enfant, n'était en sécurité quand Edward était dans les parages. Il y avait déjà eu quelques altercations avec des voisins qui n'étaient pas disposés à s'entendre dire que, si leurs gamins pénétraient dans la propriété, c'était à leurs risques et périls. Beaucoup de bruit pour rien, finalement. Et pourquoi faire tout un foin pour quelques points de suture ? Comme si leurs rejetons avaient été des prix de beauté !

Lady Clarissa soupira, sur le chemin du retour, en songeant que si George s'occupait un peu plus d'Edward – il pouvait l'emmener pêcher et chasser, par exemple –, ces désagréments seraient évités. Dans le salon, elle se versa deux grands martinis dry et décida de demeurer couchée le reste de la journée, son mari rentrerait fort tard, comme d'habitude. Dieu merci, il dormait dans une autre chambre, et son grand âge l'empêchait de s'intéresser à elle charnellement.

Au 35, Oakhurst Avenue vivait quelqu'un qui partageait les vues de Clarissa sur l'avantage de faire chambre à part : Henry Wilt. D'abord, cela mettait un point final aux tentatives indésirables et spasmodiques d'Eva de l'exciter sexuellement par ce qu'elle appelait la « stimulation manuelle ». Lors de ces séances, Wilt tentait de faire semblant de dormir, mais sans grand succès généralement. Eva avait consulté Mavis Mottram, qui lui avait conseillé une pression scrotale afin d'animer son mari.

— Je le fais toujours avec Patrick, et ça n'a jamais échoué.

Avec Wilt, si. Il appelait ça la « méthode casse-noisettes », et les rares fois où Eva avait utilisé ses deux mains, il s'était sauvé du lit en hurlant.

— Tu essaies de me châtrer ? Si tu veux prouver que tu as de la force dans les mains, prends deux noix ! cria-t-il un soir en titubant jusqu'à la cuisine pour lui en rapporter.

La réaction de Wilt avait eu l'effet escompté, au grand désespoir d'Eva.

Ses cris avaient réveillé les quadruplettes qui, quand elles n'étaient pas au pensionnat, avaient l'habitude de bondir hors de leurs deux chambres à la moindre occasion.

— Il ne se passe rien du tout, leur avait affirmé Wilt ce soir-là, en remontant l'escalier, un bol de noix dans une main et son appareil urino-reproductif dans l'autre. C'est juste que maman a faim.

— Elle a envie de noix ?

— Oui, vous savez comme elles sont bonnes pour la santé.

Au cours de cette nuit mémorable, Penelope avait demandé à son père :

— Alors, pourquoi tu es plié en deux ?

— Parce qu'elle m'a pris pour un futur noyer ! avait gémi Wilt en claquant la porte.

Les quadruplettes n'avaient pas été convaincues. La voix puissante d'Emmeline s'adressant à ses sœurs sur le palier avait résonné jusque dans la chambre conjugale :

— Maman a le feu aux fesses. Elle ne serait pas un peu sado-maso ?

Une remarque qui avait chassé toute idée de sexe de l'esprit d'Eva. Elle était sortie de son lit et avait passé un sacré savon à ses filles. Puis elle était revenue se coucher et avait engueulé Wilt sans pour autant s'en prendre à lui physiquement.

Ce soir-là, il s'était endormi en songeant que la présence des quadruplettes pour les vacances n'avait pas que des inconvénients.

6

AU MÊME MOMENT, au commissariat de police, l'inspecteur Flint, qui avait du temps à perdre, regardait par la fenêtre tout en réfléchissant à ce rébus insoluble que constituait à ses yeux Mr Henry Wilt. Quand, au cours de l'été précédent, Wilt s'était fait tabasser, Flint avait éprouvé un certain sentiment de libération. Depuis lors, il était arrivé à la conclusion que cet homme était une sorte de victime-née, dotée d'un don remarquable pour se fourrer dans des situations catastrophiques et en sortir à la façon d'une anguille huileuse. D'un autre côté, sa capacité divine, et parfois diabolique, de répondre aux questions qu'on lui posait d'une façon totalement équivoque et floue, et avec une inconséquence vertigineuse, menait Flint au bord de la folie. L'inspecteur avait cherché « équivoque » et « inconséquent » dans un dictionnaire de la bibliothèque municipale, et avait estimé que ces adjectifs s'appliquaient parfaitement à Henry Wilt. Bref, se disait le policier, ce type était admirable dans sa façon démoniaque de se conduire.

Ce qu'il pensait du commissaire Hodge était à l'opposé. Il n'y avait rien d'admirable chez ce type. Pour résumer, il le haïssait et, sans le respect dû à la supériorité hiérarchique de Hodge, il lui aurait volontiers craché à la figure qu'il était à ses yeux un demeuré mental.

Au lieu de ça, il exprima son opinion au sergent Yates, lequel lui montra qu'il partageait les mêmes sentiments en traitant le commissaire Hodge de « parfait connard ». Dehors, le soleil brillait. Tout en promenant ses yeux sur le parc, Flint se demanda vaguement ce que pouvait bien faire Wilt à cette heure.

Wilt n'avait aucune envie de subir l'inspection de Lady Clarissa.

— Écoute-moi bien, il faut que tu te comportes à la perfection, lui répétait Eva jusqu'à plus soif. Et n'oublie pas de dire que tu as fait tes études à Porterhouse.

— En d'autres termes, tu veux que je mente comme un arracheur de dents ? Mais je t'ai dit que je n'y avais jamais mis les pieds !

— Ce n'est pas gentil de me parler comme ça. D'ailleurs, c'est juste un petit bobard. Tu dois faire une excellente impression.

— Ben voyons ! Tout ce que cette bonne femme a à faire, c'est d'appeler le collège et de demander si j'y étais. Et là, sûr qu'elle aura une excellente impression ! Et puis son foutu mari ne manquera pas de me demander si je ramais dans le bateau numéro un et ce que je pense du nouveau président, qui est sans doute une femme.

Eva sembla perplexe.

— Je ne comprends pas ce que les bateaux ont à voir dans l'histoire. On est tous montés sur des bateaux dans notre vie. Même moi j'ai embarqué… C'était sur les

Norfolk Broads et, maintenant que j'y pense, c'était hypersympa.

— L'histoire a à voir avec le canotage, ma chère. Porterhouse est un établissement où l'on pratique l'aviron. Il a souvent aligné le meilleur huit de l'université et il est connu pour ses champions, de vrais poèmes... À propos, tu connais la différence entre les poèmes et les bohèmes ?

— Non. Et si tu parles de gays, je ne veux plus entendre un mot.

— Jamais de la vie ! Ce que je veux faire entrer dans ta caboche, c'est que, lorsque j'étais à Fitzherbert, c'était une façon de classer les étudiants. Les poèmes étaient forts en sport et les bohèmes, nuls. Moi, j'étais un bohème. C'est clair ?

— Comme de la boue. Je te vois mal faire des étincelles dans quelque domaine que ce soit.

— Bien d'accord. En revanche, ce Sir George de mes fesses devait ramer et jouer au rugby, et comme tu as eu l'idée géniale de dire à sa femme que j'avais fréquenté Porterhouse, il va sûrement me parler de sport, si du moins il s'aperçoit de ma présence. Je tâcherai de ne pas traîner dans ses pattes.

— Tu seras trop absorbé par les leçons que tu donneras à son beau-fils pour approcher de Sir George. De plus, il doit passer beaucoup de temps à s'occuper de ses terres, à jouer au golf, chasser, pêcher... Enfin, à faire ce que font les propriétaires terriens.

— Ne crois pas que je passerai mes journées à enseigner à ce garçon, si je peux l'éviter.

— Bien sûr que non. Nous allons tous avoir de merveilleuses vacances au calme.

Eva monta au premier pour s'occuper des bagages, désormais convaincue que Wilt comprenait l'importance de l'entrevue à venir.

— Au calme ? murmura Wilt. Je n'en mettrais pas ma main au feu.

Persuadé que les quadruplettes sèmeraient la pagaille où qu'elles aillent, il se replongea dans l'histoire de la Première Guerre mondiale, car l'examen d'Edward porterait principalement sur l'histoire moderne européenne.

Pendant ce temps, à St Barnaby School dans le Sussex, la directrice tenait une réunion avec deux professeurs, Miss Sanger et Miss Young, au sujet des quadruplettes.

— Je n'arrive plus à leur tenir tête, attaqua Miss Young. Elles ne cessent de créer le chaos dans leur pavillon. Tenez, hier soir par exemple, à deux heures du matin, quand la sirène d'incendie a retenti, et que nous avons été obligées d'évacuer toutes les pensionnaires. Qui en était responsable ? Une des horribles filles Wilt, évidemment !

— Vous en êtes certaine ? s'enquit la directrice.

— Je n'en ai pas la preuve absolue, mais j'en suis à peu près sûre. Sandra Clalley m'a confié que l'une d'elles - Emmeline, je crois - avait quitté le dortoir, pour se rendre aux toilettes. Quand elle est retournée à son lit, la vitre du boîtier d'alarme avait été brisée.

— Vous avez interrogé Emmeline à ce sujet ? Qu'a-t-elle dit ?

— Elle m'a regardée droit dans les yeux, et a eu le toupet de me répondre qu'elle tombait des nues. Mais, à mon avis, ça pouvait aussi bien être une des trois autres... Je suis incapable de les différencier. En tout cas, elle a accusé Sandra Clalley de mentir et de vouloir lui causer du tort par pure jalousie.

Miss Sanger intervint :

— C'est une éventualité qu'il ne faut pas négliger. Sandra a déjà raconté des histoires ridicules sur d'autres filles. D'après ce que je sais, on ne peut pas lui faire confiance. Anna Mayle a failli être renvoyée parce que Sandra l'avait accusée d'avoir volé toutes ses culottes dans la blanchisserie alors qu'elle se trouvait alitée à l'infirmerie avec une grosse fièvre. On a fini par les retrouver derrière une des machines à laver.

La directrice approuva de la tête.

— Mrs Bluwell a reconnu qu'elle avait laissé une pile de sous-vêtements mouillés sur une des machines, et que les culottes de Sandra pouvaient être tombées derrière. En tout cas, il a été impossible de prouver la culpabilité d'Anna. De plus, son père est évêque et elle a été très bien élevée. Je ne vois pas comment on peut demander à Mr et Mrs Wilt de récupérer leurs filles sur l'argument que Sandra Clalley les a accusées d'avoir déclenché l'alarme.

— Mais l'alarme n'est que le dernier élément d'une longue liste ! s'écria Miss Young qui, soutenue le plus souvent par Miss Sanger, se mit à réciter une litanie de méfaits.

Quand la réunion s'acheva, la directrice dut admettre qu'il était difficile de contenir les quatre odieuses créatures. Finalement, elle accepta de prévenir les Wilt qu'elle serait forcée de leur demander de les reprendre l'année suivante si leur conduite ne s'améliorait pas.

Miss Young emprunta le couloir avec Miss Sanger et lui marmonna à l'oreille :

— C'était sans doute une perte de temps. Tu as déjà vu leur mère ? Une femme aussi atroce que vulgaire, et quand je dis vulgaire, c'est un euphémisme. Pourquoi la directrice leur a-t-elle permis de mettre les pieds à St Barnaby ? C'est un mystère.

— Sans doute parce que leur père est à la tête d'un département universitaire.

— Ou, plus vraisemblablement, parce que c'est la première fois que nous avons des quadruplées. Et parce qu'on ne se précipite pas pour s'inscrire chez nous. Les quatre sœurs attirent un peu l'attention sur nous. Elles sont à coup sûr uniques en leur genre, mais d'une drôle de manière ! J'espère seulement qu'elles vont faire quelque chose de suffisamment grave pour se faire éjecter. Je n'en peux plus !

Elles se séparèrent, et Miss Young regagna son pavillon avec une expression de contrariété intense sur le visage.

Sous la fenêtre du bureau de la directrice, Samantha attendit patiemment que cette dernière ait quitté les lieux pour sortir des buissons dans lesquels elle s'était cachée. Puis elle courut faire son rapport aux trois autres :

— La vieille vache va écrire à papa et maman pour les avertir qu'on devra partir si on ne se conduit pas mieux le prochain trimestre. Miss Young a dit qu'Emmy avait fait déborder le vase en enclenchant la sirène de l'incendie. Elle trouve qu'on est une bande de sauvages.

— Ça lui va bien ! rétorqua brutalement Emmeline. C'est toutes des snobs. Surtout cette garce de Young. Je vote pour qu'on trafique sa voiture. Ça lui apprendra.

— Tu proposes quoi ? On enfonce une patate dans son tuyau d'échappement comme on l'a fait pour ce vieux salaud de Mr Floren, chez nous ?

Emmeline hocha la tête.

— Non, un truc plus méchant. Quelque chose qui foutra en l'air son moteur et l'empêchera de conduire pendant des siècles.

Après quelques secondes de réflexion, Penelope suggéra :

— Du sucre dans le réservoir. Ça prend un certain temps, mais le sucre enrobe peu à peu les pistons et les soupapes, et le moteur est fichu.

— Minute ! la coupa Josephine. J'ai entendu le mécano qui s'occupe de notre voiture dire à un client que la poudre de carborundum détruisait totalement un moteur.

— Mais où est-ce qu'on en trouve ? Le sucre, c'est plus facile !

— Et si elle ferme le bouchon du réservoir à clé ? demanda Samantha.

Emmeline la rassura :

— Elle ne l'a pas fait quand elle m'a emmenée avec Martha chez le dentiste, la semaine dernière. Pour faire le plein, elle a juste dévissé le bouchon en laissant la clé dans le contact.

— Tu veux dire qu'elle a laissé tourner le moteur ?

— Bien sûr que non. Elle n'est pas complètement folle. Elle a coupé le contact sans ôter la clé, ce qui veut dire qu'il n'y a pas de serrure sur le bouchon. Ce sera fastoche de verser un paquet de sucre dans le réservoir.

— Ne sois pas stupide ! lui rétorqua Samantha. Il y aura des traces de sucre autour du tuyau.

— C'est toi qui débloques ! T'as déjà vu quelqu'un regarder dans un réservoir ? Même au garage, quand ils font le plein, ils ne surveillent que le compteur de la pompe.

Mais Penelope ne voulait pas prendre de risques :

— On va faire un test pour voir si le sucre se dilue dans l'alcool. J'ai de l'eau de Cologne et on achètera un peu de sucre à l'épicerie du village.

— Pas la peine ! répliqua Emmeline. J'en ai dans mon casier. Je l'ai piqué pendant le cours de cuisine quand Mrs Drayton avait le dos tourné.

Une heure plus tard, elles essayèrent de dissoudre du sucre dans l'eau de Cologne, ce qui ne marcha pas ; puis dans l'eau chaude, ce qui marcha.

— Parfait ! On va faire fondre le sucre dans de l'eau chaude. Miss Young va en Écosse pour les grandes vacances. Si notre plan fonctionne, elle finira son voyage en train et ça sera bien fait pour sa pomme... Ah ! Et puis, si on s'occupe de sa voiture le dernier jour du trimestre, elle tombera peut-être en panne en pleine campagne, à des kilomètres et des kilomètres d'un garage. Ce serait magnifique !

Sur cette perspective réjouissante, les quadruplettes sortirent du chalet de hockey et se séparèrent.

7

CHEZ LUI, WILT TRAVAILLAIT sur ses notes pour le cours d'histoire. Il avait l'intention de passer quelques points en revue avec Braintree devant une bière au Chien et Canard, après s'être fait couper les cheveux comme Eva lui en avait donné l'ordre.

— Pas question que tu ressembles à un de ces joueurs de foot qu'on voit à la télé, avait-elle décrété. Ne laisse pas ton coiffeur n'en faire qu'à sa tête : qu'il coupe bien court. J'ai fait nettoyer ton costume. Il faut que tu sois élégant et poli.

— Je serai bien assez élégant dans ma veste de sport, qui, elle au moins, est à ma taille. On ne peut pas en dire autant de cet accoutrement ridicule que tu m'as acheté. Je te signale, d'ailleurs, que les profs d'université portent plus souvent des vestes de tweed que des costumes à rayures roses.

— Bon, d'accord, mets ta veste si tu y tiens. Je persiste quand même à penser que le costume te va mieux.

— C'est peut-être ton avis, mais je suis certain qu'il ne peut pas impressionner un riche propriétaire terrien.

Sur ce, Wilt se replongea dans ses notes. Par miracle, le cours d'histoire était plus intéressant que dans son souvenir. Et suffisamment violent pour captiver même le plus obtus et sans doute le plus prétentieux des adolescents.

— Il faudra que tu ailles chez le coiffeur de bonne heure et…

Eva aurait continué si Wilt n'était intervenu :

— Ne dis pas coiffeur, mais barbier ! C'est un mot un peu vieux jeu, mais il fait référence à des temps plus distingués où les hommes portaient la barbe et se faisaient raser chez le barbier.

— Je m'en fiche. Je veux seulement que tu n'aies pas l'air d'un hippy hirsute. Et qu'on te coupe bien derrière et sur les côtés.

— Oui, tu me l'as déjà dit. Rassure-toi, je n'ai pas envie de me faire engueuler en rentrant.

— À propos, j'ai passé une très mauvaise journée, lança Eva en lui tendant la lettre de la directrice.

Puis elle sortit de la cuisine telle une furie.

Wilt parcourut la lettre avant de rejoindre sa femme.

— C'était prévisible, déclara-t-il gaiement. Si tu envoies tes filles chéries dans une école aussi huppée que dispendieuse, ne sois pas surprise qu'elles y créent un chaos sans nom et soient menacées d'expulsion. Elles ont beaucoup de chance de ne pas avoir été virées plus tôt. Tu aurais dû les mettre dans une maison de redressement, ce qui aurait économisé du temps et de l'argent.

— Elles n'ont pas été expulsées. Mrs Collinson dit seulement que leur conduite doit s'améliorer sous peine d'être priées de partir.

— Tant qu'il y a de la vie, il y a de l'espoir. Et je ne vois aucun espoir. Enfin, dans quelques années je n'aurai plus besoin de subventionner leurs actions répréhensibles en donnant des cours particuliers pendant mes vacances d'été !

Sans laisser à Eva le loisir d'exprimer sa colère, Wilt se retira dans le salon pour regarder les informations.

L'état de tension sous-jacente qui imprégnait le ménage des Wilt tournait parfois à la guerre ouverte. Ce fut le cas lorsque Henry revint de chez le barbier. Eva l'invectiva.

— Tu appelles ça une coupe de cheveux ? Ils sont dix fois trop longs !

— J'ai seulement demandé qu'on me rafraîchisse. Tu aurais voulu qu'on me rase le crâne à la skinhead ?

— Bien sûr que non. Mais, tu vas y retourner pour te faire tailler tout ça proprement. Et tout de suite. Et que ce type finisse son boulot : court derrière et sur les côtés... Autre chose : ta veste en tweed est trouée aux coudes, aussi je te prierai de porter ton joli costume.

— Si tu penses qu'un costume gris clair à rayures roses va en imposer à Sir Dracula et Lady Morbaque...

— Sir George et Lady Clarissa Gadsley, bon sang...

— Sir George, hein ? Ses costumes doivent venir de Savile Row.

— Qu'est-ce que tu me racontes avec ton Civil Row débile ?

— Savile Row, Eva, Savile Row. L'endroit le plus cher et le plus chic de Londres pour acheter un costume. Lady Morbaque et Sir Gadsley n'hébergeront pas un type vêtu d'un costume aux rayures roses. D'un rose vraiment vif qui plus est !

Eva eut soudain un soupçon.

— Dis donc, Henry, tu n'aurais pas bu par hasard ? Tu es resté bien longtemps chez le coiffeur. Approche et souffle-moi dessus.

— Te souffler dessus ? Bon sang, femelle, tu n'arrêteras donc jamais. D'abord tu me fais embaucher pour enseigner à un crétin de la haute ce qu'il aurait dû apprendre il y a des années, et ensuite tu décides de la longueur de mes cheveux. Eh bien, j'en ai marre ! J'aurai la coiffure qui me plaît, tu entends ?

Sur ce, Wilt enfourcha son vélo et se rendit au salon de coiffure pour transmettre les instructions d'Eva.

— Elle dit qu'ils sont trop longs et qu'il faut les raccourcir derrière et sur les côtés.

— Votre dame ? s'enquit le barbier d'une voix compatissante.

Wilt fit oui de la tête.

— Je me demande pourquoi elle n'a pas exigé une coupe en brosse, commenta le barbier.

Wilt frissonna.

— Elle dit qu'elle ne veut pas que j'aie l'air d'un joueur de foot. Et tout ça pour rencontrer une lady Machin-Chouette. On croirait que j'ai une audience avec la reine.

— C'est sûr qu'on vous prendra pas pour Bob Geldof !

— Quelle bénédiction !

Le barbier sourit.

— J'aurais mis la clé sous la porte si je n'avais que des clients comme lui.

Il désépaissit les côtés de Wilt à la tondeuse électrique.

— Ça suffira ou vous croyez qu'elle va en vouloir encore plus ?

Wilt se leva.

— Oh, elle aimerait sûrement que vous en enleviez encore, mais pas question.

Le barbier lui donna un coup de brosse pour ôter les petits cheveux épars, et retira la serviette tandis que Wilt s'étudiait dans la glace d'un œil critique.

C'est à ce moment-là qu'Eva débarqua. Wilt se rassit dans le fauteuil et le barbier lui drapa à nouveau la serviette autour du cou avant de procéder à l'élagage en règle de sa nuque. Il s'affairait en évitant soigneusement de croiser le regard de son client ou de son dragon de femme.

Eva ne s'estima satisfaite que lorsque son mari ressembla à un agneau de Pâques. C'est avec une épouse aux anges qu'un Wilt boudeur rentra à pied en poussant son vélo. Sans demander son reste, il monta directement se coucher.

Le lendemain matin, Eva lui apporta son petit-déjeuner au lit, à la fois pour se faire pardonner et pour le mettre de bonne humeur avant son entrevue avec Lady Clarissa. Son plan aurait pu réussir si elle n'avait pas caché toutes ses affaires à l'exception du fameux costume. Quand Wilt descendit, il était d'une humeur exécrable.

— Ça te va beaucoup mieux ! s'écria Eva.

— Espèce de sale chameau ! Tu l'auras bien mérité si, au premier coup d'œil, elle s'enfuit en criant. Au fait, quand doit-on rencontrer ta milady ?

Eva décida de battre en retraite tactiquement en ne relevant pas les insultes de son mari. Regardant l'horloge du salon, elle répondit :

— Autant partir maintenant et s'arrêter pour avaler une tasse de thé. Lady Clarissa ne nous attend pas avant midi trente.

Eva insista pour qu'ils prennent leurs bicyclettes plutôt que leur voiture et ils firent une halte d'une demi-heure dans un café proche de L'Ours noir. En pénétrant dans le hall de l'hôtel avec son costume grotesque, Wilt eut l'impression de ressembler à un clown.

Le réceptionniste leur annonça que Lady Clarissa les attendait au salon. Eva se tourna vers son mari et retira du revers de sa veste une peluche imaginaire.

— Quand elle te demandera ce que tu désires boire, tu dois répondre un sherry.

Mais Wilt en avait sa claque.

— Je n'aime pas ton foutu sherry. Qu'est-ce qu'elle boit ?

— Un truc qu'elle appelle un martini dry.

— C'est ce que je prendrai moi aussi. Un martini dry me redonnera confiance. Et Dieu sait que j'en ai besoin, avec ma dégaine de mac à moitié chauve.

— Bon, prends un martini, mais un seul. Elle boit sec et s'envoie beaucoup de gin. Je n'ai absolument pas envie que tu te soûles. Et pourrais-tu cesser de jurer comme un charretier ?

En traînant des pieds, Wilt la suivit au salon où il eut la surprise de constater que Lady Clarissa n'était pas la quinquagénaire empesée à laquelle il s'était attendu. Elle était très jolie et habillée avec une extrême élégance. Et ce qui lui plut par-dessus tout, c'est que, quoique tenant bien l'alcool, elle semblait être déjà bien partie.

— Ah, chère Mrs Wilt ! Voici sans doute Henry, votre brillant mari. Mon Dieu, mon cher, quel costume original !

Elle décocha un chaleureux sourire à Wilt, qui se surprit à dire qu'il était honoré de faire sa connaissance.

— Je sais, Mrs Wilt prend du sherry. Puis-je vous offrir… Lady Clarissa n'acheva pas sa phrase.

Wilt hésita à peine :

— Je vais vous imiter. J'imagine que c'est un martini dry, roucoula-t-il en indiquant le verre.

Lady Clarissa fit signe au serveur, qui accourut en toute hâte. Milady était une cliente particulièrement soignée.

— Mrs Wilt aimerait un sherry doux, un oloroso… Je crois que ça vous plaira, ma chère… et Henry et moi prendrons des martinis dry. Allez-y mollo sur le Noilly Prat.

Eva n'était pas contente. Elle détestait se faire appeler « Mrs Wilt » alors que Lady Clarissa donnait du « Henry » à son mari. L'expression sur le visage de Wilt ne lui plaisait guère plus. Il avait l'air d'un chat qui aurait avalé une demi-douzaine de canaris.

Lady Clarissa prit un ton presque confidentiel :

— Henry, au sujet de mon fils… Edward n'est pas bête, mais il n'est pas doué pour les études. Il trouve que l'histoire, c'est « vieux jeu ». Je lui ai dit que c'était normal puisque c'était du passé, mais je ne l'ai pas convaincu. Et l'attitude de mon mari n'est pas d'un grand secours. Edward n'est pas son fils et, pour tout arranger, George l'appelle Eddie…

— Quand vous dites qu'il n'est pas le fils de Sir George…, la coupa, Eva.

Mais elle s'arrêta net, au grand regret de Wilt qui avait espéré un instant l'entendre demander si Edward était illégitime.

— Mon premier mari est mort dans un accident de voiture.

— Quelle horreur ! Je suis désolée.

— Pas moi ! Je sais que je devrais l'être, mais il était d'un rasoir ! Enfin, je ne vous ai pas fait venir jusqu'ici pour vous parler de lui.

Wilt la remit sur la voie :

— Vous disiez qu'Edward n'aime pas l'histoire. Est-ce la seule matière où il n'excelle pas ?

— Il a raté l'anglais, l'année dernière. Sans doute qu'il trouvait également ça vieux jeu. Mais, vous savez, je ne pense pas que ce soit l'unique raison. Échouer à ses examens est sa façon de se venger de mon mari. Vous comprenez, George considère le passé comme beaucoup plus important que le présent. De plus, il est relativement âgé, quoique plus jeune que mon oncle Harold - mais d'un caractère aussi difficile.

Wilt réfléchit à ce qu'il venait d'entendre et n'y trouva aucune logique. Lady Clarissa était sans doute plus imbibée qu'il ne l'avait d'abord cru. Il réussit à croiser le regard d'Eva qui se hâta de se mêler à la conversation :

— Vous n'avez pas eu de problèmes pour faire entrer votre oncle dans la maison de retraite ?

— Non, après la bagarre à laquelle je m'attendais. D'abord, il a déclaré que c'était trop bruyant, ce qui était faux ; puis il a découvert qu'une Noire travaillait en cuisine, et il a piqué une crise à propos du sida en Afrique. J'ai dû lui faire remarquer qu'elle était née à Manchester et qu'elle avait l'accent de sa banlieue. Bref, ce n'est pas encore tout à fait gagné mais j'ai bon espoir.

En écoutant tout ça, Wilt se demanda quelle sorte de gens il aurait à fréquenter au manoir de Sandystone. Il décida d'annoncer dès maintenant qu'il n'avait jamais été à Porterhouse : ça valait mieux que d'attendre d'être pris en flagrant délit de mensonge par Sir George.

— Au fait, je dois vous dire franchement que j'ai été à Fitzherbert, et pas à Porterhouse.

Ignorant le regard furieux d'Eva, Wilt continua :

— Longtemps avant mes études, Fitzherbert s'appelait le « collège des bourgeois », mais je pense que c'était avant que votre mari n'aille à Cambridge.

— Le « collège des bourgeois... » Quel drôle de nom ! Je trouve Fitzherbert bien plus joli. Plus élégant également si vous voyez ce que je veux dire, fit remarquer Lady Clarissa d'un ton rieur.

Eva poussa un ouf de soulagement.

— Je suis bien d'accord avec vous.

Sur ce, ils allèrent déjeuner. Wilt était lui aussi d'humeur joyeuse. Il n'avait jamais rien bu d'aussi mortel que ce martini dry. On l'avait servi dans un grand verre et le gin était dix fois plus fort que d'habitude. Il préféra ne pas songer aux dégâts qu'un second martini dry aurait occasionnés. Il l'aurait sûrement plongé dans un état de totale confusion, comme cela lui arrivait quand il se creusait les méninges trop longtemps. En tout cas, une chose était évidente : Lady Clarissa était une buveuse accomplie.

— Quand se termine votre trimestre à l'université ? demanda-t-elle à Wilt après avoir commandé le repas et s'être prise de bec avec le sommelier.

Elle avait longuement consulté la carte des vins et choisi un château-latour, mais avait ensuite appris qu'il manquait. Le sommelier avait alors suggéré un bordeaux nettement moins cher. Lady Clarissa avait accepté à contrecœur, mais, en le goûtant, elle fut subjuguée.

— Vous pouvez le croire ? Je pense que je le préfère à mes deux martinis dry, déclara-t-elle après que le serveur eut rempli leurs verres et se fut éloigné.

Wilt se concentra pour répondre à sa première question :

— Je suis libre à la fin de la semaine.

— Mais les qua..., commença Eva.

— Nos filles reviennent de St Barnaby dans douze jours, l'interrompit-il pour éviter une diatribe d'Eva au sujet des quadruplettes.

Les Gadsley allaient avoir une mauvaise surprise. Ils auraient moins envie de garder Henry et sa famille à demeure quand les quadruplettes débarqueraient et commenceraient à se déchaîner. L'enfer serait moins douloureux.

— Vous êtes obligé de les attendre ? demanda Lady Clarissa. J'aimerais qu'Edward intègre Porterhouse dès qu'il aura passé l'examen, cet automne.

Wilt garda ses réflexions pour lui. Même si le gamin réussissait l'épreuve d'histoire cet automne, il était évident qu'il n'entrerait pas à Cambridge avant un an. Mais, avec Porterhouse, on ne savait jamais. Sur le plan des études, ce collège était un des moins exigeants de Cambridge. Et, pour autant qu'il s'en souvenait, c'était aussi le moins conventionnel. À Porterhouse, tout était envisageable.

— Je vous serais reconnaissante si vous commenciez dès que possible, poursuivit Lady Clarissa. Vous pourriez vivre au manoir, si vous ne voulez pas emménager tout de suite dans le cottage. Et voir comment les choses se passent avec mon mari...

Wilt fixa Eva.

— Je suis sûr de pouvoir m'arranger. N'est-ce pas, mon amour ?

Eva fit semblant d'être enthousiaste :

— Mais bien sûr. Il ne s'agira d'ailleurs que de quelques jours.

Se faire appeler « mon amour » par Wilt était un événement exceptionnel qui, ces dernières années, n'avait le plus souvent annoncé que des ennuis. Eva était également intriguée par l'attitude conciliante de Wilt : en général, il refusait obstinément de faire ce qu'on lui demandait. Elle était plus inquiète encore par la façon dont Lady Clarissa – qui avait ingurgité les deux tiers de la bouteille de vin – le couvait du regard. Wilt retenait son attention de façon exagérée. Elle allait devoir surveiller tout ça de très près. Mille cinq cents livres par semaine plus le gîte et le couvert, c'était cher payé pour un simple prof. « Faire des galipettes » fut l'expression qui lui vint à l'esprit et qu'elle utilisa lors du trajet de retour à bicyclette.

Arrêtée à un stop, elle lança à Wilt :

— Si tu crois que tu vas faire des galipettes avec cette femme, tu te goures !

Il lui sourit, et répliqua en criant quand ils repartirent :

— C'est toi qui m'as trouvé ce job. Et je ne comprends pas ce que tu veux dire. J'essayais seulement de coopérer. De toute façon, Lady Clarissa était aussi beurrée qu'une tartine.

— D'accord, mais tu n'avais pas besoin de lui passer de la pommade.

— Je pensais que tu apprécierais, mon amour.

Cette fois-ci, Wilt avait pris un tout autre ton pour prononcer « mon amour ». Enfin, au moins, il lui avait obéi et s'était conduit convenablement, songea Eva.

Ils firent le reste de la route en silence, mais dès qu'ils eurent franchi le seuil de leur maison, Eva explosa à nouveau :

— Elle n'a pas arrêté de t'appeler « Henry » et de me donner du « Mrs Wilt ». Pourquoi ? Elle aurait pu m'appeler « Eva ».

— Elle t'a appelée « chère Mrs Wilt » plusieurs fois. Après tout, je suis à son service, pas toi – et dans leur milieu ils doivent appeler leurs serviteurs par leurs prénoms. Pas de quoi en faire un plat.

— Eh bien, crois-moi, les choses en resteront là, prévint Eva avant de se souvenir d'un autre de ses griefs. Quand elle t'a proposé de t'emmener, tu as sauté sur l'occasion. Je n'ai pas beaucoup aimé ça.

— J'ai accepté uniquement parce que tu auras besoin de la voiture pour aller chercher les quadruplettes. Je n'ai pas « sauté sur l'occasion ». Et je ne lui ai jamais passé de la pommade. Je me suis montré comme tu m'avais dit : très poli. Sur mon trente et un, et ratiboisé comme un caniche… Qu'est-ce que tu voulais que je fasse ? Que je l'insulte ?

Eva dut reconnaître qu'il avait raison. N'empêche, elle n'avait pas apprécié la façon dont Lady Clarissa avait regardé Henry. Bien sûr, cette femme avait commencé à boire avant leur arrivée, mais pouvait-on être certain qu'elle ne boirait pas autant quand Henry partagerait sa maison ? La réponse était claire.

Se demandant comment écarter une telle menace, Eva monta faire son lit – Henry, qui dormait dans une chambre séparée, n'aurait qu'à faire le sien. Elle se mit à cogiter. Les quadruplettes étant la chose la plus importante de sa vie, pas question de les empêcher de recevoir l'éducation qu'elles méritaient. De toute façon, Henry était tellement asexué que Lady Clarissa pourrait lui faire autant de rentre-dedans qu'elle voudrait. « Ça m'étonnerait qu'il réponde à ses avances, se dit-elle. Mais il faudra tout de même que je le rejoigne dès que les quadruplettes auront fini l'école. Une fois installée, je l'aurai à l'œil. »

8

ONCLE HAROLD - OU LE COLONEL, comme il voulait qu'on s'adresse à lui - ne se plaisait pas du tout au Dernier Poste. La deuxième nuit, alors qu'il venait de s'endormir dans sa chambre du rez-de-chaussée, il fut réveillé par un effroyable fracas au-dessus de sa tête - un pensionnaire tombé de son lit ? - puis par les pas précipités de la directrice. Il ne réussit pas à entendre ce que racontaient les ambulanciers en montant au premier avec leurs gros godillots cloutés, bientôt suivis par une foule de gens, dont le médecin d'en face qu'on avait appelé bruyamment. Tous demeurèrent une éternité dans la chambre, sans cesser de se déplacer. Quand enfin ils en sortirent, le médecin commenta l'événement à haute voix, en faisant preuve d'un manque de tact flagrant :

— Peut-être qu'à l'hôpital ils pourront faire quelque chose pour ce pauvre vieux, mais j'en doute. Qu'est-ce qu'il lui a pris de sortir de son lit comme ça ?

— Il a sans doute oublié qu'il avait une sonde et il a voulu aller pisser. Il n'a plus toute sa tête, notre général, expliqua un infirmier. Et têtu, avec ça !

— C'est certain, conclut le médecin. Il a dû se cogner le crâne contre l'armoire en tombant.

Cinq minutes plus tard, le Colonel entendit la sirène d'une voiture de police, puis de nouveaux pas pesants dans l'escalier. Pourquoi n'empruntaient-ils pas l'ascenseur ? Au bout de cinq autres minutes, ils tentèrent d'utiliser la cabine.

— Il est bien trop grand pour entrer ! Il ne va jamais tenir... On aurait dû le loger au rez-de-chaussée.

— Quoi ? se récria la directrice. Pour que les visiteurs l'entendent jurer comme un charretier ? En règle générale, nous mettons les vieux dégoûtants en bas afin d'éviter qu'ils embêtent le personnel quand on les lève, les habille et le reste.

Le Colonel décida de donner de la voix :

— Je ne suis pas un vieux dégoûtant !

Il entendit quelqu'un déclarer à la directrice qu'elle avait raison.

Quelques instants plus tard, elle ouvrit la porte et passa sa tête à l'intérieur sans allumer.

— Ne vous en faites pas, vous allez vous rendormir comme un bon petit garçon...

— Je ne suis ni un vieux dégoûtant ni un bon petit garçon ! éructa le Colonel. C'est vous qui m'avez réveillé en piétinant dans les escaliers sans vous préoccuper des pensionnaires. Je ne le supporterai pas et je ne supporterai pas votre grossièreté, vous m'entendez ? D'ailleurs, à l'avenir, je vous prie de m'appeler « Sir ». Et maintenant, allez vous faire foutre !

— Oh, le vilain garçon ! s'exclama-t-elle. Mais je dispose d'une sonde spéciale pour les vieux messieurs insupportables.

Et elle claqua la porte.

Le Colonel avait alors maudit toutes les femmes de la Terre et songé tristement à son avenir. Il serait déplaisant et sans doute bref. Ah, ils étaient loin les jours où il détenait encore une certaine autorité !

Jusqu'à ce qu'il se rendorme, il avait réfléchi à un plan pour fuir ce trou à rats avant que cette sorcière ne puisse mettre sa menace de sonde à exécution. Il s'était souvenu qu'elle avait un fils officier dans un régiment local. Un homme de ce calibre aurait plus de respect pour un ancien militaire que pour sa vieille vache de mère. Inutile de tenter d'apitoyer Clarissa ; quand elle l'avait installé au Dernier Poste, elle avait été tout à fait claire : c'était ça ou La Fin du voyage, une maison de retraite au nom redoutable, d'où l'on sentait l'odeur du crématorium quand il était en plein rendement.

Non, Clarissa en avait terminé avec lui. Il connaissait la raison de ses visites régulières. « Rien à voir avec de l'amour, se répéta-t-il. En tout cas, rien à voir avec de l'amour pour moi. »

Si seulement il réussissait à faire passer un message à cet officier, il arriverait sans doute à s'échapper.

9

LE LENDEMAIN MATIN, Wilt eut la surprise de se réveiller de bonne heure et, tout en ingurgitant son petit-déjeuner à base de muesli – Eva affirmait avec insistance que c'était pour son bien –, il continua à décortiquer la Première Guerre mondiale. Eva était toujours couchée, ce qui contribuait à son bonheur. Mais il n'aurait sans doute pas été aussi relax s'il avait connu les sombres pensées qu'elle entretenait au sujet de ses rapports avec Lady Clarissa. Finalement, elle descendit dans sa robe de chambre mauve et jaune, et fut soulagée de le voir assis à la table de la cuisine, plongé dans un livre.

— Qu'est-ce que tu lis ?

— Un compte rendu des principales batailles de la Première Guerre mondiale. J'ai eu envie de les revoir avant d'essayer de les rendre intelligibles à... – comment s'appelle-t-il ? tu sais, le poussin des Gadsley – Edward. J'avoue que cette perspective ne m'enchante guère. C'est plein de sang – mais ça devrait plaire à cette jeune brute.

Eva ne voulut pas en savoir plus. Elle se hâta de préparer du thé pour elle et du café pour Wilt.

Elle posa la tasse d'Henry sur la table, mais hors de sa portée, et déclara d'un ton sarcastique :

— J'espère que tu t'es bien amusé hier soir.

En réalité, Wilt avait été forcé de trouver refuge dans un pub après avoir passé un après-midi infect à se faire harceler par sa femme pour qu'il se tienne bien au manoir de Sandystone : c'est-à-dire ne pas se soûler, ni jurer, ni faire l'amour à Lady Clarissa. Et sans laisser non plus Lady Clarissa lui faire l'amour. Excédé, il était allé chez les Braintree et avait entraîné Peter au Canard et Dragon, où ils s'étaient assis en terrasse pour boire de la bière tout en regardant les bateaux sur la rivière.

Peter lui avait demandé :

— Comment est cette Lady Clarissa ?

— Elle engloutit d'énormes quantités de martini dry comme si c'était de l'eau. Ce doit être une alcoolo... en tout cas, c'est l'impression que j'ai eue pendant le déjeuner. Et vu les yeux doux qu'elle m'a faits, ça ne m'étonnerait pas qu'elle voie un amant en cachette. Mais une chose est sûre, je vais me tenir à carreau. Non pas que j'aie l'intention d'apaiser la jalousie d'Eva dans un proche avenir. Une seule chose l'intéresse, les mille cinq cents livres par semaine que je vais toucher en donnant des cours particuliers à cet attardé.

Wilt était resté dehors le temps de s'assurer qu'Eva serait couchée. Il était assez sobre en rentrant chez lui.

Eva finit son thé et remonta dans sa chambre, laissant Wilt à ses lectures. Il fut à la fois surpris et dégoûté quand elle redescendit peu de temps après, portant une simple robe de chambre qui laissait voir un slip rouge vif. Le message était clair, mais Eva l'exprima de façon encore plus explicite :

— J'y ai réfléchi, Henry, et je suis arrivée à la conclusion qu'il était temps que nous ayons des rapports.

Une expression que Wilt ne supportait pas.

— Tu veux dire que nous fassions l'amour...

— Absolument. Ça ne nous est pas arrivé depuis des siècles et ce n'est pas à Sandystone que nous en aurons beaucoup l'occasion. Et puis les filles seront là...

Wilt l'interrompit :

— Tu fais un tel raffut qu'elles sont forcément au courant de ce qui se passe. Mais en fait ça importe peu : elles en savent plus sur le sexe que moi. Tu n'as jamais entendu Emmeline en parler ? De toute façon, je n'ai pas dormi de la nuit et je suis crevé. Même si je le voulais, je serais incapable de la lever. Et je ne le veux pas.

— Je me demande ce que tu fabriques pour être aussi « crevé » et si ça n'aurait pas à voir avec le fait que tu dors dans une chambre séparée. Mavis Mottram pense que si tu es un homme aux appétits normaux, tu dois te satisfaire tout seul puisque tu ne me satisfais pas. Je ne qualifie pas de « normales » la plupart de tes activités, mais, quoi qu'il en soit, tu seras heureux de l'apprendre, elle m'a donné du Viagra pour que tu aies une érection. Je sais que ça n'a pas marché pour nous dans le passé, mais elle dit que la dose était...

— Prendre du Viagra ? Pour risquer de devenir aveugle ?

Un instant, Wilt souhaita être aveugle. Ce maudit slip rouge lui incendiait la vue.

— Qu'est-ce que tu racontes... devenir aveugle ?

— Parce que tu n'es pas au courant ? C'était dans les journaux. Un certain nombre d'Américains ont perdu la vue après avoir pris du Viagra.

— Je ne te crois pas. Ils avaient dû se masturber, comme toi.

— Oh, bon sang ! Si tu penses ça...

— Sûr que je le pense ! Et dur comme fer !

Désespéré, Wilt leva les yeux au ciel.

— Alors, pourquoi est-ce que je ne suis pas devenu aveugle ? Ou je me masturbe et je n'ai pas perdu la vue ou je ne suis pas aveugle parce que je ne me masturbe pas. Qu'est-ce que tu choisis ?

— Certains hommes sont différents, répondit Eva tellement désorientée qu'elle ne savait plus de quoi elle accusait Wilt.

— Mais en général ils deviennent aveugles, c'est ça ? Donc, si je suis ton raisonnement, la plupart de ceux que tu croises dans la rue, avec des cannes et des chiens, se branlent ?

— Bien sûr que non ! Et combien de fois devrai-je te répéter de ne pas utiliser de gros mots ?

— Est-ce que tu vérifies aussi s'ils ont des poils dans la paume des mains ?

— Non, pour quoi faire ?

— Parce qu'il y a une autre faribole racontée par de vieilles femmes aussi stupides que toi et Mavis Mottram. Tu pourras la tester sur le fils Gadsley. Quand j'étais au lycée, on disait aux plus jeunes que, s'ils faisaient ça, ils auraient des poils qui leur pousseraient dans les paumes. Et ces imbéciles regardaient leurs mains pour vérifier.

— Tu as dû aller dans une école bizarre.

— Toutes les écoles sont bizarres. Elles le sont forcément, vu le nombre de crétins qui en sortent.

Sans laisser à Eva le temps de répliquer, Wilt sortit de la cuisine et fonça vers la porte en ajoutant :

— Je vais à la fac pour y trouver la paix et la tranquillité. Fais-toi donc un self-service en mon absence. Ta culotte rouge flamme ne demande que ça !

Il abandonna Eva tandis qu'elle tentait de comprendre cette dernière remarque. Dix minutes plus tard, il s'asseyait au soleil devant la cabane du vieux Coverdale, une tasse de thé à la main.

— Est-ce que ça te manque de ne plus faire l'amour ? demanda-t-il à son grand copain.

— J'y ai renoncé voilà des années. C'est un passe-temps très surfait. Et puis tu devrais voir ma bourgeoise : un vrai remède contre le radada. Il faudrait être un obsédé sexuel pour avoir envie d'elle – et même si on l'était on le regretterait !

— N'en dis pas plus ! Ma femme se balade dans la maison avec une petite culotte qui rendrait impuissant à vie le pire des violeurs. Elle la porte chaque fois qu'elle a envie de ce qu'elle appelle « avoir des rapports ».

— C'est pour le moins… curieux !

— Bon, parlons d'autre chose. Voyons comment je pourrais réussir à faire passer son examen à ce jeune idiot, si, chaque fois que je potasse, ma foutue épouse vient fourrer son nez dans mes affaires.

— Ce n'est pas de son nez que tu dois te méfier ! Veille à ce qu'elle ne fourre pas du Viagra pilé dans ton assiette.

Accablé, Wilt secoua la tête. Il se souvenait trop bien du fiasco qu'avait été la tentative d'Eva de lui faire absorber un aphrodisiaque. À ce train, il aurait de la chance s'il arrivait sain et sauf au manoir.

10

LADY CLARISSA REVINT DE BONNE HUMEUR À SANDYSTONE. Elle avait passé une nuit mouvementée à Ipford avec son jeune homme. Et maintenant qu'elle avait fait sa connaissance, elle attendait avec impatience l'arrivée de Wilt le week-end suivant.

Visiblement, c'était un homme instruit. Il serait un précepteur parfait pour Edward, qui devait rentrer de son internat quelques jours plus tard.

Même Sir George était plus avenant que d'habitude. Il venait d'apprendre qu'un voisin qu'il détestait avait été condamné à trois mois de prison pour conduite dangereuse et à deux ans de suspension de permis pour conduite en état d'ivresse.

— Cela lui apprendra à pénétrer sans autorisation sur mes terres, déclara-t-il à sa femme. Comme tu le sais, je lui ai dit à maintes reprises de ne pas le faire… Enfin, te voici de retour. Comment va ton oncle dans sa nouvelle maison de retraite ? Il s'amuse bien ?

— Pas du tout, malheureusement. Il n'a pas cessé de me téléphoner à mon hôtel pour se plaindre du bruit des voitures, et me raconter que le général installé au premier étage était tombé de son lit alors qu'il venait de s'endormir et qu'on n'avait pas pu le mettre dans l'ascenseur du fait de sa grande taille. En plus, la directrice l'a traité de « sale gosse » quand il a demandé qu'on fasse moins de bruit. Il n'aime pas non plus le nom du Dernier Poste. Il le trouve morbide. Ah oui ! Il déteste aussi être obligé de porter ce qu'il appelle un « linceul prématuré ».

— Un linceul prématuré ? Que diable veut-il dire par là ?

— Une chemise de nuit longue. Comme il n'a qu'une jambe, ils doivent juger ça plus pratique qu'un pyjama. On lui a conseillé de se faire poser une sonde, mais il ne veut pas en entendre parler. Dieu sait pourquoi !

Sir George aurait pu en discuter mais il préféra s'abstenir. La pose de la sonde qu'il avait subie après une opération était une expérience qu'il ne souhaitait à personne, même pas à ce misérable vieux crétin d'Harold. Il passa donc à un sujet plus plaisant :

— À propos, j'ai trouvé une excellente cuisinière. Elle a commencé vendredi, et, doux Jésus, c'est quelqu'un de tout à fait spécial. Elle s'appelle Philomena Jones, mais veut bien répondre au nom de Philly. Ce qu'elle peut tirer d'une oie est absolument remarquable...

Lady Clarissa essaya d'imaginer ce qu'on pouvait faire d'une oie à part la rôtir. Sûrement pas la frire ou la bouillir !

— D'abord, elle frotte du lard dessus et l'enduit de beurre. Elle appelle ça le « baiser du diable ». Puis elle la fourre avec du foie gras, du boudin noir et... j'ai oublié. Elle ôte la tête et le cou mais les remet avant de servir. Elle a un grand sens artistique, cette Philly... Hier soir, comme dessert, elle m'a fait choisir entre un sabayon et un biscuit aux prunes, suivi d'un limburger, un fromage auquel je n'avais jamais goûté.

— Je comprends ça ! J'en ai pris une fois et je l'ai trouvé absolument nauséabond. L'odeur seule avait de quoi m'en dégoûter pour le reste de mes jours.

— Question d'habitude, j'imagine. Mais je t'assure que je n'ai jamais aussi bien déjeuné ou dîné de toute mon existence. Un week-end d'oie, de canard, de perdrix... Dis-lui le nom d'un plat, et Philly le préparera. Elle a, bien sûr, tout un choix de farces à son répertoire. Elle a mélangé des escargots frits dans de l'ail et...

— Minute ! D'où venaient ces escargots ? D'une boîte de conserve, j'espère.

— Dieu du Ciel, quelle horreur ! Elle les ramasse dans le potager. Elle se débrouille comme un chef pour accommoder tout ce que procure la nature. Hier, nous avons eu de la poitrine farcie de hérisson en hors-d'œuvre. Bien sûr, elle l'avait cuit dans de l'argile pour enlever les piquants. Un vrai délice.

— Et très sain, je n'en doute pas, répliqua Clarissa en ricanant. En d'autres termes, il suffit que je m'absente deux jours pour que tu ne tiennes plus aucun compte des instructions très strictes de ton cardiologue. Il t'est interdit de manger trop de corps gras, et tu dois t'en tenir au poulet et au poisson. Au lieu de ça, je rentre pour découvrir que tu te complais dans un régime positivement mortel d'oie farcie au foie gras et au boudin, sans parler d'autres aliments parfaitement répugnants. J'aimerais bien savoir où tu as pêché cette Landru en jupons de cuisinière.

Sir George sourit.

— Au tribunal, pour tout te dire. Elle avait été condamnée à un mois de service d'intérêt général pour braconnage. Dans un souci d'épargner l'argent du contribuable, je l'ai amenée ici – autrement dit, elle ne coûte absolument rien. Sauf ce qu'elle mange. Je la loge et la nourris. De cette manière, je me régale tout en faisant des économies.

— Parfait. Encore une chose avant que tu tombes raide mort : est-ce que cette Philomena Jones est une gitane ?

Sir George eut une hésitation :

— Tiens, je n'y avais pas pensé. Elle habite dans les parages, et l'homme avec qui elle vit a été condamné à six mois de prison – pour violence sur un garde-chasse, je crois. Si j'avais su que sa femme était une aussi bonne cuisinière – à supposer qu'elle soit sa femme –, j'aurais usé de mon influence pour le faire condamner à une peine bien plus lourde.

— Formidable ! Vraiment formidable ! Je comprends qu'elle ait envie de te tuer !

Clarissa regarda par la fenêtre en songeant à ses propres moyens d'action. Elle ne souhaitait pas être veuve une seconde fois. Pas tout de suite, en tout cas. Mais elle ne partageait pas du tout les goûts gastronomiques de son époux. Les escargots du jardin et les hérissons étaient... Ne parvenant pas à trouver le qualificatif adéquat, elle changea de sujet :

— Est-ce que je me trompe en supposant que cette créature est grosse ?

— Dodue comme une dinde d'Amérique, si tu vois ce que je veux dire.

— En d'autres termes, atrocement grosse.

— Oh, il ne faut pas exagérer. Très ronde mais pas obèse.

— Toi et moi, nous n'avons pas la même définition du mot « obèse » et je n'arrive pas à comprendre l'attirance phénoménale que tu as pour les femmes énormes - Dieu sait pourquoi tu m'as épousée.

Elle fixa Sir George dans les yeux, le mettant au défi de lui répondre. Il eut assez de tact pour se taire.

— Bon, mieux vaut que j'aille voir à quoi ressemble ce parangon de cordon-bleu.

— Tu peux la sonner. Elle aime bien que je l'appelle.

— Je n'en doute pas. Mais je préfère constater de mes propres yeux quelle bête sauvage elle nous prépare pour le dîner. Des cuisses de grenouille pêchées dans les douves ? Des testicules de lièvre sur canapés ? George, tu me désespères !

Sur cette remarque tragique, Clarissa emprunta le long couloir menant à la cuisine, où elle fut confrontée à une femme qui n'avait rien d'une gitane, étant donné ses cheveux blonds et son teint clair. Elle avait un nez un peu retroussé, des pommettes roses qui s'épanouissaient sous des yeux enfoncés. En fait, et c'était grotesque, elle n'était que renflements et protubérances.

— Je suppose que vous êtes Philomena. Philomena Jones.

— Vous pouvez m'appeler Philly. Comme presque tout le monde.

— C'est votre vrai nom ? Non que ça m'importe...

— Oui, m'dame, sauf pour la fin. J'l'ai inventée au tribunal.

— Bon, je suis Lady Gadsley et vous m'appellerez « Milady ».

— Oui, m'dame. Je l'appelle « Mr Gadsley ».

— Vous l'appelez comme vous voulez, quoique dorénavant j'aimerais que vous n'ayez plus de contacts qu'avec moi. Et quel genre de poison allez-vous nous servir ce soir ?

— Du poison, m'dame ? Vous pensiez à quèque chose en particulier ?

— Je vous ai dit de ne pas m'appeler « m'dame ».

Philly sourit.

— J'le sais, mais si je vous disais « Milady », je serais obligée de vous faire la révérence, non ? Et je risquerais de tomber par terre et d'avoir du mal à me relever. Quand j'me lève de mon lit, je dois faire très attention. Une fois, je suis tombée devant un rouleau compresseur et j'ai dû ramper pour plus être sur son chemin...

— Ç'aurait été dommage ! déclara Lady Clarissa d'une façon ambiguë. Mais je ne suis pas venue vous voir pour discuter des misères du monde. Je veux parler bonne chère.

— Bonne chair ? Milady veut dire chair à pâté ? Vrai que le soir Mr Gadsley aime bien ce qui est cochon, si vous voyez ce que je veux dire.

Lady Clarissa frissonna.

— Vous parlez de porc grillé ou de grosse cochonne ? lança-t-elle, mais la cuisinière ne comprit pas la fine allusion. Tant pis, ajouta-t-elle en voyant Philly chercher en vain une réponse. Je veux que ce soit bien clair : je ne partage pas les goûts de mon mari pour les escargots, les hérissons, le boudin noir, la farce au foie gras, sans parler des autres bestioles que vous lui servez. D'après ce que Sir George m'a dit, je ne serais pas surprise que vous lui prépariez des fricassées de limaces ou autres mollusques. C'est tout simplement ridicule !

— Oh non, m'dame ! J'ai jamais entendu quelqu'un demander des limaces au p'tit-déjeuner. Et pour le souper non plus.

— Encore une chance ! Alors, qu'est-ce que vous nous préparez pour ce soir ?

— J'pensais, parce que Mr Gadsley arrête pas de me demander des petites choses salées, faire des amanites...

Lady Clarissa faillit s'étrangler.

— Des amanites ? Vous voulez dire les champignons ? Elles sont souvent vénéneuses !

— Certaines. Ça dépend c'qu'on ramasse. Mon vieux dit que celles qui sont blanches sur l'dessus et blanches sur l'dessous sont bonnes. Celles à chapeau rouge sont mauvaises.

— Enlevez-moi ça du menu, pour commencer ! Je ne veux pas encore tuer mon mari... Et comme plat principal ?

— Du cochon de lait grillé à point. J'vous l'ai dit, il aime tout ce qui est cochon.

— Non, pas question. Nous dînerons légèrement, ce soir. Des asperges en conserve, suivies de sardines avec une salade de laitue et des haricots en boîte. Et, pour finir, un simple cheddar.

Là-dessus, Lady Clarissa partit comme une furie à la recherche de Sir George.

— Toi tu as peut-être envie de mourir prématurément d'un empoisonnement alimentaire, mais pas moi ! se déchaîna-t-elle, quand elle l'eut retrouvé. Et cette horrible créature qui sévit ici ne connaît pas plus la cuisine saine que moi la structure de l'atome. Je viens de lui commander une salade pour dîner ce soir.

— Mon Dieu, pas ça ! Je me léchais déjà les babines en songeant à de délicieux hors-d'œuvre suivis d'un cochon de lait.

— Tu n'aurais sans doute pas survécu jusqu'au cochon de lait. Elle allait d'abord te servir des amanites. Oui, mon cher, des amanites, diverses et variées. Tu sais, celles qui sont blanches en dessous… comme les tue-mouches. Ah, je pensais bien que ça te secouerait un peu !

— Je ne suis nullement secoué. Philly connaît à coup sûr son affaire. Après tout, c'est une enfant de la campagne. Elle vit de la terre depuis sa naissance.

— Nourrie au sein par mère Nature, je suppose !

— Tu vois de quoi je parle. Les gitans ont un don pour survivre - si c'est une vraie gitane.

— D'où qu'elle sorte, enfonce-toi bien dans le crâne que nous ne succomberons pas à la cuisine fatale de cette créature. Je ne te laisserai pas rendre l'âme ou, pis encore, rester paralysé à la suite d'une hémorragie cérébrale. Une attaque, quoi !

— Je sais parfaitement ce qu'est une hémorragie cérébrale, merci beaucoup.

Lady Clarissa, qui prenait un plaisir pervers à percevoir l'irritation dans la voix de son mari, enfonça le clou :

— J'ai eu un vieil ami qui, après une attaque, s'est transformé en légume du jour au lendemain. Je m'en souviens très bien. Il n'arrêtait pas de dire que toutes ces histoires de cholestérol et d'artères bouchées étaient de la foutaise. Il fumait un cigare après l'autre et, comme il aimait tout dans le porc, ce soir-là, il s'en était servi deux généreuses portions. Il se tenait debout devant la cheminée quand il s'est soudain affaissé. Il n'a plus jamais parlé, ni bougé les mains. Il émettait des petits bruits pitoyables que sa femme tentait en vain d'interpréter. Elle est restée trois ans à son chevet ; son cardiologue l'avait prévenue que l'état de son mari ne s'améliorerait jamais, mais, dévouée au-delà de tout, elle a persévéré. Elle n'a accepté que son mari soit mis dans une maison de retraite qu'après avoir rencontré un fonctionnaire important du Foreign Office et en être tombée amoureuse. Je peux te donner son nom. C'était...

— Je ne veux pas le savoir ! hurla Sir George.

— Bon, je ne te le dirai pas. Mais il a traîné tel un mort vivant pendant encore sept ans avant de casser sa pipe. J'ai assisté à sa crémation, et je me rappelle avoir espéré qu'il soit vraiment mort quand son cercueil a glissé vers le foyer. Après tout, il aurait pu ne pas l'être. Ah, autre chose...

Mais Sir George en avait assez entendu.

— Ferme-la, bon sang ! s'écria-t-il en jetant dans la cheminée éteinte son Montecristo n° 2.

Lady Clarissa ne lui en assena pas moins le coup de grâce :

— Il s'appelait Henry LePorc, un nom prédestiné étant donné son amour pour le cochon grillé. Et à la fin appropriée, diront certaines personnes.

— Je n'en crois pas un mot, pleurnicha Sir George. Tu as entièrement inventé cette histoire répugnante.

— Tu te trompes. Vérifie à son nom dans le Who's Who. Il est mort en 1986... Mais, à la réflexion, tu ferais mieux de consulter le Who *was* Who.

Sir George ébaucha un sourire.

— Ça n'existe pas, espèce d'idiote !

— Bon, alors regarde dans la dernière édition du Who's Who qui a épousé Leonard Nocking. Je peux te le dire pour t'éviter de chercher... c'était la veuve d'Henry LePorc, l'année qui a suivi sa mort. Nocking a été anobli peu de temps après pour services rendus à la médecine. Un grand homme qui, pour autant que je sache, l'est resté.

Plus tard, le dîner léger fait de salade d'asperges et de sardines terminé, Sir George fila dans son bureau et consulta le Who's Who. Nocking y figurait. Sa garce de femme ne lui avait pas menti.

Dans la cuisine, Philomena caressait tendrement le petit cochon qu'elle n'avait pas fait cuire. S'il avait été vivant, elle lui aurait volontiers donné le sein. Elle s'apitoya sur le sort du pauvre animal, réprouvé même après sa mort.

11

SI LA VOITURE DE MISS YOUNG en avait eu le pouvoir, elle se serait également sentie maudite : les manigances des quadruplettes pour pourrir le voyage de sa propriétaire à Inverness avaient été couronnées de succès.

L'effet du kilo de sucre dilué dans de l'eau chaude et versé dans le réservoir avait été amplifié par une pomme de terre enfoncée dans le tuyau d'échappement à l'aide d'un manche à balai. La pomme de terre ayant été préalablement badigeonnée de superglu, il fut impossible de la retirer sans démonter tout l'échappement. En fait, ce fut elle qui causa la première panne : la Honda flambant neuve dont Miss Young était particulièrement fière dut être apportée dans un garage local pour être réparée. Miss Young, qui avait été autorisée à quitter l'école six jours avant la fin du trimestre pour assister au mariage de sa cousine, n'apprécia pas l'incident. C'est le moins qu'on puisse dire. Et elle sut tout de suite qui pouvaient être les responsables du méfait.

Après deux jours, la voiture lui fut rendue avec un nouvel échappement et elle reprit la route – et c'est alors que l'eau sucrée fit des ravages. Elle venait d'entrer dans le tunnel de Dartford quand son véhicule tomba en panne. C'était malheureusement l'heure de pointe avec un trafic déjà terriblement ralenti, sa Honda arrêtée dans le tunnel représentait un redoutable obstacle pour les centaines de voitures coincées derrière elle.

Coups de klaxon furieux, jurons des conducteurs – des insultes grossières comme Miss Young n'en avait jamais entendu de sa vie, et qu'elle souhaita ne plus jamais entendre. Il fallut une heure pour qu'une dépanneuse parvienne jusqu'à elle. Mais à cet instant, la voiture qui était juste derrière elle tenta de contourner son véhicule en empruntant la voie médiane… et elle fut heurtée, et méchamment endommagée, par un énorme poids lourd français qui n'aurait pas dû être là. Finalement, deux heures furent nécessaires pour libérer la Honda et la sortir de cet enfer. À ce moment-là, Miss Young n'avait plus rien à voir avec la femme qui avait quitté St Barnaby quelques heures auparavant. L'état d'hystérie dans lequel elle se trouvait nécessita son transport d'urgence dans un hôpital psychiatrique où elle fut bourrée de sédatifs.

— Je vais tuer ces petites merdeuses ! hurla-t-elle, juste avant que la dose massive de tranquillisants ne fasse son effet, en apprenant qu'il faudrait une semaine pour réparer sa voiture. Je dois assister au mariage de ma cousine Sarah dans trois jours !

Les infirmières en doutèrent. De même que le médecin ghanéen appelé au chevet d'un cas aussi délicat. Quand il arriva, Miss Young dormait du sommeil du juste.

À peine réveillée, le lendemain après-midi, elle insista pour s'en aller.

Comme elle s'efforçait de quitter son lit et que les infirmières tentaient de l'arrêter, elle les insulta en utilisant quelques-uns des mots orduriers qu'elle avait appris dans le tunnel.

L'infirmière en chef intervint :

— Ma chère, vous êtes toujours en état de choc, et pas suffisamment remise pour mettre un pied devant l'autre. Il vous faut du repos.

Persistant à gagner la porte, Miss Young hurla :

— Et vous, il faudrait qu'on vous fiche dehors !

L'infirmière soupira. Si cette garce stupide voulait s'en aller, elle ne bougerait pas le petit doigt pour l'en empêcher. La vie était déjà assez difficile pour qu'on n'ait pas en plus à s'acharner à vouloir faire le bien d'une jeune femme bien éduquée mais totalement hystérique contre son gré.

Plus tard, elle raconterait au médecin ghanéen qui lui prêterait une oreille compatissante, habitué qu'il était aux injures racistes des patients :

— Elle m'a insultée en utilisant un langage d'une grossièreté incroyable. Ça lui fera les pieds si elle se trompe de gare. Dans son état, ça risque bien de lui arriver, mais tant pis pour elle !

Deux heures plus tard, Miss Young était dans un train pour Cardiff et, encore sous l'effet des sédatifs, elle s'était rendormie. Mais l'infirmière en chef ne s'était pas trompée : elle avait choisi la mauvaise gare, et n'avait pas cru le guichetier qui l'avait assurée ne pas vendre de billets pour Inverness.

— Alors, donnez-m'en un qui m'y mènera en taxi !

— Madame, écoutez-moi, ici c'est une gare, pas une station de taxis.

— Bien sûr ! Je le sais. Donnez-moi un billet, espèce de gros tas. Je suis pressée !

Convaincu qu'il avait affaire à une cinglée – et vulgaire, par-dessus le marché –, le préposé lui vendit un billet pour une petite ville du pays de Galles au nom imprononçable, espérant qu'il s'y trouverait un bon asile ou au moins un centre de désintoxication, et que les autochtones auraient mieux à faire que de s'entretenir avec une Anglaise complètement toquée.

Après avoir dormi pendant tout le trajet, Miss Young se réveilla tout étonnée en gare de Cardiff. Les sédatifs ne produisant plus leur effet, elle comprit pourquoi le guichetier avait tant insisté pour lui faire comprendre qu'il ne pourrait pas lui vendre un billet à destination d'Inverness, et sa drôle de tête quand elle avait déclaré qu'elle prendrait un taxi.

Toujours aussi déterminée à se rendre au mariage, elle essaya de louer une voiture – tentative vouée à l'échec, étant donné qu'elle avait perdu son permis de conduire en partant de l'école. Insulter l'agent d'Avis lui soulagea les nerfs, mais ne servit à rien d'autre. Il dut menacer d'appeler la police pour qu'elle renonce et se rende à pied au centre-ville. Étant, heureusement, en possession de sa carte bancaire, elle prit une chambre dans un hôtel. Affamée et échafaudant des projets de meurtre à l'encontre des diaboliques filles Wilt, sans nul doute responsables des horribles événements qui l'avaient accablée ces deux derniers jours, elle reconnut néanmoins sa défaite.

Elle envoya à sa cousine un message urgent dans lequel elle regrettait de ne pouvoir assister au mariage : sa voiture étant tombée en panne, elle était coincée à Cardiff à cause de la crétinerie d'un chauffeur de taxi. Elle monta ensuite dans sa chambre et commanda des sandwichs. Quand on les lui apporta, elle s'était rendormie.

12

À ST BARNABY, les quadruplettes élaboraient un plan final pour se venger de Mrs Collinson, la directrice, qui les avait obligées à se tenir à l'écart des autres filles jusqu'aux grandes vacances.

Penelope ouvrit le débat :

— Quelle vieille emmerdeuse ! On dirait qu'on a une maladie contagieuse. Je vote pour qu'on mette quelque chose d'horrible dans son bureau en son absence.

— Comme quoi ? demanda Samantha.

— Un serpent ? Si on se procure une couleuvre et si on la peint en noir, la vioque aura une attaque.

— Et où est-ce qu'on va dégoter une couleuvre ? répliqua Josephine, peu convaincue. Et puis les serpents me foutent la trouille.

— OK, on laisse tomber les serpents. On peut sûrement trouver un truc qu'elle déteste et dont elle ne pourra pas nous accuser.

— Si on s'introduisait dans son bureau, on pourrait enregistrer des tas de films pornos dans son ordinateur et prévenir les flics ?

— T'es idiote ou quoi ? Comment on trouverait son mot de passe ? La dernière fois, on est arrivées à faire ce genre de chose parce que t'avais réussi à deviner que celui de maman était « frustrée », mais de toute façon elle nous a piquées avant qu'on ait eu le temps de le montrer à papa et d'appeler le 999.

— Et si on recommençait le coup du sucre dans le réservoir ?

— C'est pas rigolo, et puis on risque de se faire prendre, protesta Penelope. Si tu ne veux pas être attrapée, tu ne recommences pas un truc qui a déjà marché une fois. Il faut que ça soit différent d'avec Miss Young, et subtil, comme...

— Vas-y ! Comme quoi ?

— Je pense à rien. Mais on doit trouver avant la fin du trimestre, si on veut vraiment se débarrasser d'elle.

Assises derrière le chalet de hockey, les quadruplettes cogitèrent en vain sur la solution diabolique idéale. Elles n'étaient d'accord que sur une chose : il fallait que ce soit si horrible, scandaleux, énorme et retentissant que la situation de la directrice deviendrait intenable et qu'elle serait virée avant leur propre départ.

Emmeline suggéra de ruiner la réputation de Mrs Collinson en la faisant passer pour une perverse sexuelle.

— L'autre jour, j'ai lu un article sur un type appelé Driberg. Il adorait les capotes usagées. Ça l'excitait. Je crois qu'il les suçait.

— Oh, la ferme ! hurla Penelope. C'est dégoûtant !

— Tu fais ta bégueule, mais je parie que tu as des fantasmes absolument dégueulasses.

— S'il y a quelqu'un de pervers, c'est toi, espèce de timbrée !

— Pute !

— Salope !

— Connasse !

Après avoir échangé des tonnes d'insultes de plus en plus grossières – elles auraient pu en remontrer aux chauffeurs bloqués dans le tunnel de Dartford –, elles se roulèrent par terre en se battant comme des chiffonnières.

Malheureusement, le gardien de l'école les surprit, et elles furent confinées dans leur chambre pour une fin de semaine morose.

Au manoir de Sandystone, Sir George n'était pas gai non plus. Lady Clarissa lui avait imposé une série d'abominables plats diététiques et elle s'était montrée si grossière avec Philomena Jones que la nouvelle cuisinière refusa de rester plus longtemps.

Elle annonça sa décision un soir, tandis qu'il mâchonnait une salade de romaine, lentilles et carottes crues qu'il détestait particulièrement.

— Ça m'est égal si vous m'envoyez en prison. On est mieux traité par les gardiennes que par elle.

Sur ce, Philly sortit trop vite de la salle à manger pour entendre Clarissa lancer :

— Bon débarras, espèce d'ordure !

Sir George décocha un regard vénéneux à sa femme. Il s'apprêtait à lui faire remarquer qu'il était le propriétaire du manoir, et avait donc le droit d'engager qui bon lui semblait, quand Clarissa lui annonça que, de plus en plus inquiète au sujet de son oncle, elle se rendrait à Ipford le lendemain pour savoir ce qui se passait. Elle ajouta qu'elle se chargerait de recruter une cuisinière convenable afin de remplacer l'affreuse créature qui aurait fini par les empoisonner si elle était restée.

Sir George explosa. Il rappela que c'était lui le maître des lieux, et il cria si fort que Philly dut l'entendre dans la cuisine :

— Ton maudit oncle peut aller se faire voir ! Tu viens de virer la cuisinière la plus inventive que j'aie jamais eue, et tu crois pouvoir filer auprès de ta chère famille en me laissant mourir de faim ? Tu peux aller au diable avec elle. Fourre-toi bien ça dans le crâne : Philomena va rester. Autrement, je dis à Philly de te faire décamper d'ici même si elle doit te traîner par la peau du cou. Tu ne lui arrives pas à la cheville !

Interloquée pendant quelques secondes, Lady Clarissa rétorqua :

— Question taille, sûrement. Mais si tu laisses cette sale gitane me toucher, je révélerai au monde entier tes perversions sexuelles avec des grosses femmes. On t'appellera l'Amant de la dinde d'Amérique et tu ne survivras pas à ta réputation ! Je veillerai personnellement à ce que tous les journaux du royaume envoient des reporters assiéger le domaine pour raconter par le menu tes aventures abominables. Je vois déjà les gros titres du *Sun*, de *News of the World* ou d'autres journaux à scandales : « Le chevalier du Gros-Bide » ou « Les orgies de l'ogre George ». Je te le garantis, notre précédente cuisinière, si excellente, témoignera que tu l'as chassée parce qu'elle était trop maigre à tes yeux de détraqué. Et le tribunal aux affaires matrimoniales tiendra compte de ses dires... Oui, je vais certainement demander le divorce... j'en ai toutes les raisons, alors, crois-moi, je le ferai si tu continues à te conduire de cette ignoble manière.

Face à cette contre-attaque, Sir George eut la nostalgie du bon vieux temps où les femmes restaient à leur place, faute de quoi on les plongeait dans l'eau glacée, l'ancêtre du supplice de la baignoire, pour leur insolence. À cet instant, il aurait volontiers procédé ainsi avec Clarissa en lui faisant goûter l'eau des douves. Ou, mieux encore, il l'aurait affublée d'un mors pour l'empêcher de parler. Mais, après lui avoir lancé un ultime regard meurtrier, il se retira dans son bureau muni d'une bouteille de cognac à titre de consolation. La seule solution qui lui vint à l'esprit fut qu'il devait trouver un logement pour Philly dans la propriété, afin d'y dîner convenablement chaque soir au lieu de ruminer une mixture de légumes crus en compagnie de sa femme. Il pourrait toujours prétendre qu'il allait boire un verre à son club de golf.

13

MRS COLLINSON NE PASSAIT PAS, elle non plus, une bonne soirée. Elle revenait d'une séance chez le dentiste, à Londres, où on lui avait posé un nouveau dentier. Les précédents avaient tendance à se décrocher les rares fois où elle souriait, ou quand elle tombait en donnant son cours de latin aux premières. Raison pour laquelle les seniors l'avaient surnommée Annie l'édentée. En se garant sur le parking de l'école, la directrice se sentait sûre d'elle, confiante dans ses nouvelles dents solidement fixées. Mais, à la fin de la soirée, son assurance avait disparu. Les quadruplettes avaient de nouveau frappé.

Cet après-midi-là, elles étaient descendues jusqu'à la rivière où elles avaient observé un garçon en train de se baigner nu. Plus exactement, ayant repéré ses vêtements sur la berge, elles se les étaient appropriés.

Soudain, Samantha avait eu une idée lumineuse qu'elle avait exposée à ses sœurs en fouillant dans les poches du pantalon :

— C'est le soir de sortie de Mr Collinson. Il dîne au pub de Horsham où il boit verre sur verre jusqu'à rentrer sacrément pochetronné.

— On comprend ça, avait commenté Emmeline. Être marié à cette vieille bique, ça doit pas être marrant. Et si on mettait ce froc dans sa chambre, pour que Mr Collinson croie qu'elle a fait des choses ?

Penelope, qui avait fouillé dans les buissons avec une longue branche, l'avait interrompue, tout excitée :

— Regardez-moi ça !

Elle avait brandi un préservatif qui, de toute évidence, avait été utilisé. Les quadruplettes l'avaient considéré un instant avant de se fixer du regard. Puis Josephine avait agité entre elles le slip du jeune homme qui n'était pas particulièrement propre et elles s'étaient écriées en chœur :

— Berk ! Tu es dégueulasse...

... mais c'était ce dont elles avaient besoin pour compléter la scène que découvrirait le mari de la directrice à son retour chez lui.

Samantha l'avait résumée par une expression qu'elle avait entendue dans la bouche de Wilt :

— Il pensera qu'elle s'est fait mettre. On a du bol : elle est allée à Londres et la maison est vide !

La demeure des Collinson se trouvait à quelque distance des bâtiments principaux de l'école. Avantage supplémentaire, la haie de cyprès qui l'entourait dissimulerait les quadruplettes. Elles avaient gagné la porte de service.

— Et s'il y avait quelqu'un à l'intérieur, genre une femme de ménage ? s'était inquiétée Josephine. On devrait vérifier.

— Va sonner à la porte d'entrée, lui avaient ordonné les autres.

— D'accord, bande de trouillardes !

Elle était revenue cinq minutes plus tard pour leur dire que personne ne lui avait ouvert et préciser :

— La porte est fermée à clé.

— On n'a qu'à monter par une gouttière ou en utilisant une échelle, avait suggéré Penelope.

Mais Samantha avait repéré une fenêtre ouverte au premier étage.

— Là, ce buisson d'hortensias grimpants, s'était-elle écriée. Il a l'air solide. Je vais vous montrer...

Se hissant le long de la plus grosse tige, elle avait atteint le rebord de la fenêtre et s'était glissée à l'intérieur. Les autres quadruplettes allaient la suivre quand elle s'était penchée vers elles pour annoncer :

— Je crois que je suis dans leur chambre. Il y a un grand lit double, et une armoire avec des tas de fringues ; et dans la salle de bains d'à côté, je vois des rasoirs, et une robe de chambre de femme accrochée à la porte.

Emmeline avait commencé à monter, mais, à mi-hauteur, elle avait tendu le pantalon à sa sœur :

— La capote est dans une poche.

Cinq minutes plus tard, les quadruplettes quittaient le jardin sans avoir été vues et regagnaient les bâtiments de l'école en retenant avec peine leur fou rire.

Il était huit heures du soir quand la directrice rentra de Londres, toute fière de ses dents flambant neuves. Elle prit un bain, fit sa ronde et regagna sa maison, où elle dîna puis se coucha. Elle dormait quand son mari revint du pub. Sachant quelle serait sa réaction s'il la réveillait, il enfila son pyjama sans faire de bruit et se glissa dans le lit le plus loin possible d'elle.

Toutefois, lorsque ses pieds effleurèrent le slip, Mr Collinson ne fut pas sans noter qu'il n'avait ni le soyeux de la lingerie féminine ni la texture des fanfreluches à dentelles que portait Mrs Collinson (un détail qui aurait laissé les quadruplettes bouche bée !). Tout doucement, il allongea le bras pour s'en saisir, mais le sous-vêtement que sa main rencontra, aucune femme ne l'aurait porté. Dégageant draps et couvertures de son côté du lit, Mr Collinson découvrit alors un slip malpropre et, horreur de l'horreur, un préservatif usagé. Cette vision révoltante eut sur lui un effet extraordinaire : en un instant, le mari attentionné quoique ivre se transforma en époux dessoûlé et furieux. Le sous-vêtement ne fit rien pour améliorer son humeur.

Il alluma et piqua une crise. Que sa femme ait une liaison n'avait déjà rien de rigolo, mais qu'elle ait choisi un homme dont le slip était dans un tel état... Il était tellement en colère que les mots lui manquèrent. Il secoua son épouse si violemment qu'elle tomba du lit, s'écroula par terre dans un grand fracas et, ce faisant, délogea son dentier.

— Sale pute ! hurla-t-il. Je pars travailler, et quand je reviens je m'aperçois que tu t'es fait tringler par un immonde animal. Eh bien, c'est la fin de notre mariage, je te le jure ! Demain, j'irai consulter le meilleur avocat de Londres pour divorcer, et je veillerai à ce qu'il commence la procédure aussitôt.

Mrs Collinson se mit péniblement à genoux. Être tirée d'un profond sommeil par un mari devenu fou et qui puait l'alcool, être chassée du lit conjugal et accusée d'adultère, voilà qui dépassait le pire des cauchemars. La menace de divorce prouvait de plus que son époux battait tous ses records d'ébriété. Quoique du genre autoritaire, la perte de son râtelier et sa migraine rendaient Mrs Collinson très vulnérable. Le pire arriva alors en se redressant, elle fut confrontée au préservatif et au slip que son époux lui brandissait sous le nez. Il lui cria d'un ton féroce :

— Regarde-moi ça ! Et c'était dans notre lit ! Comme tu pensais que je dormirais à Horsham, tu n'as pas même fait l'effort de t'en débarrasser. Je ne resterai pas dans cette chambre une minute de plus et, crois-moi, je n'aurai pas grand mal à divorcer.

Tout en s'efforçant de réfléchir, Mrs Collinson s'affaissa dans un fauteuil.

— Le scandale va te détruire ! poursuivit son époux déchaîné. Tu devras renoncer à cette maison, à l'école !

Il eut un sourire cruel.

— À la vérité, je n'ai jamais aimé cet endroit... ni toutes ces petites snobinardes. Ah, ma chère, on peut dire que tu as creusé ta tombe !

Mrs Collinson tentait toujours de réfléchir : elle n'avait couché avec personne ; même si cela avait été le cas, pourquoi diable un homme aurait-il abandonné ces choses infectes dans son lit ? Et puis, où serait-il passé ? Non, tout ça n'avait aucun sens. Quelqu'un avait dû placer là ces immondices pour lui causer du tort. Mais qui ?

Mr Collinson sortit en trombe de la pièce en portant à bout de bras le slip et le préservatif, et en hurlant qu'il allait dormir dans la chambre d'amis et partirait dès l'aube.

Mrs Collinson récupéra ses dents et, en même temps, un peu de sa dignité. Mais comme elle enfilait sa robe de chambre pour poursuivre son mari, elle remarqua la fenêtre ouverte et, sur le plancher, une fleur d'hortensia. Elle prit une torche électrique qu'elle gardait sur sa table de nuit et la braqua à l'extérieur. Elle constata qu'une branche du buisson placé sous la fenêtre avait été cassée. Quelqu'un avait grimpé à l'étage par le rameau principal.

Mrs Collinson se précipita dans la chambre d'amis où son mari l'accueillit vertement :

— Qu'est-ce que tu me veux, bon Dieu ? Ne crois pas une seconde que je vais changer d'avis. Je divorcerai...

— Je voudrais que tu sortes avec moi dans le jardin et que tu regardes un truc.

— Dans le jardin ? À cette heure-ci ?

— Parfaitement. J'ai découvert quelque chose qui va t'empêcher d'agir comme un idiot.

— Bon, d'accord, mais tu n'as pas gagné la partie !

Ils descendirent dans le jardin et longèrent le côté de la maison où grimpaient les hortensias. Elle les éclaira de sa torche.

— Tu crois que cette branche s'est cassée toute seule ? Autre question : comment une fleur de ce buisson est-elle entrée dans notre chambre ? Réponds !

Ah, elle n'était pas directrice pour rien.

Son mari secoua la tête :

— Comment veux-tu que je le sache ? Peut-être que ton amant...

— Tu veux dire qu'il serait monté par là ? Eh bien, voyons voir si tu y arrives. Allez, ne reste donc pas planté là !

Mais, après avoir tâté la branche principale, Mr Collinson s'aperçut qu'il était impossible à un homme adulte de s'en servir pour atteindre l'étage sans l'arracher du mur. Il se tourna vers son épouse.

— Tu penses qu'une de tes filles est montée par là ? Mais, bon Dieu, où aurait-elle dégoté ce slip, sans parler de ce préservatif usagé ? Et pourquoi aurait-elle fait ça ?

— Je n'en ai aucune idée et, franchement, je préfère ne pas y penser. Désormais, j'espère que tu es convaincu que je n'ai couché avec personne. J'aurais été complètement folle si j'avais laissé pareilles preuves dans notre lit !

Quand ils regagnèrent la maison, Mr Collinson se répandit en excuses avant de se servir un whisky soda bien tassé. Mrs Collinson, qui était dotée d'un solide sens pratique, enfila une paire de chaussures de gymnastique et déclara :

— Je vais faire un tour dans les dortoirs pour voir si j'entends des élèves ricaner. J'ai quelques soupçons, et, parole d'honneur, si mon intuition est bonne, ces horribles filles vont le sentir passer !

À huit kilomètres de là, un jeune homme ayant cherché en vain, pendant des heures, ses vêtements dans le noir rentrait péniblement chez lui à vélo quand il fut arrêté par la police. Il était nu et roulait sans lumières. Plusieurs voitures l'avaient déjà repéré, et trois dames d'âge mûr avaient utilisé leurs portables pour avertir le commissariat qu'un pervers rôdait à poil dans le voisinage. Malheureusement pour le jeune homme, deux d'entre elles étaient passées à côté de lui alors qu'il se soulageait le long d'une haie.

À la sortie d'un virage en épingle à cheveux, il fut stoppé net par le véhicule de police. Vingt minutes plus tard, enveloppé dans une couverture, il était interrogé par un inspecteur de fort mauvaise humeur, et qui considérait tous les jeunes comme des sagouins depuis que les vitres de sa voiture avaient été brisées par des loubards la veille au soir. Ceux qui faisaient du vélo sans lumières à dix heures du soir et pissaient contre des haies en toute décontraction entraient dans une des pires catégories à ses yeux.

Il attaqua sans tarder :

— Alors, t'as baisé avec une traînée et tu te souviens pas où t'as mis tes vêtements, c'est ça que tu veux me dire ?

— Mais non. Je le répète, je me suis baigné...

— Tout nu, hein ?

— Oui, tout nu dans la rivière. J'avais laissé mes affaires sur la berge. Il n'y a pas de loi qui l'interdise et personne ne pouvait me voir.

— Alors, tes fringues se sont envolées toutes seules ?

Le jeune homme soupira :

— Bien sûr que non. Quelqu'un les a volées.

— Ce quelqu'un étant la fille avec qui t'étais.

— Non, je vous l'ai dit, j'étais seul.

— Tu parles !

Finalement, le garçon fut ramené chez lui par des policiers. Là, il dut affronter un feu roulant de questions de son père, pasteur de son état, qui, ne le voyant pas revenir, avait fouillé sa chambre et trouvé une boîte de préservatifs dans un tiroir.

Craignant pour sa réputation, le pasteur se déchaîna contre son rejeton. Celui-ci se coucha le corps couvert de bleus et sans avoir dîné. Dès le lendemain, jugeant surfaits les plaisirs de l'amour, il envisagea de se tourner vers la profession d'ecclésiastique, plus précisément de prêtre catholique pour embêter son père.

14

LADY CLARISSA AVAIT PASSÉ UNE JOURNÉE DIFFICILE À IPFORD à tenter en vain de persuader oncle Harold de rester au Dernier Poste.

— Ce n'est pas seulement Le Dernier Poste : c'est le dernier endroit sur Terre où j'ai envie d'être. J'aimerais encore mieux finir mes jours derrière des barreaux. Au moins, en prison, quand quelqu'un crie au milieu de la nuit, on le fait taire. Et les détenus n'ont pas à porter des tenues aussi ridicules. En plus, cette directrice sadique veut à tout prix m'enfoncer une sonde dans le zizi au lieu de me donner un pot de chambre. Si tu ne me fais pas entrer dans une maison convenable, je vais causer quelques désagréments dans tes relations conjugales !

Clarissa, peu touchée par cette menace, répondit :

— Bon, je vais voir ce que je peux faire mais je ne te garantis rien…

— Tu as intérêt à y arriver. Parce que je sais ce que tu fabriques, quand tu viens en ville sous prétexte de me rendre visite. Gadsley est au courant que tu couches avec ton chauffeur ?

— Mais qu'est-ce que tu racontes ?

— On appelle ça de l'adultère. Ou de la fornication, si tu préfères. Tu sais, le directeur de L'Ours noir était dans l'armée. Bien après moi, mais j'ai appris à le connaître au cours de ses visites à sa mère, cette épouvantable directrice. Il m'est d'un grand secours - les vieux soldats se tiennent les coudes... Tu prends toujours la même suite à l'hôtel. Alors, à ma demande, il y a fait placer des caméras miniatures. Les images sont passionnantes.

Oncle Harold reprit son souffle pour la charge finale :

— Voilà, ma chère. Maintenant, tu files et tu te décarcasses pour me trouver un endroit agréable. Bien entendu, j'inspectai d'abord les lieux. Dans l'intervalle, tu m'offriras une chambre à L'Ours noir. Tu verras, j'y suis attendu.

— Mais...

— Pas de mais ! Sors d'ici !

Lady Clarissa n'insista pas. Elle savait reconnaître une défaite. Ce soir-là, le Colonel fêta sa victoire en buvant un grand nombre de whiskys pur malt au bar de L'Ours noir. Il avait berné sa nièce : les caméras n'existaient que dans son imagination, mais le fils de la directrice lui avait confirmé que Clarissa était bien une débauchée. Oncle Harold demanda le menu et, pour profiter au maximum de la situation, se fit servir un homard.

Wilt avait passé presque toute la semaine dans son bureau à lire la vie du kaiser Guillaume II. Quoique son abruti d'élève ait présenté l'épreuve d'histoire à trois reprises, il ignorait sûrement tout des causes de la Première Guerre mondiale. Pour qu'il réussisse cet examen, Wilt avait donc décidé qu'Edward apprendrait par cœur les notions les plus élémentaires, de façon à les régurgiter à volonté : même avec la moitié d'un cerveau, ce débile devrait en être capable.

Wilt était sans cesse interrompu par de prétendus étudiants venus lui poser des questions stupides sur l'emploi du temps de la rentrée. Et par d'autres prétendus étudiants qui lui posaient des questions assez pertinentes sur des sujets stupides. Au début de l'année, il avait inventé avec Braintree l'intitulé de cours le plus absurde possible et l'avait inclus dans la brochure de la prochaine rentrée juste avant son impression. « L'obésité culturelle : étude critique de la contribution des gros à la civilisation occidentale depuis la chute de l'Empire romain » semblait avoir attiré un nombre considérable d'étudiants. Il y avait même une liste d'attente – c'est dire son succès.

Jeudi, en rentrant chez lui, Wilt trouva un message de Lady Clarissa lui annonçant que, finalement, elle ne viendrait pas à Ipford ce week-end et lui demandant de prendre le train pour Utterborough, où elle enverrait un taxi le chercher.

— Ça me va parfaitement, déclara-t-il à Eva. Moins je serai enfermé avec cette bonne femme, plus je serai heureux.

Et il retourna à l'histoire allemande. Une demi-heure plus tard, le téléphone sonna à nouveau. Il laissa son épouse répondre.

— C'était Lady Clarissa, lui annonça-t-elle. Elle veut que tu prennes le train de 10 h 20, le 13. C'est demain.

— Pourquoi ce changement ?

— Apparemment, Edward tape sur les nerfs de Sir George.

— Elle préfère sans doute qu'il tape sur les miens ! Elle a dit combien elle me payait pour quatre jours ?

— Je n'ai pas osé demander. Elle n'avait pas l'air dans son assiette. J'ai l'impression qu'elle avait bu. Elle a commencé à me raconter que la cuisinière était une vieille vache et son oncle une grosse salope... ou le contraire. J'ai eu du mal à l'interrompre.

— Bon Dieu ! Dans quel merdier m'as-tu fourré ? Enfin, il vaut mieux que je prépare ma valise.

— Je m'en suis déjà occupée.

Wilt vérifia quand même le contenu de son bagage pour voir si Eva y avait mis le costume à rayures roses. Elle ne l'avait pas oublié ! Il le retira et le cacha sous une veste dans l'armoire. Puis il s'assit sur le bord du lit et maudit sa femme de l'avoir fichu dans une telle galère. En tout cas, il se refusait à prendre son smoking : même si les Gadsley s'habillaient pour dîner, ce qui était probable, il avait l'intention de manifester son esprit d'indépendance.

Le lendemain, Eva le conduisit à la gare et, à midi, une fois installé dans le taxi qui l'attendait à Utterborough, il était en route pour le domaine de Sandystone.

Construit au XIXe siècle, le manoir était précédé d'une allée d'environ deux kilomètres de long qui menait à d'étonnantes douves. Le général Gadsley avait ordonné à son architecte d'imiter celles du manoir Hunstanton, dans le Norfolk. Mais le bâtiment était composé d'éléments tellement disparates que l'on avait émis l'hypothèse suivante : le général, qui servait aux Indes à l'époque du chantier, avait probablement changé d'avis tous les mois, détruisant la cohérence architecturale des plans originaux. Des âmes plus charitables avaient suggéré que les visions d'horreur dont ce général avait été témoin pendant la mutinerie indienne en avaient fait un opiomane, d'où les directives erratiques qu'il avait données au sujet du manoir. Quoi qu'il en soit, il était de notoriété publique que l'architecte en avait perdu le nord au point de devenir alcoolique. Son client était quant à lui mort de la dengue après avoir été piqué par un moustique ; n'ayant jamais remis les pieds en Angleterre, il n'avait pas vu le monstre informe qui avait résulté de ses instructions multiples et contradictoires.

Heureusement, le grand mur autour de la propriété préservait de tout affront visuel les passants aux goûts raffinés. Et, de même, la très longue et très sinueuse allée ainsi que l'énorme ceinture de hêtres. Ces arbres avaient été plantés par des générations successives de Gadsley pour dissimuler ce que certains descendants surnommaient la « honte familiale ».

Tandis que le taxi empruntait l'allée envahie par la forêt et manœuvrait dans des virages rendus encore plus dangereux par des arbres qui avaient poussé anarchiquement et des branches trop basses, Wilt résolut d'insister pour qu'un chauffeur habitué à ces pièges mortels aille chercher Eva et les quadruplettes à la grille afin de leur épargner un accident fatal. Quand le taxi sortit des bois, Wilt avait le corps couvert de bleus provoqués par les cahots. Il était également déterminé à ne jamais prendre le volant. Tout d'un coup, à un kilomètre de là, il entrevit le manoir.

Surpris de trouver l'édifice plus petit qu'il ne l'avait imaginé, il murmura au chauffeur :

— Celui qui l'a baptisé Sandystone[1] devait être aveugle. Ce serait plutôt Sablevil !

— Je ne vous le fais pas dire !

— Il y a du sable dans les parages ?

— Regardez sur votre gauche. Vous voyez le golf de neuf trous ? Il y a obligatoirement du sable, dans les bunkers. Bien sûr, ils auraient pu l'apporter de la plage. Mais non : trop cher. Et pourtant ils sont riches à crever. Vous pensez, ils ont leur cimetière privé et leur chapelle !

Ils s'arrêtèrent devant le pont-levis qui enjambait les douves. Au-delà, une porte d'entrée formidablement décorée rendait encore plus ridicule la faible taille du bâtiment. Wilt descendit de voiture et sortit son portefeuille, mais le chauffeur secoua la tête.

— Pas la peine. Ils ont un compte.

Il prit la valise de Wilt et la porta jusqu'à l'entrée. Là, il actionna la sonnette. Quelques instants plus tard, une femme aux cheveux gris et en tablier noir leur ouvrit. Elle était dotée d'un bel embonpoint.

— Mr Wilt ? Entrez donc. Je vais vous montrer votre chambre. Je suis désolée, le cottage qu'on vous avait promis n'est pas prêt, mais je vous garantis qu'il le sera à l'arrivée de votre famille. Lady Clarissa s'excuse de son absence, elle a été appelée ailleurs. Mon nom est Mrs Bale et je suis la secrétaire de Sir George. Je m'occupe de l'intendance.

— C'est la première fois que je viens dans une maison avec un pont-levis, dit Wilt, en jetant un coup d'œil incrédule à l'extravagance du mobilier.

---

1. *Sand* : sable, et *stone* : pierre. *(N.d.T.)*

Tout venait des Indes. Même les portraits, accrochés le long de l'escalier en boiseries sculptées, de ceux qu'il imaginait être les ancêtres de la famille représentaient des officiers de l'armée des Indes aux temps glorieux de l'Empire.

Mrs Bale ouvrit une porte donnant sur le palier du premier étage.

— Voici votre chambre, déclara-t-elle. La salle de bains est à côté. Si vous désirez quelque chose, il y a une sonnette sur le bureau.

Mais Wilt ne l'entendit que d'une oreille. Il restait bouche bée devant un lit cyclopéen qui aurait pu accueillir six adultes de forte corpulence.

Mrs Bale devina les pensées du visiteur.

— Tous les lits de la maison ont la même taille. Pas facile à faire pour la femme de chambre. Il lui faut courir tout autour pour les border. Mais, personnellement, je les trouve plutôt confortables.

Elle avança vers la porte.

— Si vous avez faim, la cuisine est en bas, le long du passage à votre droite, près de la porte de service. C'est là que je prends mes repas et le thé.

Considérant le tour de taille de la secrétaire, Wilt imagina combien ce thé devait être copieux mais s'abstint de tout commentaire. Il se contenta de remercier Mrs Bale avant de refermer la porte.

Pour la énième fois, il regretta d'avoir accepté ce travail. Mais, après avoir déballé ses affaires, il sortit sur le palier, descendit le grand escalier et commença à inspecter le manoir pièce par pièce : l'intérieur valait l'extérieur.

Par les fenêtres qui ouvraient sur le pont-levis, Wilt découvrit une sorte de lac, avec une chapelle sur sa rive la plus éloignée. À sa droite, un potager clos de murs avec un cottage. Sans doute l'endroit où logeraient Eva et les quadruplettes.

Finalement, il alla se promener dehors, et, en longeant les douves jusqu'à l'arrière de l'édifice, il fut surpris de tomber sur une grande et solide grille en fer forgé scellée dans un mur. Au-delà, une cour pavée donnait sur un garage pour plusieurs voitures.

— La famille entre par là. Il faut appuyer trois fois sur la sonnette pour ouvrir la grille.

En entendant ces mots, Wilt leva la tête et vit Mrs Bale qui se tenait au sommet d'une volée de marches.

— Venez prendre une tasse de thé, continua-t-elle.

Il monta l'escalier et la suivit dans ce qui devait être la cuisine, vu le fourneau et tous les ustensiles. Le volume de la pièce le laissa songeur : comparé au reste de la maison, elle était gigantesque.

— Installez-vous, proposa Mrs Bale. Pour bavarder, les coins sont ce qu'il y a de plus commode car on n'a pas besoin de crier... Vous n'avez sûrement jamais vu un endroit aussi bizarre – je veux parler de la maison.

Wilt acquiesça.

Elle lui tendit une tasse de thé.

— Je pense qu'il est de mon devoir de vous avertir que Sir George est un drôle de coco lui aussi. Dans le temps, il s'appelait quelque chose comme Smith. D'après ce qu'en disait feu mon mari, il n'est ni un authentique Gadsley ni un vrai noble. La branche s'est éteinte avec la mort du vieux Sir Gadsley – le véritable Sir Gadsley, qui avait attrapé les oreillons. Sa sœur avait épousé un Mr Smith, et leur aîné a hérité de Sandystone et de la propriété. On dit que Sir George n'a aucun droit au titre, mais je me refuse de faire le moindre commentaire sur le sujet. Pour être franche, certains prétendent que Sir Aubrey – le dernier vrai Gadsley – n'avait pas attrapé les oreillons.

Elle se tut pour reprendre son souffle, avant de poursuivre :

— Je ne crois pas aux cancans, mais il semble qu'il était... comment dire... un peu étrange.

— Étrange ? répéta Wilt qui ne comprenait rien à ce que cette femme racontait.

— Oui. Étrange. Vous savez, il jouait dans le camp adverse. Bien sûr, je n'accorde aucun crédit aux qu'en-dira-t-on, mais l'important c'est de savoir que Lady Clarissa n'est pas une lady, si vous voyez ce que je veux dire.

De peur d'être entendu par une oreille indiscrète, Wilt lança rapidement :

— Quand j'ai fait sa connaissance, je l'ai trouvée très convenable.

— Non, non ! Je veux dire qu'elle n'est pas une véritable lady. Elle n'a aucun droit à porter ce titre. Même si Sir George était baron, elle ne serait pas Lady Gadsley. Elle le croit, mais son titre ne vaut pas mieux que ceux qu'on achète sur Internet. À ce qu'il paraît. Moi, je n'ai jamais... bien que feu mon mari ait acheté un lopin de terre sur la Lune comme cadeau d'anniversaire. Remarquez, ça nous fait une belle jambe !

En fait de Lune, Wilt avait l'impression d'avoir atterri sur Mars. Tout devenait complètement surréaliste : décor et personnages semblaient sortis d'un asile d'aliénés.

Il tenta de ramener la conversation sur Sir George :

— Vous me parliez de lui...

— Ah, lui ? Voilà des années qu'il est magistrat, mais, à la façon dont il se conduit parfois, on ne le croirait pas. Mieux vaut ne pas le contredire, sinon il pique des colères noires et devient atrocement grossier.

— Merci de m'avertir. Et Lady Clarissa ?

— Elle boit. En fait, ils boivent tous les deux. Et... enfin, vous verrez par vous-même. J'ai entendu dire que vous étiez ici pour permettre à son fils Edward de réussir des examens. Eh bien, je ne vous envie pas. Drôle de pistolet, celui-là ! Il n'arrête pas de bouder, de jeter des pierres, des cailloux et d'autres projectiles. En d'autres temps, on l'aurait enfermé dans une de ces institutions, vous savez, pour les enfants à qui il manque une case. En tout cas, il est sorti ce matin à l'aube et, depuis, on n'a pas vu son ombre.

Sur ce, elle se leva et se propulsa jusqu'à un gros fourneau où elle versa de l'eau chaude dans une théière taille famille nombreuse.

— Encore une tasse ?

Wilt accepta en la remerciant. Une case en moins ? Bon Dieu, ce garçon était vraiment un demeuré !

— Vous pensez qu'il n'est pas... très doué ?

— Je ne sais pas ce qu'il est. Mais une chose est sûre, Sir George le déteste. D'ailleurs il n'est pas son fils, seulement son beau-fils, ce qui expliquerait qu'ils ne s'entendent guère.

Wilt poussa un gros soupir.

— Si je comprends bien, ce n'est pas la joie ici. Comment supportez-vous de rester ?

— J'y suis obligée. Mon mari s'est tué dans un accident de voiture. Tout comme le premier époux de Lady Clarissa, mais évidemment pas au même passage à niveau. Sir George cherchait une secrétaire, alors je me suis proposée. J'ai besoin de travailler et la paie est bonne. Je reste donc tout en ne m'occupant que de mes affaires. Je vous l'ai dit, je n'aime pas les cancans.

Wilt acquiesça en vitesse :

— Bien sûr, bien sûr ! Mais permettez-moi de vous dire que vous m'avez rendu un grand service en me donnant tous ces renseignements. Je vous en suis très reconnaissant. Merci beaucoup.

— Il n'y a pas de quoi. J'ai vu tellement d'innocents se laisser prendre dans ce piège à rats... non, je dirais plutôt cette maison de fous, le mot est plus juste. J'ai pensé que vous deviez être mis au courant de ce qui vous attend. Ce n'est pas un couple normal - elle l'a épousé pour son argent ; quant au fils, si vous arrivez à lui apprendre quelque chose...

Elle se tut brutalement. À l'évidence, elle n'aimait pas disserter sur Edward. Plein de tact, Wilt changea de sujet :

— Personne ne verra d'inconvénient à ce que je téléphone à ma femme pour lui dire que je suis bien arrivé, et qu'elle ne doit pas passer par la grille principale, n'est-ce pas ? La route à travers la forêt est affreusement dangereuse. L'allée de service m'a paru bien plus sûre.

— La vieille route a pour but de dissuader les curieux. Vous pouvez certainement utiliser le téléphone. Je vais vous montrer où il se trouve.

Elle le précéda le long d'un couloir. À mi-chemin, elle se retourna pour vérifier que personne ne les regardait avant de s'arrêter devant une porte pratiquement invisible. Rassurée, elle annonça en souriant :

— Ce sont ses toilettes privées. Sir George y a fait installer un téléphone. Il reste là pendant des heures - il prétend qu'il est constipé, mais je suis sûre qu'il s'en sert pour des activités illégales. Pour ouvrir la porte coulissante, il faut utiliser une torche infrarouge...

— Qu'est-ce qu'il y a à l'intérieur ?

— Ce qu'on trouve en général dans les cabinets plus un téléphone, un fax et un ordinateur. Le tout est insonorisé.

— Je n'ai jamais vu une maison aussi loufoque, murmura Wilt.

Puis il jeta un regard méfiant à la secrétaire.

— Comment savez-vous ce qu'il y a là-dedans ?

Mrs Bale éclata d'un petit rire satisfait :

— Un jour, il est allé à Londres en oubliant de cacher la torche... et je l'ai utilisée.

— Mais comment saviez-vous utiliser la torche ?

— Un jour précédent, alors que j'étais à genoux en haut des marches en train d'arranger le tapis, je l'ai observé sans qu'il me voie.

— Vingt dieux ! Vous avez un sacré culot ! s'exclama Wilt – tout en se demandant comment elle avait réussi à s'agenouiller, vu son gabarit.

— Bien obligée, dans cette maison de dingues.

— Sans doute. Mais où est le téléphone ?

— En dehors du bureau. Il aime écouter les conversations.

Quand il réussit à avoir Eva sur son portable, Wilt lui donna toutes ces instructions en insistant :

— C'est la route que la famille utilise et qui est bien moins dangereuse. Ou alors, viens en train et je demanderai qu'on t'appelle un taxi.

Comme d'habitude, Eva se rebella :

— On croira que je ne sais pas conduire !

Wilt soupira. Eva s'arrangeait toujours pour ne pas suivre ses conseils. Et pourtant, il le savait pertinemment, elle était loin d'être un as du volant.

— Je ne dis pas ça. Mais à ta place je ne prendrais pas cette horrible route à travers la forêt. Surtout qu'avec les filles ce serait pour le moins imprudent.

Eva accepta, finalement, avant de changer de sujet, ce que Wilt apprécia.

— Tu as déjà fait la connaissance d'Edward ?

— Non, il est allé se promener tout seul. Mais, Eva, il semble être vraiment très bizarre. Peut-être même demeuré. Je me demande ce que je vais tirer de lui.

— Il faut que tu réussisses !

Eva avait négligé de parler à son mari du bonus en cas de succès : elle désirait garder un atout de taille pour le cas où il voudrait abandonner en cours de route. Elle ajouta juste, pour l'encourager :

— Je suis sûre que tu changeras d'avis quand tu auras fait sa connaissance.

— Dieu sait quand ça arrivera, s'il passe ses journées à glander dans les bois ! De plus, Sir George - qui n'a peut-être rien d'un aristo, mais ça c'est une autre histoire - le déteste cordialement... Bon, il faut que je te quitte car ce n'est pas moi qui paie la communication.

Wilt raccrocha et se retourna. Il se trouva face à un homme d'une soixantaine d'années, terriblement gros, qui le regardait d'un air ahuri, sans doute surpris de voir un inconnu utiliser son téléphone.

— Dois-je comprendre que vous êtes le précepteur de mon beau-fils ?

La voix du châtelain rappela à Wilt celle du policier qui l'avait arrêté, la seule fois où il avait fait un excès de vitesse.

— Oui, je voulais prévenir ma femme que j'étais bien arrivé. Mrs Bale m'a dit que cela ne vous dérangerait pas. Je suppose que vous êtes Sir George ?

— Absolument. Et comment vous appelle-t-on ?

— Wilt. Henry Wilt.

— Très bien. On m'avait annoncé votre venue pour plus tard. Ma femme est une telle tête de linotte que la moitié du temps elle confond les jours de la semaine.

Il devança Wilt dans son bureau, et lui indiqua un siège tout en manipulant une carafe et des verres posés sur un plateau d'argent.

— Je prends toujours un cognac après une matinée au tribunal. Vous désirez m'accompagner ?

— Je préférerais quelque chose de moins fort. Une bière, par exemple ?

— Comme vous voulez, mais je crains que vous ne changiez d'avis après avoir fait la connaissance de mon beau-fils.

— C'est un garçon peu commode, non ?

Sir George remplit la moitié d'un verre ballon, et tendit à Wilt une bouteille de bière, un décapsuleur et un verre avant de s'affaler dans un vaste fauteuil en cuir. Puis il répondit :

— Un des gosses les plus difficiles et les plus démoniaques que je connaisse. Je ne suis pas surpris que le premier mari de ma femme ait choisi de se suicider. Si j'avais su que Clarissa avait un fils aussi atroce qu'Eddie, – et je suis poli –, je ne l'aurais jamais épousée. Mais il n'y a pas que ça : cette femme me domine beaucoup trop.

Wilt resta muet. Si le manoir était déconcertant, ses habitants étaient au moins aussi étranges.

— Si vous arrivez à faire admettre Eddie-Dieu-nous-vienne-en-aide dans un collège de Cambridge, vous aurez accompli un miracle. Nous avons eu du mal à le faire accepter par une école privée tout à fait médiocre et, pour qu'on le garde, j'ai dû me livrer à ce que j'appellerais des manœuvres de corruption.

— Votre femme m'a parlé de Porterhouse. J'imagine que vous y étiez ?

Sir George fit une affreuse grimace.

— Je vous ai dit qu'elle n'avait pas de cervelle. J'étais à Peterhouse. Je ne veux surtout pas infliger à mon ancien collège la présence de cette créature imbécile. Non pas qu'il ait la moindre chance d'être admis dans quelque collège que ce soit. Sa place serait plutôt dans un endroit comme Pentonville.

— Vous voulez dire la prison ?

À cet instant, Wilt regretta de ne pas avoir accepté un verre de cognac.

— C'est là qu'il finira un jour ou l'autre. Cela lui conviendra parfaitement. Et la sécurité de nos concitoyens en sera améliorée.

— Je me suis laissé dire qu'il aimait lancer des objets...

— Lancer des objets ? C'est un fou furieux, ce garçon ! Le nombre de cautions que j'ai dû payer pour le faire sortir de cellule parce qu'il avait tué un pauvre bougre... J'avoue que vous allez avoir du pain sur la planche, avec Eddie.

Le temps que Sir George termine son deuxième cognac tout en couvrant d'injures son beau-fils, l'état d'esprit de Wilt avait totalement changé. Si, au début, il avait écouté d'une oreille bienveillante les diatribes de son hôte, il commençait à être choqué par son attitude et pourtant il savait par expérience à quel point les garçons peuvent être difficiles. Il avait même été tenté de parler à Sir George des problèmes qu'il avait eus avec les élèves de lettres du défunt collège d'arts et de technologie de Fenland.

Durant les premières années, Wilt avait eu à affronter des classes pleines de jeunes au regard vide qui ne voyaient pas l'intérêt de lire *Candide* ou *Le Seigneur des mouches* pour améliorer leur culture générale, et sa tâche avait été de leur démontrer que la littérature les armerait pour la vie. Aujourd'hui, on ne demandait pas aux « étudiants en communication », comme on les appelait, de réfléchir ou de discuter, mais de rester plantés devant un ordinateur et de faire seulement l'effort de le manipuler le plus vite possible. La plupart du temps, les jeunes s'adonnaient à des jeux virtuels d'une rare violence, ou ouvraient des pages de Facebook pour les remplir de photos ridiculement vicieuses de leurs condisciples. Les quadruplettes avaient déclaré à Wilt que les sites des « réseaux sociaux » étaient « cool », ce à quoi il avait répliqué qu'il préférait regarder les gens en face plutôt que sur un satané écran.

Quand il y pensait, Wilt trouvait les nouvelles mœurs abominables. Pourtant, même si les quadruplettes étaient casse-pieds et mal élevées, il espérait ne jamais parler d'elles d'une façon aussi infecte que Sir George de son beau-fils. Il devait cependant avoir ses raisons pour le détester à ce point.

En d'autres circonstances, Wilt aurait posé certaines questions. Mais il allait habiter chez ce vieux type arrogant où il lui faudrait gagner assez d'argent pour continuer à envoyer les quadruplettes dans cette fichue école, faute de quoi Eva lui tomberait dessus à bras raccourcis.

Malgré tout, il se sentit légèrement coupable.

Après son troisième cognac, Sir George lui annonça qu'il sortait et que Mrs Bale lui donnerait quelque chose à manger dans la cuisine. Le sous-entendu n'échappa pas à Wilt. Il s'en fichait. Déjeuner dans la cuisine lui convenait. C'était bien, d'être loin de Sir George.

15

LADY CLARISSA VENAIT ENCORE DE PASSER une journée exténuante. Elle avait annulé sa visite à Ipford pendant le week-end quand, malgré ses prières et ses supplications, oncle Harold avait refusé tout net de quitter L'Ours noir pour s'installer dans un hôtel moins cher. Cette décision l'empêchait d'y séjourner elle-même, d'autant qu'il occupait sa suite habituelle. De plus, la note était tellement astronomique qu'elle préférait ne pas attirer l'attention de George. Ce satané Colonel ne se refusait rien : sa consommation de malt avant le déjeuner et au cours de l'après-midi, souvent suivie d'une seconde bouteille dans la soirée, coûtait une petite fortune.

La nuit précédente, Lady Clarissa avait tenté de rendre insupportable la vie de son oncle afin de lui faire quitter l'hôtel. Elle lui avait téléphoné vers minuit, et l'avait entendu maudire le salaud qui l'avait réveillé. Elle avait recommencé à trois heures du matin. Mais la fois suivante avait été un échec, car il avait débranché l'appareil dans l'intervalle.

Après cette nuit agitée, elle n'apprécia guère d'être tirée de son sommeil à six heures du matin par le directeur de l'hôtel qui l'appelait pour lui annoncer que son oncle s'était enfermé à clé dans sa suite. La femme de chambre qui lui apportait son petit-déjeuner tous les matins avait frappé à la porte plusieurs fois, en vain. Il semblait avoir débranché son téléphone.

Tout en se sentant vaguement responsable de ce silence téléphonique, Lady Clarissa demanda :

— Vous n'avez pas de passe ?

— Il a dû tirer le verrou, la clé est inopérante.

— Et vous ne pouvez pas entrer par la fenêtre ou l'escalier de secours ?

— Il n'y a pas d'issue de secours. La fenêtre est bouclée et les rideaux tirés... Non, la seule solution, c'est d'enfoncer la porte. Mais je voulais d'abord m'assurer que vous seriez prête à payer les réparations.

— Évidemment, espèce d'idiot !

Lady Clarissa raccrocha violemment, soudain consciente des dégâts causés par ses appels nocturnes.

Après ce qui lui parut être une éternité, mais qui ne dura en fait que quelques minutes, le téléphone sonna à nouveau. Clarissa décrocha aussitôt.

— Je suis désolé d'avoir à vous informer que le Colonel nous a quittés, bredouilla le directeur de L'Ours noir..

— Vraiment ? Vous voulez dire qu'il est parti ? Où est-il allé ? s'écria Clarissa, quelque peu soulagée.

— Je suis désolé de vous annoncer...

Le directeur hésita. Pas facile d'expliquer à la nièce d'un client que celui-ci était sans doute mort d'avoir trop bu, mais Clarissa l'interrompit avant qu'il ait trouvé la formule élégante adéquate.

— Bien sûr que vous êtes désolé ! Mais je ne peux pas en dire autant : il me coûtait une fortune. Où est-il maintenant ?

— En annonçant qu'il nous avait quittés... je voulais dire... qu'il est mort. Dans son sommeil.

— Mort ?

Le directeur choisit de mentir :

— Oui, très paisiblement.

En réalité, ayant trouvé le Colonel à plat ventre sur le tapis, le visage cramoisi, un poing levé comme dans un ultime mouvement de colère, il en avait conclu que le pauvre homme avait voulu clopiner jusqu'à la salle de bains sans s'aider de sa canne ou de sa jambe en bois. Bizarrement, il avait arraché le fil du téléphone en tombant.

Pour Lady Clarissa, les choses allèrent ensuite de Charybde en Scylla.

Le garagiste qui la véhiculait en général ayant attrapé la grippe, elle dut prendre le volant pour se rendre à Ipford. Quand elle arriva à l'hôtel, elle n'était pas dans son assiette, mais elle acceptait la disparition du vieil homme : si elle n'avait plus de prétexte pour venir à Ipford, son oncle ne la tondrait plus. En entrant dans le bureau du directeur, elle découvrit qu'il portait un brassard noir sur la manche de son veston.

Comme le directeur la saluait, ellle s'empressa de sortir un mouchoir pour à la fois cacher sa joie et feindre de pleurer.

— Oh, pauvre oncle Harold ! Moi qui avais tant espéré qu'après son horrible maison de retraite le séjour dans ce délicieux hôtel lui redonnerait goût à la vie !

Le directeur fut sur le point de renchérir en remarquant que le penchant du Colonel pour l'eau-de-vie y avait sans nul doute contribué, mais il se contenta de présenter ses condoléances.

Clarissa ne l'écouta pas, car elle était trop occupée à réfléchir à ce qu'elle allait faire. Une chose était certaine : pas un seul penny d'oncle Harold ne serait gaspillé pour qu'il soit enterré au Kenya. Mais elle ne pouvait pas envisager non plus de le faire incinérer, ou réduire en cendres comme il disait, après toutes les objections qu'il avait émises à ce sujet. En dépit de sa conduite odieuse, il était un membre de sa famille et méritait d'être traité convenablement. Elle demanda au directeur :

— Feu mon oncle est-il encore dans sa chambre ? J'aimerais lui rendre un dernier hommage.

En l'accompagnant dans l'ascenseur, le directeur glissa discrètement dans le sac de Clarissa la facture de la chambre augmentée du prix de la nouvelle porte.

— Je vous laisse vous recueillir seule avec lui, déclara-t-il avant de s'éloigner à toutes jambes.

Lady Clarissa cessa aussitôt de renifler et inspecta la chambre. À l'évidence, ses coups de téléphone avaient quelque peu perturbé le vieil homme, mais, vu les fortes émanations de whisky, sa mort avait d'autres causes. Il était couché sur le lit et recouvert d'un drap, avec, étrangement, un poing levé. Elle tenta de l'abaisser, mais, à cause de la rigidité cadavérique, plus elle s'acharnait à le déplier, plus il se redressait. Elle finit par abandonner de peur de le casser et de laisser le corps de son oncle avec un seul bras pour faire le pendant à son unique jambe.

Se détournant du défunt, Lady Clarissa se mit à chercher les caméras cachées que le directeur avait, selon le Colonel, installées afin de filmer ses coucheries avec le garagiste. Elle ne trouva rien. Elle les supposait minuscules, et dissimulées dans des coins sombres. Elle persévéra, faisant plusieurs fois le tour du salon et montant même sur la coiffeuse de la chambre pour inspecter le plafond de plus près. Elle dut se rendre à l'évidence : le vieux diable lui avait raconté des bobards. Jurant tout bas, elle se précipita chez le directeur.

— Le Colonel m'avait dit que vous aviez installé des caméras dans cette suite. Je veux savoir si c'est vrai ou non !

Un instant bouche bée, le directeur répliqua :

— Il vous a raconté ça ? Quelle absurdité ! Ce serait tout à fait illégal, et il faudrait être fou pour faire une chose pareille. J'aurais perdu mon job si cela s'était ébruité... Et puis, pour quelle raison aurais-je fait ça ?

— Je vous répète juste ce qu'il m'a dit, répondit-elle en se calmant un peu. Bien sûr, je n'en ai pas cru un mot.

— Je l'espère bien. Il devait être particulièrement ivre, ce jour-là. Je ne voulais pas vous en parler au téléphone, mais à mon avis votre oncle s'est tué en ingurgitant de très importantes quantités d'alcool.

Lady Clarissa en doutait. Toutefois, elle n'aurait rien gagné à se quereller là-dessus :

— Je pense qu'il souffrait de la manie de la persécution. J'ai cru bien faire en vous répétant ses propos. Excusez-moi de vous en avoir parlé.

Abandonnant un directeur qui marmonnait dans sa barbe, l'air effaré, elle retourna à sa voiture d'où elle appela les renseignements téléphoniques pour obtenir des numéros d'entreprises de pompes funèbres. Puis elle se rendit à l'établissement le plus proche afin d'organiser l'enterrement du Colonel.

En s'adressant au responsable, elle n'y alla pas par quatre chemins :

— Vous enverrez le corps chez moi, au manoir de Sandystone à Fenfield. Nous conduirons une mise au tombeau privée dans le cimetière de la propriété. Je vais vous régler tout de suite le prix du cercueil et les frais de transport. Non, ni fleurs ni couronnes, et pas de cérémonial non plus. Le Colonel n'avait pas beaucoup d'amis.

Elle remplit un chèque qu'elle remit au responsable. Celui-ci ne put s'empêcher de dire à son adjoint, une fois Clarissa partie :

— Ça alors ! On a des clients extraordinaires ! Tu imagines, te faire enterrer sur ton propre domaine – mais sans fleurs, sans cérémonie et, d'après ce que cette bonne femme m'a laissé entendre, sans cortège funèbre ? En tout cas, elle doit être pleine aux as : elle a payé sans broncher.

Une fois dans la rue, Clarissa avait changé d'avis au sujet des caméras cachées ; malgré les dénégations du directeur, elle n'allait pas laisser tomber. Elle décida de se rendre chez le notaire de son oncle. Le Colonel avait mentionné son nom une ou deux fois ; autant vérifier s'il avait rédigé un testament.

Elle retourna à son hôtel et demanda le numéro de téléphone du cabinet notarial, qu'elle appela aussitôt :

— J'aimerais un rendez-vous avec Mr Ramsdyke.

— Vous êtes un de ses proches clients ? demanda la secrétaire.

— Comment puis-je être proche puisque je suis ici ?

— Ici où ?

— Ici, pas là, espèce de gourde ! Dites à Mr Ramsdyke que je suis Lady Clarissa Gadsley, la femme de Sir

George, le juge. Si je ne suis pas reçue immédiatement, il vous en cuira à tous les deux !

Vingt minutes plus tard, elle était introduite dans le bureau du notaire, qui la pria de s'asseoir.

— Je vais aller droit au but, déclara-t-elle à l'homme à la moustache grise qui lui faisait face derrière son bureau. Mon oncle, le colonel Harold Rumble, vient de mourir. J'imagine qu'il vous a laissé un testament.

— Le colonel Harold Rumble ? Comment épelez-vous son nom ?

— Comme rumba, mais avec un « l » et un « e » à la fin.

— Personne de ce nom…

Mr Ramsdyke hésita puis reprit :

— Maintenant que j'y pense, quelqu'un portant ce nom nous a consultés, il y a un ou deux ans. Il voulait faire un procès à un automobiliste… ou à une pension de famille. Je me souviens qu'il n'avait pas l'air d'aller bien, et je lui ai suggéré de rédiger son testament. Votre oncle avait-il une jambe de bois ?

— Oui. Je suis venue vous voir au sujet du testament. Mon oncle est mort la nuit dernière.

En comprenant qu'il n'allait pas récupérer deux nouveaux clients fortunés, le visage de Mr Ramsdyke s'allongea.

— Dans ce cas, il est mort intestat car il a rejeté ma suggestion. À moins que, tout en prétendant n'avoir rien à laisser, il n'ait consulté une autre étude.

Lady Clarissa insista :

— Il n'y a rien du tout dans vos coffres ? Rien dans votre chambre forte ?

— Mon Dieu non ! affirma le notaire. En fait, nous n'avons pas de chambre forte à proprement parler. Mais nous avons de la place pour de nouveaux clients...

Lady Clarissa se leva comme une furie.

— Franchement, ça m'étonne que vous ayez le moindre client !

Sur ce, elle claqua la porte derrière elle et quitta l'étude, désemparée. Mais, se dit-elle, si son oncle l'avait menée en bateau, il avait également eu la bonne idée de se soûler à mort très rapidement. Réconfortée, elle reprit sa voiture et la route pour Sandystone.

16

AU PENSIONNAT ST BARNABY, la directrice ignorait toujours qui s'était introduit dans sa chambre pour déposer le préservatif et le slip dans le lit conjugal. Quand elle avait fait la tournée des dortoirs, les quatre Wilt semblaient dormir. Si, à ses yeux, elles demeuraient les premières suspectes, les preuves manquaient. Elle avait interrogé les élèves responsables de la discipline, sans pour autant entrer dans les détails – pour des raisons qu'il est facile de comprendre –, les informant seulement qu'on lui avait fait une farce chez elle. Les élèves avaient eu l'air ahuri, mais quand la directrice s'était éloignée, les commentaires avaient fusé.

— C'est sûrement un coup de son mari, avait lancé l'une d'elles. Quand il sort, il rentre toujours ivre.

— Mais elle a posé la question aux filles dans les dortoirs, avait objecté une autre.

— Tu crois qu'il a essayé de coucher avec une des filles ?

— Il serait tombé sur la tête, alors !

— Tout est possible. Il picole à mort quand il va à Horsham pour affaires.

Elles n'avaient en fait aucune idée de ce qui avait tant agité la directrice, mais, comme d'habitude, elles avaient de fortes présomptions sur la culpabilité des horribles Wilt.

Un coup de téléphone furieux de Miss Young, enfin parvenue à destination à Inverness, accentuait au même instant la stupéfaction de Mrs Collinson. Miss Young lui déclara qu'elle restait en Écosse et démissionnait de son poste de professeur. Comme c'était une excellente enseignante, sans doute la meilleure de l'école, Mrs Collinson ne pouvait se permettre de la perdre.

— Mais pour quelle raison ? protesta-t-elle. Si c'est une question de traitement, je serai heureuse de vous augmenter d'une façon conséquente.

— Ma décision n'a rien à voir avec mon salaire, mais avec ces quatre diablesses ! Je ne peux pas le prouver, mais je jurerais qu'elles ont trafiqué ma voiture au point de me faire rater le mariage de ma cousine. Et j'aurais très bien pu me tuer dans un horrible accident sous le tunnel de Dartford.

— Doux Jésus ! Quelle abomination ! Vous êtes certaine que ce sont elles les responsables ?

— Je vous le répète, je n'ai pas de preuves flagrantes, mais, oui, j'en suis sûre. Depuis qu'elles fréquentent le pensionnat, elles ont semé le chaos à plusieurs reprises. Vous vous en êtes rendu compte, non ? Elles devraient être virées.

La directrice hésita. Les propos de Miss Young étaient parfaitement justifiés. Avant l'arrivée des quadruplettes, St Barnaby n'avait jamais connu d'incidents notables – juste quelques bagarres ou querelles mineures qu'elle avait facilement maîtrisées et qui n'avaient entraîné aucune expulsion.

— Vous avez sans doute raison, répondit-elle enfin. Mais, sans preuves établies, je ne vois pas comment les renvoyer... Si je les démasque et que je les chasse, reviendrez-vous sur votre décision ? Naturellement, je vous accorderai l'augmentation que j'ai mentionnée.

Miss Young dit qu'elle y réfléchirait et raccrocha. Laissée seule avec ses pensées, la directrice essaya de se représenter l'avenir. Il lui était impossible de se débarrasser des quadruplettes sans une bonne raison et, malgré les soupçons grandissants à leur égard, elle voyait mal comment celles-ci pouvaient s'être procuré les choses infâmes qu'elles avaient glissées dans son lit. Cela posé, elle désirait ardemment conserver Miss Young dans son équipe pédagogique. Il lui fallait donc trouver le moyen de chasser ces épouvantables gamines sans les expulser officiellement. Mais comment y parvenir ?

Elle avait déjà écrit à Mrs Wilt pour l'avertir que si ses filles ne changeaient pas d'attitude et de langage, elle serait dans l'obligation de la prier de les retirer de l'école. Elle décida de préparer une nouvelle lettre, et de la remettre à la personne qui viendrait chercher ces jeunes délinquantes. Elle expliquerait notamment dans ce courrier que, en raison de dépenses accrues, l'école devait augmenter fortement les frais de scolarité.

Un sourire aux lèvres, elle se relaxa dans son fauteuil : les Wilt n'auraient pas d'autre choix que d'enlever leur progéniture de son établissement. Ils avaient déjà du mal à payer les frais actuels, elle en était convaincue. Ils avaient demandé toutes les bourses que l'école proposait - même celle qui était destinée aux parents célibataires. Mrs Wilt avait justifié cette dernière démarche en affirmant que, vu la nullité de son mari, c'était comme si elle élevait seule ses filles. Elle n'avait rien obtenu, quoique Penelope ait failli remporter le gros lot : elle avait dessiné ses trois sœurs avec une telle précision anatomique qu'un membre du conseil d'administration en avait été impressionné et avait soutenu sa candidature avec fougue. Mais comme il avait peu après été arrêté pour atteinte aux bonnes mœurs dans le jardin public local, il avait bien sûr dû se rétracter.

Quel ensemble répugnant, ce quatuor ! Et leur père ! Ce devait être une sorte de monstre, pour avoir engendré non pas une abominable diablesse, mais quatre !

Au manoir, Wilt ignorait tout des imprécations de la directrice de St Barnaby. Il passait des moments intéressants bien qu'étranges. Le premier jour, quand il se réveilla, Sir George était sur le point de partir pour le tribunal, et Mrs Bale l'informa que Lady Clarissa était clouée dans son lit par un accès de ce que la secrétaire qualifia de « faiblesse générale » et qui résultait sans doute d'un abus d'alcool. Une fois de plus, Edward était invisible. Wilt avait donc tout loisir pour se promener sur les terres de la propriété.

Heureux de savoir qu'il n'aurait pas à écouter son hôte pester contre son « crétin fini » de beau-fils ni à apprendre l'histoire audit crétin fini, Wilt enfourcha le vieux vélo que Sir George lui avait prêté.

Le plaisir de Wilt fut quelque peu terni quand Sir George lui dit qu'il risquait de tomber sur ce petit salaud d'Eddie en train de bouder dans un coin de la propriété, et de recevoir quelque projectile.

Wilt résolut d'explorer plutôt le manoir de fond en comble, mais sa visite fut encore plus étrange que ce que les portraits d'ancêtres accrochés dans l'escalier ou la taille des lits le lui avaient laissé supposer. En cherchant un livre intéressant à lire plus tard – il en avait soupé des origines de la Première Guerre mondiale ! –, il pénétra dans la bibliothèque, une vaste pièce aux quatre murs recouverts d'étagères dont les ouvrages anciens n'avaient pas été ouverts depuis des années.

Mais c'est le mobilier qui retint particulièrement son attention : ces meubles fabriqués aux Indes n'avaient rien à voir avec les copies qu'on trouvait à Birmingham, ou avec les reproductions en tôle réalisées industriellement dans les Midlands, et qui pullulaient dans les maisons de banlieue et dans les vitrines des boutiques prétentieuses des beaux quartiers. Ceux-là étaient authentiques et dataient du XIXe siècle : buffets en teck foncé, paravents ajourés et lourdement ornés, chaises longues en rotin ou même en bambou – ces dernières étaient appelées, lui préciserait plus tard Mrs Bale, des « fornicateurs de Bombay », car on pouvait les allonger de façon qu'une ou plutôt deux personnes s'y étendent.

Il y avait tellement d'éléphants miniatures et autres animaux sur le sol entre les sièges et les paravents que Wilt se demanda s'il ne s'était pas égaré dans un musée de vestiges impériaux. Cette étrange ménagerie était aussi perturbante que l'architecture extérieure du manoir.

Il se concentra sur les étagères, cherchant désespérément un roman léger, mais l'histoire militaire semblait être l'obsession de la maison, en particulier la guerre de 1757 entre la France et l'Angleterre.

Désireux de prendre l'air, Wilt se dirigea vers la porte d'entrée. Il traversa le pont-levis, et marcha lentement en direction du potager et du cottage que sa famille occuperait bientôt. Quoiqu'un peu exigu, ce logement était tout à fait convenable, constata-t-il. Et il pourrait sans doute obtenir des Gadsley de rester au manoir au lieu de cohabiter avec Eva et les quadruplettes. Après tout, il était chargé d'une tâche importante – à condition d'arriver à mettre la main sur Eddie le fuyant – et ne devait pas être dérangé par quatre filles insupportables. Cinq, en réalité, car Eva était aussi gueularde et exaspérante que ces adolescentes à la croissance un peu trop rapide au goût de leur père. Non, impossible de donner le moindre enseignement à ce garçon en ayant les oreilles brisées par leur musique atroce et les hurlements de leurs violentes et incessantes crises de nerfs. Il en parlerait à Lady Clarissa quand il la verrait, et elle serait sûrement d'accord avec lui.

L'esprit désormais au repos, Wilt choisit de renoncer au vélo et de s'enfoncer à pied dans les bois. C'est là qu'il découvrit, près du mur qui empêchait de voir le manoir de la route, une caravane cachée par des buissons et de jeunes pins. À cet instant, des pas résonnèrent à l'intérieur, et, peu après, une petite femme au tour de taille impressionnant en émergea. Elle portait du linge qu'elle suspendit à une corde dehors. Quand elle fut rentrée, Wilt reprit tranquillement le chemin qu'il avait emprunté pour arriver jusque-là. La caravane et son camouflage l'avaient mis mal à l'aise. Mieux valait s'en éloigner : après avoir traversé une grande pelouse en direction d'un lac, il s'assit sur la berge pour observer ce musée des horreurs qu'était le manoir.

Après s'être fait dorer une demi-heure au soleil, Wilt y retourna et chercha Mrs Bale pour bavarder avec elle. Elle surveillait le travail de deux jeunes personnes très rondes qui nettoyaient l'escalier et les couloirs. La corpulence des trois femmes empêchant l'accès à sa chambre, Wilt prit une soudaine décision.

— Bonjour, Mrs Bale. Pourriez-vous me dire si Lady Clarissa est déjà debout ?

— Je crains qu'elle ne le soit pas. Sa Seigneurie souffre d'un endeuillement... Quoique je ne devrais pas vous en parler, étant donné que je ne prête pas foi aux ragots, j'ai l'impression qu'on ne la verra pas avant un bon bout de temps. Quand elle est rentrée hier soir, elle était très, très fâchée et, vu l'état de l'armoire aux alcools, je dirais qu'il lui a fallu un verre ou deux... pour se consoler. Mais je ne suis pas du genre à cancaner, vous le savez, n'est-ce pas.

— Bien sûr ! s'empressa de répondre Wilt tout en pensant qu'il allait rester bloqué dans ce couloir jusqu'à la fin de ses jours. Un deuil, dites-vous ? Quelle tristesse ! J'espère que ce n'est pas son oncle. Mais alors, pourriez-vous me dire si Sir George est de retour ? Et, dans l'affirmative, s'il aurait l'obligeance de me recevoir quelques instants ?

— Il est là, et tant que vous ne lui parlez pas de son beau-fils, il vous recevra volontiers.

Après s'être retournée avec difficulté, Mrs Bale sépara les deux femmes de ménage soudées sur le seuil. Wilt prit le chemin le plus long pour parvenir au bureau, et frappa à la porte.

— Entrez ! fit Sir George en inspectant Wilt d'un œil sévère. Si c'est au sujet de mon beau-fils...

Mais Wilt secoua la tête.

— Non. J'ai pensé que vous devriez en être informé, il y a une sorte de caravane dans les bois. Elle est camouflée derrière de jeunes arbres et des buissons.

Sir George piqua un fard.

— Une caravane ? Je ne suis pas au courant. Où est-elle ?

— Au fond des bois, à l'opposé du potager et du cottage.

Sir George se munit de jumelles.

— Fichtre ! Voyons si je peux la repérer...

Wilt pointa le doigt dans la bonne direction.

— Elle est quelque part dans la forêt. Et comme je vous l'ai dit, elle est dissimulée par des arbres.

— Bon, je vais y faire un tour et chasser ces envahisseurs en deux temps trois mouvements. Restez ici et veillez à ce que les femmes de ménage n'entrent pas dans cette pièce. Je ne cesse de répéter à Mrs Bale de les en empêcher, mais elle ne vaut pas mieux que ces deux-là : toujours en train de ranger pour que je ne retrouve plus rien. À part ça, ce n'est pas désagréable de les voir à quatre pattes, pas vrai ?

Il se tut et jeta un nouveau coup d'œil inquisiteur à Wilt, qui hocha la tête. Que diable Sir George voulait-il dire ?

— Vous savez... quand elles se livrent à certains travaux de nettoyage.

Devant l'incompréhension évidente de Wilt, Sir George lâcha un profond soupir ; puis, s'approchant d'une armoire métallique, il l'ouvrit d'un tour de clé et en sortit un fusil de calibre douze.

— Mieux vaut prendre ses précautions avec des intrus.

Dès qu'il eut disparu, Wilt regarda dans l'armoire et le nombre de fusils l'épouvanta. Il y en avait au moins une trentaine, de toutes formes et tailles, et tous terriblement dangereux. Soudain, il regretta d'avoir parlé de la caravane à Sir George.

Depuis la fenêtre il le vit progresser. Mais, dès que Sir George eut disparu dans les bois, Wilt quitta le bureau. Les armes lui faisaient peur et il ne voulait pas rester seul dans une pièce pleine de fusils. De plus, stocker des armes dans une armoire non fermée à clé était illégal, se rappela-t-il. Il allait donc monter dans sa chambre et se plonger une fois de plus dans les relations austro-serbes.

Cependant, comme il arrivait à l'étage, il remarqua pour la première fois un escalier qui menait du palier à une porte close. Après l'avoir franchie, il déboucha sur un couloir identique à celui de l'étage inférieur, et qui se terminait par un autre escalier conduisant sur le devant de la maison.

« Autant voir où il mène, se dit Wilt en partant à l'aventure. Mais comment ai-je pu trouver ce manoir petit ? »

Il arriva dans une tour donnant sur la grande pelouse et le lac, et, vers la droite, sur le potager. Comme il essayait de repérer la caravane, il aperçut soudain un adolescent en train de traverser la pelouse.

« Sans doute mon élève », se dit-il en se penchant à une fenêtre de la tour.

Edward, si c'était bien lui, se rapprocha de la maison, et Wilt constata avec surprise qu'il paraissait tout à fait ordinaire. Rien à voir avec ce qu'on lui avait décrit. C'était juste un garçon boutonneux, qui ne paraissait pas particulièrement méchant ni très intéressant. Enfin, songea Wilt, si Lady Clarissa était prête à dépenser mille cinq cent livres par semaine afin qu'il donne des leçons à ce cancre, il ferait de son mieux.

Voulant héler le garçon pour lui donner rendez-vous dans la bibliothèque, Wilt enjamba une fenêtre basse et sortit sur un toit en terrasse. Mais il s'aperçut alors que, derrière la tour de la façade sur laquelle il se tenait, il y avait d'autres tours, sans aucun souci d'ordonnance architecturale et disséminées à la périphérie du toit. Plus extraordinaire encore, de vieux canons masqués par un parapet étaient pointés dans toutes les directions. Comme l'avait suggéré le chauffeur de taxi, le type qui avait construit ce manoir devait être soit un cinglé, soit un grand fumeur d'opium.

Wilt rebroussa chemin, mais il commit l'erreur de jeter un coup d'œil vers le bas et, pris de vertige et de panique, il dut regagner à quatre pattes le rebord de la fenêtre. Jamais il ne remettrait les pieds sur ce toit, se jura-t-il tout en partant à la recherche de son élève.

Il venait de gagner le rez-de-chaussée quand il tomba de nouveau sur Mrs Bale.

— Lady Clarissa vous recevra dans la salle à manger dans une heure, lui annonça-t-elle. Malgré son grand chagrin, elle va beaucoup mieux, la pauvre chérie. Elle regrette de ne pas avoir été là pour vous accueillir et vous faire visiter la maison ; mais, bien sûr, son pauvre oncle s'étant éteint ainsi…

— C'est donc son oncle qui est mort ? Je suis désolé de l'apprendre, et ma femme sera également très triste. Vont-ils tous aller à Ipford pour l'enterrement ? Si c'est le cas, je peux appeler Eva pour lui dire de ne pas venir.

— Inutile ! Il semblerait que le corps va être transporté ici.

— Vraiment ? Comme c'est bizarre !

Mrs Bale était sur le point de répliquer quand un cri furieux leur parvint du bureau :

— Où est ce fichu instituteur ? Je lui demande de garder l'armoire à fusils, cet imbécile disparaît en la laissant ouverte ! Et où sont les clés ?...

Mrs Bale se pencha à l'oreille de Wilt pour lui murmurer :

— Vous avez intérêt à jouer les filles de l'air. Je vais essayer de le calmer.

Tandis qu'elle criait à Sir George qu'elle arrivait, Wilt se dépêcha de filer par le couloir.

En proie à une violente gueule de bois, Lady Clarissa avait jugé inutile de se lever dans son état.

Sur le chemin du retour, la veille au soir, elle avait conduit d'un cœur léger : elle se réjouissait de revoir Wilt et, à la réflexion, se sentait soulagée par la mort d'oncle Harold. Elle n'était donc pas tellement attristée par la perspective d'avoir à passer tous ses week-ends en compagnie de Sir George. Après tout, elle aurait d'autres occasions de retrouver son garagiste, quand celui-ci aurait soigné sa grippe mexicaine ou espagnole ou népalaise...

Elle avait atteint la grille en fer à l'arrière du manoir, l'avait ouverte avec le gadget électronique conçu pour empêcher les voleurs de mettre la main sur la Bentley ou – crime de lèse-majesté – sur l'antique Rolls-Royce, et avait parqué la Jaguar dans le garage. La cuisine était vide. Sir George, dans son bureau, astiquait un fusil dont le percuteur était posé par terre.

— Tu rentres tard ! grinça-t-il.

— J'ai appelé ta secrétaire. Elle aurait dû te prévenir.

— Mrs Bale ne me transmet jamais les bonnes nouvelles, mais elle m'a préparé à dîner, à la fortune du pot.

— Et Mr Wilt ? Elle l'a nourri lui aussi ?

— Sans doute. Dans la cuisine. Je ne dîne pas avec les serviteurs.

— Comment est-ce qu'Edward et Mr Wilt se sont entendus ?

— Aucune idée. Je n'ai pas vu le gamin et je ne crois pas que Wilt l'ait vu non plus. Tu dois gronder Eddie.

— Arrête de l'appeler ainsi. Son prénom est Edward. Je pense qu'il cherche ses marques quand il revient à la maison.

— Dieu nous vienne en aide !

Lady Clarissa fit mine de ne pas avoir entendu.

— Qu'est-ce que tu fabriques avec ce fusil ?

— Je le brique, ma chère, un point c'est tout. On ne sait jamais quand on aura besoin de s'en servir. Ce matin, en route pour le tribunal, de jeunes hooligans ont attaqué ma voiture à un feu rouge. Ils ont passé une éponge mouillée sur le pare-brise et ont eu le culot de me réclamer de l'argent. Ça m'a fait penser à des voleurs de grand chemin. Je regrette de ne pas avoir eu mon fusil, je t'assure.

— Puis-je savoir pourquoi tu ne les as pas fait arrêter ?

— Il se trouve que j'étais de bonne humeur. Je suis toujours de bonne humeur quand tu vas à Ipford pour voir ton satané oncle.

Lady Clarissa poussa un gros soupir.

— J'ai téléphoné à ta Mrs Bale pour lui annoncer qu'il était mort. Elle ne t'en a pas parlé, hein ?

— Je te l'ai dit, c'est ma secrétaire. Elle ne se mêle pas des affaires de ta famille. Elle sait que ça ne m'intéresse pas.

— Eh bien, il est mort. J'imagine que tu seras heureux de ne plus avoir à casquer pour lui. J'ai quand même versé un gros chèque à l'entreprise de pompes funèbres pour qu'on l'amène ici.

— Ici ? Mais qu'est-ce que tu racontes, espèce de cinglée ?

— Ils l'amènent ici pour qu'il soit enterré sur le domaine, bien sûr. Après tout, il faisait partie de la famille.

Sir George était maintenant de très mauvaise humeur.

— Ce n'était pas un Gadsley. Pas question d'organiser une cérémonie pour quelqu'un qui n'appartenait pas à ma famille. Tu peux dire ce que tu veux, ce vieux fou ne sera pas enterré ici. Tu n'as qu'à le faire incinérer comme tu l'avais prévu !

— C'était avant que j'en parle avec lui. Il voulait être enterré au Kenya, où il est né. Or c'est exclu. Je lui ai dit que ce serait hors de prix et que personne n'irait se recueillir là-bas sur sa tombe…

— J'ajoute que personne ne viendra non plus ici. Essaie de te montrer intelligente, pour une fois, et concocte quelque chose avec le vicaire du village. Ils ont un cimetière. C'est ça ou l'incinération.

— C'était mon idée, mais j'ai changé d'avis après y avoir réfléchi.

— Toi, réfléchir ? Tu plaisantes ? En tout cas, mets-toi bien ça dans le crâne : je refuse que mon cimetière soit souillé par un étranger à la famille, et je ne reviendrai pas sur ma position !

Là-dessus, Sir George avait foncé se mettre au lit, laissant Clarissa en tête à tête avec le stock d'alcools du placard.

17

LE LENDEMAIN MATIN, enfin levée et habillée, Lady Clarissa envisageait de noyer quelqu'un. Mais qui ? Soit son monstre de mari, après les choses atroces qu'il lui avait balancées la veille ; soit elle-même à cause de sa migraine fumante. Seulement, les douves risquaient de ne pas être assez profondes. Un jour, Edward avait tenté de calculer combien de temps on pouvait rester sous l'eau sans respirer, en utilisant comme cobayes des pauvres gamins du village, et ceux-ci avaient réussi à survivre plusieurs minutes dans dix centimètres d'eau…

Wilt ne l'ayant pas rejointe à l'heure prévue, Clarissa partit à sa recherche, et le trouva sortant du potager où il avait bavardé avec le vieux jardinier, qui lui rappelait son ami Coverdale sur son lopin de terre.

— Ah, vous voilà ! s'exclama Lady Clarissa quand il traversa le pont-levis pour venir à sa rencontre. Je me demandais où vous vous cachiez.

— J'essayais de mettre la main sur Edward. Je l'ai aperçu il y a un instant, mais il a disparu à nouveau.

— Il réapparaîtra dans peu de temps.

— J'ai été sincèrement désolé d'apprendre la triste nouvelle, Lady Clarissa. Je vous présente toutes mes condoléances.

— Merci, Henry. Votre attention me touche plus que vous ne le pensez. Tout le monde n'est pas aussi gentil. Et si on faisait le tour des douves ? Je veux que vous me parliez de quelque chose.

— Excellente idée. Qu'aimeriez-vous savoir ?

— Mrs Bale m'a confié que vous aviez vu une caravane dans les bois. C'était une roulotte de gitans ?

— Difficile à dire. Elle était cachée par des broussailles et des arbres.

— Il y avait des gens autour ?

Wilt réfléchit avant de répondre.

— En fait, j'ai vu une petite femme très grosse qui étendait du linge. Je suis vite rentré pour en avertir Sir George, et, estimant qu'il s'agissait de gens indésirables, il est parti avec son fusil. Comme je n'aime pas les armes, j'ai quitté le bureau et je suis monté sur le toit. C'est d'une tourelle que j'ai aperçu Edward.

— Une petite femme très grosse ?

— Oui. D'ailleurs, sans vouloir être désagréable, j'ai remarqué que, vous exceptée, Lady Clarissa, les femmes que j'ai vues à Sandystone étaient extrêmement corpulentes. Des femmes qui aiment la vie, c'est ainsi que l'on dit, n'est-ce pas ? Et ce qui m'a frappé, c'est que cette intruse était proprement énorme !

Lady Clarissa dissimula un sourire. L'« intruse » de la caravane ne lui était pas inconnue, et elle n'avait sûrement rien à craindre du fusil de Sir George !

C'est en silence que Clarissa commença à faire le tour des douves avec Wilt. Au bout d'un moment, ils s'assirent sur une berge du lac et contemplèrent la surface verte de l'eau. Wilt se creusa la cervelle pour trouver un sujet de conversation mais Lady Clarissa semblait tellement plongée dans ses pensées qu'il préféra ne pas l'interrompre. L'affreux manoir les dominait, projetant son ombre sur la pelouse.

— Je vais monter dans ma chambre et faire une petite sieste, déclara finalement Lady Clarissa. Hier, j'ai eu une journée épuisante. Pourquoi ne pas m'accompagner ?

Wilt fut stupéfait. Il avait sans doute mal compris. Elle avait sûrement voulu dire qu'il devrait en faire autant.

Il secoua la tête.

— En général, je ne dors pas l'après-midi. De plus, il faudrait que je me remette à la recherche d'Edward pour débuter mes cours. Je dois mériter mon salaire. Et puis j'ai l'impression que Sir George m'en veut d'avoir délaissé l'armoire à fusils.

— Sir George délaisse des tas de choses, lui aussi, murmura Lady Clarissa en se levant ; puis elle ajouta : J'ai dans ma chambre des livres de référence dont vous aurez besoin. Montez avec moi, pour que je vous les remette.

Wilt se demanda ce que ces livres faisaient dans sa chambre alors qu'elle disposait d'une grande bibliothèque. Mais comment refuser, vu qu'elle payait ses honoraires ? Il la suivit docilement.

Lady Clarissa l'incita à prendre place sur une chaise longue d'un rouge violent et lui dit qu'elle allait chercher les livres.

Wilt se sentait congestionné et mal à l'aise. Le rouge flamboyant de son siège l'affectait autant que la petite culotte d'Eva. Mais à l'instant où il allait tirer sa révérence à Lady Clarissa, celle-ci émergea de la pièce voisine, en slip et soutien-gorge. Ils étaient rouge écarlate bordés de dentelle noire, et, comme elle n'était plus une poulette de l'année, ils ne laissaient aucune place à l'imagination. Elle se plaqua contre la porte, un bras au-dessus de la tête et les jambes croisées.

— Alors, beau gosse, tu mesures combien ? Un mètre soixante-dix-huit ? Parlons donc des dix-huit centimètres !

Wilt reconnut sans peine une citation de Mae West.

Constatant qu'il restait bouche bée, elle remit ça :

— Quand je suis bonne, je suis vraiment vilaine. Mais quand je suis vilaine, je suis vraiment bonne… Eh bien ? lança-t-elle légèrement vexée par l'expression à présent choquée de Wilt. On pourrait s'adonner ensemble à quelques recherches, qu'en pensez-vous ?

— Euh, bredouilla Wilt, je viens de me rappeler que… je dois téléphoner à Eva afin de lui indiquer le meilleur itinéraire pour venir jusqu'ici.

Et, sur ces mots, il fonça s'enfermer à clé dans sa chambre.

18

PENDANT CE TEMPS-LÀ, Eva, à Ipford, se préparait à aller récupérer les quadruplettes dans le Sussex. Le matin même, elle avait reçu la lettre de la directrice annonçant que les frais de scolarité augmenteraient bientôt de nouveau, et cette information l'avait tellement affolée qu'elle avait failli téléphoner à Sandystone pour parler à son mari. Finalement elle s'en était abstenue, parce qu'il lui aurait répondu que tout ça était sa faute : elle n'aurait pas dû les enlever du Convent, et les mille cinq cents livres hebdomadaires qu'il allait gagner au manoir suffiraient à la scolarité d'une des quadruplettes, mais certainement pas à celle des quatre !

Eva ne parvenait pas non plus à effacer de son esprit la façon dont Lady Clarissa avait reluqué Wilt pendant leur déjeuner à l'hôtel : elle n'avait pas du tout apprécié son expression gourmande. À l'évidence, Milady trouvait Wilt très à son goût. Mieux valait donc se dépêcher d'arriver à Sandystone, pensait Eva.

Henry n'était pas plus porté sur les « rapports sexuels » qu'il n'appréciait cette façon de s'exprimer. Il prétendait même que c'était là une abomination, et, combattait cette forme de « destruction de la langue anglaise », en défendant les expressions politiquement correctes. Il tenait le même raisonnement concernant le mot « gay », qu'il n'employait qu'en sortant d'une soirée où il s'était beaucoup amusé. Bref, il tenait à se montrer vieux jeu et à la ridiculiser, mais elle se rebiffait et, très souvent, utilisait le mot « baise » quand elle parlait trop vite ou qu'elle oubliait les consignes de son mari. Au bout du compte, se dit Eva, si Lady Clarissa tentait de séduire Wilt – quelle que soit la façon politiquement correcte de qualifier la chose –, elle n'avait rien à craindre : Wilt s'enfuirait comme un lapin.

De plus, il fallait compter avec Sir George, qui était né sous un autre nom selon Wilt, et qui était un bonhomme fort mal embouché selon Lady Clarissa : il mettrait rapidement le holà à toute tentative de couchaillerie de son épouse. Enfin, Wilt allait gagner tout cet argent en plus de son salaire habituel ; et, dans le deal, il y avait les vacances gratuites au bord de la mer dont elle et les quadruplettes allaient profiter – encore une belle économie. Requinquée, Eva termina de boucler les bagages, les fourra dans la voiture, but une tasse de thé, prépara des sandwichs pour la route et, de fort bonne humeur, s'installa au volant. Si elle voulait atteindre St Barnaby à temps il lui fallait se hâter.

Mais en chemin, Eva tenta de trouver des arguments pour persuader la directrice de garder les filles. Et, plongée dans ses pensées et attentive à ne pas commettre d'excès de vitesse, elle ne s'aperçut qu'elle s'était trompée de route et qu'elle n'avait presque plus d'essence à l'entrée de Hailsham. En payant son plein à la première station-service, elle demanda à l'employé la direction d'East Whyland.

— Vous n'y êtes pas du tout ! C'est à la limite du Kent.

— C'est loin d'ici ?

— Dans les soixante-dix kilomètres, mais il n'y a que des petites routes. Vous aurez plus vite fait de retourner à Heathfield et de prendre la A265 pour Burwash. Là-bas, renseignez-vous.

Prenant à témoin le client suivant, l'homme ajouta :

— On ne devrait pas laisser conduire les gens qui n'ont aucun sens de l'orientation. Ou alors, il faut qu'ils aient assez de jugeote pour se payer un GPS.

On voyait bien qu'il ne connaissait pas Henry, songea Eva : il préférerait se fier aux étoiles la nuit plutôt que de dépenser son bon argent en achetant un gadget électronique. Pour lui, une carte routière faisait aussi bien l'affaire - sauf qu'elle avait toujours été incapable de lire une carte.

Tout en se traitant d'imbécile, Eva se pencha sur l'atlas routier, mais elle chercha en vain East Whyland. Et quand elle voulut couper une file ininterrompue de voitures pour faire demi-tour et reprendre la direction d'Heathfield, elle dut attendre une demi-heure avant qu'un conducteur plus courtois que les autres lui laisse le passage. Elle ne fut guère plus avancée car, très vite, un formidable embouteillage l'immobilisa pendant une heure. Il était six heures quand, après avoir rejoint Heathfield, elle s'engagea sur la A265.

En arrivant à Burwash, Eva regrettait de ne pas avoir écouté Wilt lorsqu'il avait essayé de lui apprendre à lire une carte. C'était il y a bien longtemps, alors qu'elle était jeune mariée et amoureuse de son mari.

— Inutile, lui avait-elle dit. Je ne sais pas conduire. Alors, je ne vais pas me perdre.

Quand, enfin, elle avait passé son permis, elle exaspérait tellement Wilt qu'il lui aurait plus volontiers appris à se perdre qu'à trouver son chemin !

Eh bien, elle était perdue ! À sa dernière visite au pensionnat, Wilt était au volant, et elle-même trop occupée à faire tenir les filles tranquilles pour prêter attention à l'itinéraire. Elle se gara au bord de la route, prête à se plonger dans la carte sans beaucoup d'espoir, mais une femme âgée sortit alors d'une maison avoisinante et s'avança vers elle. Eva descendit de voiture pour aller à sa rencontre.

— Pourriez-vous m'aider, je vous prie ? Je cherche l'école de filles St Barnaby. Elle est à East Whyland.

— East Whyland ? Jamais entendu parler. Remarquez, je n'habite pas ici. Je suis de l'Essex. Je suis venue voir ma nièce qui vit là depuis seulement un mois. Donc inutile de lui poser la question. Désolée de ne pas pouvoir vous aider.

De nouveau seule, Eva consulta la carte tout en maudissant le type de la station-service de Hailsham. Crevée et à bout de nerfs, une seule solution lui vint à l'esprit : trouver un hôtel à Heathfield. Et s'il coûtait plus cher qu'un gîte rural, ça lui serait bien égal ! Elle mourait également de faim. Elle passerait la nuit là après avoir téléphoné à la directrice de St Barnaby pour l'avertir que, à cause d'une crevaison, elle n'arriverait que le lendemain. Si elle se dégotait un bon hôtel, elle s'offrirait un sacré dîner et un verre d'un excellent vin. Avec ce que gagnait Wilt, ils pouvaient se le payer.

Le lendemain matin, munie d'un précieux itinéraire élaboré par le portier de l'hôtel, Eva atteignit l'école. Elle y passa une demi-heure très désagréable avec la directrice, qui exigea qu'elle retire immédiatement ses quadruplées et songe à un autre établissement pour elles.

— Mais qu'est-ce qu'elles ont fait de mal ? explosa Eva.

— Ce qu'elles ont fait ? Eh bien, sachez que si elles ne quittent pas immédiatement ces lieux, vous serez poursuivie devant les tribunaux pour les dégâts commis volontairement par vos filles sur des voitures du personnel et sur des biens de l'école. Si je n'ai pas encore appelé la police, c'est pour éviter qu'elles soient arrêtées ici - je dois me préoccuper de la réputation de mon établissement. Calculez donc précisément les frais juridiques auxquels vous devrez faire face si les membres du personnel décident de porter plainte. J'ai réussi à les en dissuader à la condition que vos filles disparaissent sur-le-champ, mais ils peuvent changer d'avis. Un de mes meilleurs professeurs a déjà démissionné à cause d'elles. Miss Young a dû être hospitalisée parce que vos filles avaient saboté sa voiture. J'espère que je me suis bien fait comprendre.

Eva déclara que tout était clair et quitta le bureau de la directrice tout à fait calmée. Elle passa prendre les quadruplettes à l'infirmerie où on les avait mises en quarantaine. « Le trajet du retour ne va pas être gai », songea-t-elle.

Le lendemain, Sir George semblait être de meilleure humeur. Assis à la table du petit-déjeuner, il interrogea son épouse :

— Où se trouve donc ton fils ?

— Qu'est-ce que ça peut te faire ? Il préfère sûrement ne pas être dans tes pattes. Je tiens à ce que tu le voies le moins possible. Il va passer la majeure partie de son temps avec Henry.

— Avec qui ? Si tu veux parler de Wilt, je te serais reconnaissant de l'appeler par son nom de famille et pas par son prénom. Après tout, il n'est qu'un serviteur mieux éduqué que les autres. Je ne m'amuse pas à donner du Doris à ma secrétaire, si c'est bien là son prénom. Pour moi, elle est Mrs Bale. Tout bien réfléchi, appelle-le Mr Wilt.

Clarissa lui décocha un regard assassin.

— Je ferai comme ça me chante. Et j'attends toujours tes excuses.

— Des excuses ? Et pour quelle raison ?

— Pour avoir été odieux avec moi au sujet de mon oncle. Je ne comprends toujours pas pourquoi un membre de ma famille ne pourrait pas être enterré ici. Je suis ta femme, non ?

— Oui, malheureusement ! Mais tu ne le resteras pas longtemps si tu continues ainsi.

Le silence qui suivit ne fut brisé que par la mastication bruyante de toasts brûlés que Sir George avait couverts de montagnes de beurre.

— Tes manières de table sont atroces ! s'indigna Clarissa. Dieu merci, le professeur d'Edward n'est pas là pour t'entendre… D'ailleurs, où est-il ?

— À la cuisine, évidemment. Là où Mrs Bale prend ses repas.

— Dans ce cas, je prendrai mon petit-déjeuner dans ma chambre et je te laisserai te conduire comme un porc. Car, au fond, tu me traites comme une boniche.

Elle quitta la table et s'avança vers la porte. Dans son dos, Sir George marmonna entre ses dents :

— Bon débarras, sale déchet !

Lady Clarissa se retourna.

— Les seuls déchets, ici, tu te les fourres dans ta bouche. Et laisse-moi te dire qu'ils ont l'air suffisamment nocifs pour t'envoyer directement à la morgue. Voilà qui serait un bon débarras !

Et elle claqua la porte derrière elle.

Sir George se leva pour se resservir de la poitrine fumée bien grasse qui était disposée sur le buffet. La famille de Clarissa était le seul souci de son existence. Mieux valait brûler en enfer que de permettre à ce vieil homme répugnant d'être enterré sur la propriété des Gadsley. Quant à son demeuré de fils... Si quelqu'un avait volé les clés de l'armoire aux fusils, ça ne pouvait être qu'Edward. Cet imbécile ! Wilt allait s'apercevoir très vite qu'il était impossible de lui faire franchir les grilles de Cambridge. Quoi qu'il en soit, songea Sir George, pas question de laisser le parfait crétin traînailler dans le manoir plus longtemps. Le beau-père de ce cher Eddie allait lui mener une vie tellement impossible qu'il le fuirait. Ou, encore mieux, il trouverait un boulot et viderait les lieux. Mais quel genre de travail serait dans ses cordes ? Au mieux, vider les poubelles, pensa Sir George en s'esclaffant. À cet instant, Mrs Bale entra pour lui rappeler qu'il avait une audience dans vingt minutes.

— Pour quelle affaire ?

— Celle du chauffeur de taxi tabassé par des types ivres morts qui ont refusé de payer la course, une fois conduits dans leur village.

— Ah oui ! Je vais le condamner pour avoir provoqué une échauffourée.

— Le chauffeur ? Pourquoi lui ? Pourquoi pas les voyous qui étaient soûls ? Après tout, c'est leur faute si tout a commencé.

— Vous n'avez pas idée de la honteuse faiblesse du système juridique actuel. Il n'y a pas assez de prisons et nous n'avons pas le droit d'utiliser les cellules des commissariats de police à cause de leur coût. Alors, c'est bien plus économique de mettre le chauffeur de taxi à l'amende : ça lui apprendra à ne pas laisser monter des gens ivres dans son taxi. Et quand je le condamnerai, il ne se plaindra pas : il s'estimera heureux que je ne l'envoie pas en prison. Vous devriez voir les autres juges… des éponges pleines d'eau de lessive ! Allez, donnez-moi mon manteau.

Mrs Bale sortit en soupirant et en se demandant pourquoi elle était devenue la secrétaire de Sir George. Feu son mari répétait souvent : « La loi est aussi bornée qu'un âne. » Mais avec un fou furieux mâtiné de hyène tel que son patron, c'était bien pire. Elle alla chercher l'imperméable de Sir George et attendit qu'il descende au garage pour appuyer comme d'habitude sur les boutons afin de lui ouvrir les grilles électroniques.

Lady Clarissa et Wilt s'étaient rendus au cottage. Wilt avait passé sa matinée à tenter d'inculquer à Edward les rudiments de l'histoire européenne du XXe siècle, mais le gamin s'était révélé aussi débile et bouché qu'il l'avait craint. Sa seule intervention avait été pour dresser un stupide parallèle entre la Première Guerre mondiale et le Polonais qui lavait les carreaux du manoir. Quand Edward n'était pas revenu des toilettes, Wilt avait décidé de lever la séance.

En parler à Lady Clarissa fut inutile : elle refusa de l'écouter et préféra l'entraîner au cottage. Wilt craignit le pire quand elle essaya de lui prendre le bras, et feignit de ne pas comprendre ce qu'elle désirait. Elle fit une autre tentative, puis garda ses mains pour elle. Wilt se demanda si, après la rebuffade dans la chambre à coucher, elle avait renoncé à le mettre dans son lit. Il le souhaita vivement. Il avait assez de mal à se défendre des assauts d'Eva sans avoir à repousser en plus les avances d'une autre enragée du sexe. Ils marchèrent en silence pendant un moment.

Elle sortit la clé de sa poche en disant :

— Je veux m'assurer que votre femme se sentira bien ici. Je n'aimerais pas qu'elle se trouve trop seule.

Wilt se garda de parler des quadruplettes, mais, en leur présence, Eva avait autant de chances de s'ennuyer que lui de gagner au Loto et de prendre une retraite de millionnaire en Espagne ! La dernière fois qu'il avait acheté un billet, c'était il y a quatre ans, et Eva l'avait accusé d'être un joueur inconscient.

— Je suis sûr que ce ne sera pas le cas, répondit-il à Lady Clarissa. Pendant l'année universitaire, je suis absent toute la journée.

— Évidemment. Mais on peut se sentir abandonnée dans ce domaine. Se sentir très seule… Croyez-moi.

Clarissa renifla, et Wilt se mit à observer fixement le chemin.

— Quand nous aurons fini d'inspecter le cottage, vous serez sans doute assez aimable pour me montrer où la caravane était parquée, déclara Clarissa. Vous m'avez dit que son occupante était petite et très rebondie. Je crois savoir qui c'est.

Ils pénétrèrent dans le cottage, construit dans la même brique que les murs du jardin. Il était entouré d'une pelouse grande comme un mouchoir de poche, ainsi que d'un jardin de curé planté de roses et de roses trémières et bordé de lavande.

— C'était la maison du chef jardinier, mais maintenant j'y loge les invités qui n'apprécient pas la compagnie de mon mari. C'est vrai qu'il est insupportable la plupart du temps. Il creuse sa tombe à chaque repas, et j'avoue que je ne verserai pas toutes les larmes de mon corps le jour où ça arrivera. Vous allez me trouver dure, mais il traite Edward d'une façon exécrable.

Elle consulta sa montre puis ajouta :

— Comme à cette heure-ci il doit rendre l'injustice, autant chercher ce campement.

— Où vit le chef jardinier, maintenant ?

— Quelque part dans le village. Quand sa femme est morte, il s'est senti trop seul ici - et trop loin de son pub favori. À présent, nous faisons appel à une entreprise pour tondre les pelouses. C'était bien trop lourd pour le vieil homme... Que pensez-vous du cottage ?

— C'est une plaisante alternative à la vie en Inde !

— J'ignorais que vous y aviez été.

— Je n'y ai jamais mis les pieds, mais j'ai l'impression de la connaître. Je faisais allusion au manoir.

Clarissa se mit à rire.

— Je m'efforce de ne pas regarder la façade. J'arrive toujours par l'arrière, où nous garons les voitures. Sir George prétend que l'aspect hideux du bâtiment dissuade les cambrioleurs de tenter d'y pénétrer. Les douves et le pont-levis contribuent aussi à notre sécurité.

— Ainsi que les armes.

— Les canons, ou les fusils dans l'armoire ?

— Je pensais à l'armoire. Je n'ai jamais vu autant d'armes dans un même endroit. Mais ces redoutables canons n'ont pas de quoi vous rassurer non plus.

— George passe son temps à exhiber ses armes, il a dû vouloir vous impressionner... Mais il est vrai qu'il s'est fait quelques ennemis.

— Des ennemis ? Quelle sorte d'ennemis ?

— Des innocents qu'il a condamnés à des peines de prison. Il adore ça. Il se méfie aussi énormément des braconniers et des intrus. À la vérité beaucoup de gens aimeraient le voir trépasser. Sérieusement : n'allez pas vous promener dans les bois pendant votre séjour. On pourrait vous prendre pour George.

— Je m'en souviendrai.

Ils quittèrent le cottage et, en traversant les bois, remarquèrent à leur droite, sur une allée sablonneuse, les traces de pneus d'une grosse voiture. Lady Clarissa mit un doigt devant sa bouche et murmura :

— Il y a une clairière tout près d'ici. Je parie que c'est là qu'il a mis cette dévergondée.

Elle ôta ses chaussures qu'elle tendit à Wilt et emprunta le sentier en veillant à ne pas faire de bruit. Au bout d'un moment, Wilt s'assit sous un arbre en se demandant ce qu'il venait faire dans cette galère. Surmonter la bêtise intrinsèque d'Edward valait mieux que de se mêler des intrigues des Gadsley – et « intrigues » était un mot faible !

Vingt minutes s'écoulèrent avant le retour de Lady Clarissa qui réenfila ses chaussures sans parler.

— J'avais raison, dit-elle enfin quand ils repartirent vers le manoir : c'est bien Philly qu'il a installée là-bas. Mais j'ignorais qu'il existait une grille dans le mur du parc pour accéder aux pâturages. Je vais aller acheter un gros cadenas au village. Vous pouvez m'accompagner, si ça vous tente.

— Je ne crois pas.

N'ayant aucune idée de qui pouvait être cette Philly, et aucune envie de le savoir, Wilt précisa :

— Je dois vérifier certaines données de la course aux armements pendant le XXe siècle.

En fait, Wilt n'avait qu'une envie : rester en dehors de toutes ces histoires. Et, depuis sa dernière expérience, il ne voulait surtout pas être coincé dans un endroit clos en compagnie de Lady Clarissa.

— Ça ne vous ennuie pas si je rentre maintenant ? J'aimerais passer un coup de fil à Eva... pour lui dire que j'attends son arrivée avec impatience.

Il savait pertinemment que si sa femme entendait ça elle le croirait atteint d'une commotion cérébrale. Ou sous l'emprise de la boisson.

— Je vous en prie, faites comme chez vous.

Lady Clarissa prit son sac et monta dans sa voiture.

Wilt la regarda s'éloigner avant de se diriger vers le manoir. Mais, à mi-chemin, il entendit une sourde détonation, et crut un instant que les ennemis de Sir George approchaient. Il s'en rendit cependant vite compte, ce n'était que le pot d'échappement de la Jaguar. Comme il entrait dans le manoir, Wilt vit Mrs Bale sortir du bureau de Sir George.

— Je voulais appeler ma femme, lui dit-il. Elle est allée chercher les filles à leur école.

— Si j'ai un conseil à vous donner, c'est de la faire venir ici dare-dare. Lady Clarissa est bizarre : ce serait une femelle, je dirais qu'elle est en chaleur – si vous voyez ce que je veux dire. Oh, je ne lui reproche rien ! Le patron fait ses petites affaires de son côté...

Wilt, qui commençait à apprécier Mrs Bale pour la lumière qu'elle jetait sur les mystères du domaine, lui demanda :

— Vraiment ? Elle ne serait pas petite et très rebondie, par hasard ?

— « Pas de nom, pas d'emmerdes ! » comme disait feu mon mari.

Elle adressa un sourire en coin à Wilt et disparut dans la cuisine.

Remettant à plus tard sa conversation avec Eva, il suivit Mrs Bale qui, tout en préparant le déjeuner, lui annonça :

— Si vous cherchez Edward, il est dans le bureau. Il y file dès que Sir George est sorti.

— Qu'est-ce qu'il peut bien fabriquer là-dedans ? Il ne va quand même pas farfouiller dans les papiers de son beau-père ! Je ne vois pas ce qui peut l'intéresser.

— Les armes, bien sûr ! répondit Mrs Bale en fronçant les sourcils. Il raffole de tout ce qui est horrible.

— Sir George doit bien avoir une autre clé pour l'armoire. Il n'a pas le droit de la laisser ouverte. C'est illégal, non ? Les armes...

— Mais qui fait la loi dans ce coin ? Milord en personne ! Et si vous croyez qu'il laisserait la police municipale mettre le nez dans son bureau, vous vous trompez. D'ailleurs, ils téléphonent toujours avant de venir, quand ils ont besoin d'un mandat ou d'autre chose.

— Dans ce cas, je vais m'abstenir d'approcher du bureau pour le moment.

Après un silence, Wilt se jeta à l'eau :

— Franchement, que pensez-vous d'Edward ?

— Bouché à l'émeri. Pas avec deux couches mais quatre. Ou, pour dire les choses autrement, si j'avais su que je donnerais naissance à un énergumène de son acabit, j'aurais avorté. Et pourtant, pour vous donner une idée, je suis cent pour cent contre. Dieu merci, je n'ai eu qu'une fille. C'est une mère célibataire mais elle est plutôt mieux lotie que si elle était mariée à un connard arrogant, si vous me pardonnez ma façon de parler. Milady m'a laissé entendre que vous aviez vous-même des filles ?

— Et comment !

Wilt était sur le point de lui confier qu'il aimerait mieux avoir une douzaine de filles mères que les quatre diablesses qu'il avait eu le malheur d'engendrer quand il entendit les grilles de service s'ouvrir pour livrer passage à la Jaguar.

— Lady Clarissa en a donc terminé avec son shopping. Je vais m'éclipser.

Il se dépêcha d'entrer dans la bibliothèque pour faire semblant d'y chercher un livre. Par la porte entrouverte, il entendrait ainsi tout ce qui se dirait dans le hall lorsque Lady Clarissa apprendrait où son fils se trouvait. Il n'eut pas longtemps à attendre : après un bref échange dans la cuisine avec Mrs Bale, la milady fila dans le bureau.

— Edward, tu te fiches de moi ! Combien de fois je t'ai interdit de jouer avec ces armes abominables ? Si George l'apprend, il sera furieux.

Elle criait presque quand elle ajouta :

— Pourquoi faut-il toujours que tu désobéisses ?

— Parce que j'aime les fusils et qu'il m'empêche d'en avoir un.

— Je t'ordonne de remettre immédiatement dans l'armoire cet horrible engin. Et ne le balance pas dans tous les sens. Il est sans doute chargé.

— Je ne le balance pas, je vise par la fenêtre – et bien sûr qu'il est chargé. À quoi ça sert, un fusil, s'il n'y a pas de balle dans le canon ?

— Retire la balle et sors d'ici !

Voyant la mère et le fils passer devant la porte de la bibliothèque, Wilt se demanda ce qu'il allait faire. Il en était convaincu, la détonation qu'il avait entendue et prise pour le pot d'échappement de la Jaguar était un coup de fusil tiré par Edward dans sa direction. Et il était prêt à mettre sa main au feu que le gamin n'avait pas déchargé son arme comme sa mère le lui avait ordonné. Wilt n'avait aucune envie de passer l'été à donner des leçons à un retardé mental que seul le maniement des armes à feu passionnait. Inutile de lui inculquer des éléments d'histoire, se dit-il : il se concentrerait sur le récit des batailles, dans l'espoir de retenir l'attention de son élève.

Et Eva et les quadruplettes, dans tout ça ? Il ne s'inquiétait pas pour leur sécurité – elles n'auraient aucun mal à se défendre –, mais la cohabitation des filles et de ce dément d'Edward risquait de faire des étincelles. Il devait téléphoner à Eva pour lui dire de ne pas venir. Mais comment appeler du manoir sans être entendu ? À moins que Mrs Bale ne l'introduise dans le cabinet particulier de Sir George ? Non, trop risqué. Il allait se rendre au village et utiliser un téléphone public. Mais pas question de sortir par les grilles derrière, où on pourrait le voir. Il ne lui restait qu'une solution : traverser les bois en prenant cet épouvantable chemin qu'avait emprunté son taxi.

Wilt traversa le pont-levis, tourna à gauche, et, dix minutes plus tard, il négociait les dangereux virages qui lui avaient fichu une telle trouille à son arrivée. Par deux fois, il entendit des coups de feu dans le lointain, et il se cacha pendant de longues minutes dans un fossé quand un faisan lui coupa la route en lui faisant une peur bleue. Après s'être perdu plusieurs fois, il lui fallut trois quarts d'heure pour atteindre la route principale et se traîner péniblement jusqu'au village.

De la première cabine on ne pouvait qu'envoyer des e-mails, et la seconde avait été la victime de vandales. Au milieu de l'après-midi, Wilt était convaincu d'être le dernier homme sur Terre à ne pas posséder de portable. Finalement, ayant déniché un téléphone en état de marche, il s'aperçut que celui-ci ne fonctionnait qu'avec des cartes bancaires, ce qui rendait inutile la pièce de dix pence qu'il avait préparée. Le quart d'heure passé à essayer de joindre Eva sur son mobile se solda par un fiasco : elle ne décrocha pas.

Renonçant, Wilt chercha un pub. Il faisait chaud et il avait désespérément besoin d'un verre… de plusieurs verres… et d'un peu de nourriture solide. Il commanda une pinte de bière, puis une seconde et des sandwichs au jambon. La serveuse s'éloigna et revint peu après avec d'épaisses tartines au pain de mie sur une assiette.

— C'est la première fois que je vous vois, remarqua-t-elle en apportant un second verre. Vous êtes de passage ?

— Pas vraiment. J'habite à Sandystone. Drôle d'endroit !

— Je vous le fais pas dire ! Mon vieux leur livrait du cognac, mais désormais il refuse de s'en approcher. Vous avez intérêt à faire gaffe… et motus et bouche cousue.

— Ah bon ! Pourquoi ?

Deux clients entrèrent et la serveuse partit bavarder avec eux. Wilt finit ses sandwichs et se rendit aux toilettes où il soulagea sa vessie de la bière qu'il avait ingurgitée, en calculant que le liquide avait mis vingt minutes pour faire le trajet. Quand il ressortit, une demi-douzaine de buveurs étaient installés au bar et occupaient la serveuse. Wilt lui fit signe qu'il voulait payer tout en sortant un billet de cinq livres.

Elle s'activa auprès du tiroir-caisse.

— Vous oubliez les sandwichs. Ça fera sept livres quatre-vingt-dix en tout.

Wilt lui donna trois livres supplémentaires en lui disant de garder la monnaie. Avec un regard méprisant, elle lui rendit les dix pence.

— Vu votre tête, vous en avez plus besoin que moi !

— Dites-moi, pourquoi vous ne voulez plus aller au manoir ?

— Ils me foutent les jetons, tous autant qu'ils sont. Ils sont... Oh, je ne veux rien dire. Qu'est-ce que vous fichez là-bas ?

Jetant un coup d'œil autour de lui comme s'il avait peur d'être entendu, Wilt insista :

— Ils sont vraiment timbrés ?

— Ouais, on peut dire ça comme ça. Mais pourquoi vous posez la question ?

Sans bien s'en rendre compte, Wilt prit l'accent cockney :

— C'est ce que j'ai entendu. En tout cas, je n'ai pas l'intention d'y faire long feu.

— Je vous comprends. À votre place, je partirais aussi vite que possible. Un simple conseil. Gratis.

Elle fixa Wilt qui piqua un fard.

Puis elle s'éloigna pour s'occuper d'un client sans doute plus généreux. Wilt vida son verre. Ensuite, il appela Eva une nouvelle fois de la cabine, sans obtenir de réponse. Il consulta sa montre : il était plus tôt qu'il ne le pensait, mais il décida d'arrêter les frais. Encore une journée de perdue. Néanmoins, ce n'était pas grave comparé à son gros souci, la combinaison qui risquait d'être mortelle entre Eva, les quadruplettes et Edward, l'obsédé des armes. Mais que pouvait-il faire ? Tout était la faute d'Eva qui l'avait fichu dans ce merdier en voulant envoyer les filles dans une école chic par snobisme. Et s'il la laissait se débrouiller seule ?

Alors qu'il réfléchissait, Wilt avait emprunté le chemin dangereux menant à Sandystone. Soudain, il s'arrêta net et s'accroupit derrière le tronc d'un énorme chêne. Un peu plus loin, à la sortie d'un virage, se tenait Edward le vicelard avec un fusil qu'il pointait vers l'autre côté de l'allée. Un instant plus tard, une détonation se fit entendre, puis le bruit lourd d'une chute. Wilt risqua un œil : Edward se dépêchait d'atteindre la pauvre créature qu'il avait abattue. Quelle que soit l'opinion de Lady Clarissa sur la dénommée Philly, Wilt pria pour que ce ne soit pas elle la victime.

Sans attendre, il obliqua vivement en direction du domaine, espérant que les aiguilles de pin amortiraient le bruit de sa retraite précipitée. Au bout de vingt minutes, il déboucha sur la petite route de service, mais, au même moment, les grilles noires s'entrouvrirent. Wilt se mit à quatre pattes et rampa le plus loin possible afin de se dissimuler derrière l'une d'elles.

19

SITÔT APRÈS LE PASSAGE DE LA BENTLEY DE SIR GEORGE, Wilt franchit la grille et se faufila dans le garage où il se cacha un moment. Une fois arrivé à la porte de service, il serait en sécurité dans le manoir. Enfin, une sécurité toute relative, car le vieux dragon allait sûrement être fou de rage en s'apercevant qu'un de ses fusils avait disparu – il avait d'ailleurs dû entendre les coups de feu en traversant le parc. Wilt brossa tant bien que mal son pantalon, monta l'escalier extérieur, traversa la cuisine et emprunta le couloir menant aux pièces nobles. Il ne souhaitait qu'une chose : regagner sa chambre pour enfiler une tenue convenable. Mais il lui fallait d'abord passer devant le bureau. « Je n'ai pas le choix », pensa-t-il, résigné, juste avant de tomber sur Sir George, posté dans l'embrasure de la porte, un verre à la main et l'air d'excellente humeur.

— Entrez donc et prenez un whisky. On dirait que vous en avez besoin. Vous avez essayé d'éviter les tirs d'Eddie, n'est-ce pas ?

Wilt acquiesça et se laissa choir dans le fauteuil le plus proche.

— C'est une façon de présenter les choses.

Le magistrat lui versa un grand verre d'un célèbre breuvage écossais avant de prendre place en face de lui.

— Est-ce que ce petit salaud a visé dans votre direction ?

— Non, j'ai eu la chance de le voir avant qu'il ne me repère. Mais il a abattu quelque chose, un truc plutôt lourd d'après le bruit qu'il a fait en tombant.

Wilt fut ahuri par la décontraction qu'afficha Sir George envers ce beau-fils qui parcourait la propriété en tirant sur tout ce qui bougeait.

— C'était sans doute un daim, ou alors un sanglier échappé de la ferme qui en fait l'élevage. De temps à autre, une ou deux bêtes s'aventurent dans mes bois... Mais ce n'est qu'un début : la prochaine fois, avec un peu de chance, il s'attaquera à un être humain.

À cette pensée, Sir George tout sourires adressa un clin d'œil entendu à Wilt. Celui-ci en avala son whisky de travers.

— Si j'ai un conseil à vous donner, poursuivit Sir George en allant chercher le carafon, restez dans la maison pendant que le petit Eddie est en chasse. Oh, ça ne durera pas longtemps. Un de ces jours, il est certain qu'il tuera quelqu'un.

Malgré les protestations de Wilt, il lui remplit le verre pratiquement à ras bord.

— Comprenez-moi, en laissant exprès l'armoire aux fusils ouverte, je lui ai permis de succomber à toutes ses tentations. Allons, à la vôtre !

Sir George marqua une pause, puis se lança dans une longue explication :

— Oui, quand vous avez filé en laissant l'armoire ouverte, vous m'avez donné une idée. Voyez-vous, si ce petit connard abat un pauvre type qui a l'infortune de se trouver là, je serai heureux de le faire arrêter et passer devant les tribunaux... Old Bailey a ma préférence.

Il se resservit, mais Wilt, qui n'en croyait toujours pas ses oreilles, refusa catégoriquement toute nouvelle dose.

— Comme vous voulez. J'allais ajouter que je n'ai jamais approuvé le système judiciaire moderne. Du temps de mon père, qui était juge de paix, un assassin était pendu par le cou jusqu'à ce que mort s'ensuive. Bon, quand on a aboli la peine de mort, j'ai été d'accord car, parfois, on reconnaissait un peu trop tard qu'un pauvre diable était innocent. La peine capitale a donc été remplacée par la prison à vie, ce qui constitue une amélioration pour trois raisons. Premièrement, il est désormais impossible qu'un innocent finisse au bout d'une corde. Deuxièmement, une condamnation à perpétuité signifie qu'on reste en prison jusqu'à sa mort avec une peine agrémentée de travaux forcés pour casser des cailloux ou creuser des carrières. Je vous le dis, ça ne leur fait pas de mal ! Troisièmement, la pendaison était sacrément trop rapide, alors que les types qui passent leur existence en cellule ont le temps... beaucoup de temps... pour regretter leurs crimes.

Sir George était à présent intarissable :

— Mais quand cette bande de mollassons est intervenue, les choses ont commencé à aller mal. Aujourd'hui, est-ce que prison « à vie » veut dire « pour la vie » ? Pas du tout. Dans la plupart des cas, c'est quinze ou vingt ans, et avec ce qu'ils appellent la « bonne conduite » la vermine est libre au bout de huit ans ou même souvent moins. Voilà pourquoi il y a autant d'assassins dans les rues.

Il remplit une fois de plus son verre. Pendant ce bref silence, Wilt tenta de trouver quelque chose à lui rétorquer, mais Sir George n'en avait pas fini :

— Quant à ce gouvernement débile... il dépense des milliards pour armer des sous-marins ou faire des guerres qui ne nous concernent pas, mais ils n'ont plus un penny pour construire des prisons. Tout le pays part à vau-l'eau. Oui, autant tout lâcher et aller vivre dans un chenil de merde...

Sur ce, Sir George se pencha sur son bureau et commença à feuilleter des papiers. Wilt n'avait nullement l'intention de déclencher une nouvelle explosion. Il entendait aussi Lady Clarissa et Mrs Bale discuter dans la cuisine. Il sortit du bureau sur la pointe des pieds et monta l'escalier ; mais, l'abri de sa chambre lui semblant trop incertain, il se glissa dans sa salle de bains, de l'autre côté du couloir. Il n'avait aucune envie non plus de discuter avec Milady des chances d'Edward d'entrer à Cambridge : elles étaient nulles. Le garçon n'obtiendrait pas plus la moyenne qu'il ne deviendrait pape. En fait, c'était un miracle qu'il soit capable d'écrire son nom. Wilt s'enferma à clé et éteignit la lumière, pour le cas où Lady Clarissa se mettrait à sa recherche.

Il n'avait pas aimé le commentaire de Mrs Bale sur sa patronne « en chaleur ». En fait, cette situation lui faisait horreur. Dès que le fusil d'Edward aurait regagné sa place dans l'armoire, Wilt demanderait à cet épouvantable gamin quels étaient ses projets. Il était content d'avoir apporté des vidéos de Verdun et de la bataille de la Somme. Elles avaient une chance de retenir son attention à court terme – les carnages de masse semblaient lui plaire. Et, surtout, Lady Clarissa aurait l'impression que son idiot de fils apprenait quelque chose.

Wilt patienta une demi-heure avant de descendre dans la cuisine sans faire de bruit. Ayant vérifié que Mrs Bale était seule, il lui demanda à voix basse où se trouvait sa patronne. Il apprit qu'elle se soûlait dans sa chambre à coups de martinis dry.

— Voici votre dîner, ajouta Mrs Bale en lui servant une assiette de poulet froid et une salade. Je lui monterai le sien quand elle criera. Elle boude parce que son petit ami garagiste a la grippe – sans doute juste une excuse. C'est de notoriété publique qu'il en a plus que marre d'être exploité sexuellement et de ne pas pouvoir boire pendant les week-ends parce qu'il doit conduire… Non pas que je sois du genre à cancaner. Mais, quoique, au fond d'elle-même, elle soit soulagée par la mort de son oncle, elle doit se sentir un peu coupable… Elle va sûrement s'endormir avant d'avoir mangé.

— Il est évident qu'elle est alcoolique, lâcha Wilt.

Mrs Bale sourit.

— Et nymphomane. Du coup, elle vous couve de l'œil ! Je vous ai dit qu'elle était en chaleur… Vous savez, son vieux ne la touche pas – trop maigre à son goût – et il n'arrête pas de picoler. Et puis il mange tous ces machins ignobles… Tenez, si le poulet n'est pas farci de choses et d'autres, il le renvoie. Et il lui faut en accompagnement des chips de gibier frites dans du lard.

— Voilà qui ne met pas l'eau à la bouche. En tout cas, elle n'a pas intérêt à me draguer.

Wilt préféra ne pas raconter à Mrs Bale son entrevue avec Lady Clarissa.

— ... Eva - mon épouse - la tuerait. Elle m'a déjà prévenu de m'abstenir de toute forme de couchaillerie, comme elle dit. Ce qui m'étonne, c'est que vous restiez ici.

— Oh, depuis que mon vieux mari est mort, je n'ai presque plus de revenus. La seule chose positive que je puisse dire à leur sujet, c'est que leur argent leur permet de bien me payer. Alors, je supporte leur grossièreté. De plus, malgré tout, j'aime assez Milady. Sans doute parce que son premier mari est mort dans les mêmes circonstances que le mien. Elle ne s'amuse pas, ici, j'en suis sûre.

— Il faut absolument que j'appelle Eva pour lui dire de ne pas venir dans cet asile de fous, mais je ne veux pas être entendu...

— Utilisez donc le téléphone de la salle de bains personnelle de Sir George. Je peux vous ouvrir la porte et faire le guet, si vous le désirez.

D'abord réticent, Wilt accepta finalement sa proposition.

Son dîner terminé, il se retrouva dans la salle de bains personnelle de Sir George, qui était équipée d'un téléphone, d'un ordinateur et d'une grande armoire munie d'un imposant cadenas. Les murs étaient recouverts de dessins obscènes de femmes obèses se livrant à toutes sortes d'activités dégoûtantes. Wilt était choqué : dans un tel cadre, comment parler à Eva ? Mais ses scrupules furent inutiles, car, une fois encore, le portable de son épouse sonna dans le vide.

En ressortant, Wilt remercia Mrs Bale d'un petit geste de la main. Puis il traversa le hall d'entrée, ouvrit la porte principale et, debout sur le pont-levis, regarda la surface verdâtre des douves tout en réfléchissant. Où diable était passée sa femme ? On était en fin d'après-midi, elle avait eu le temps de récupérer les quadruplettes.

Il décida de rester sur le perron jusqu'au retour d'Edward, pour lui poser une question importante. Il n'eut pas longtemps à attendre : le gamin traversait la pelouse, balançant nonchalamment le fusil d'une main tandis que l'autre était enfoncée dans sa poche. Prudent, Wilt battit en retraite.

— Ne vous en faites pas, lui dit Edward. Je n'ai plus de munitions. Je crois que j'ai tiré un sanglier. Sans le tuer. Pas pu avoir sa tête. Mais je l'ai atteint. À la patte.

Wilt retrouva sur le pont-levis.

— Pourquoi ne remettez-vous pas cette saleté de fusil dans l'armoire ? Si Sir George vous voit avec, ça va barder.

— Vous avez peur des armes ou quoi ? Et puis il n'est pas sale. Je les essuie toujours avant de les rapporter.

Edward entra dans la maison, sans doute pour se rendre dans le bureau, mais il revint avec le fusil toujours à la main.

— Vous vouliez me parler ?

— Oui, j'aimerais savoir si vous avez envie d'aller à l'université. Car, dans ce cas...

— Bien sûr que non. C'est une idée de ma mère. À part le sport, j'ai détesté le lycée. J'étais un assez bon boxeur jusqu'au jour où on m'a interdit de pratiquer parce que, d'après eux, je m'en prenais aux petits. Non, pour moi, l'université serait l'enfer. Je sais qu'elle en rêve, mais je n'irai jamais à Cambridge.

Wilt poussa un soupir de soulagement.

— Au moins, vous êtes honnête. Alors, comment voyez-vous votre avenir ?

— Dans l'armée. J'aimerais m'engager. Comme je tire bien, les commandos devraient m'accepter. Je me suis entraîné à faire de l'escalade, à nager à contre-courant dans des rivières comme le Teme, près de Ludlow, et je suis un honnête coureur de fond. Je ne veux pas être incorporé dans un régiment de snobs, je veux de l'action. Et tuer plein de gens.

Wilt jeta l'éponge. Si Edward avait décidé de porter l'uniforme, on ne l'en dissuaderait pas facilement. Pourtant, il serait judicieux d'examiner de plus près ses motivations. Mais, songea Wilt, comme Lady Clarissa devait lui verser des honoraires plus que confortables, il allait falloir qu'elle en ait pour son argent.

— Une ou deux bonnes notes, déclara-t-il à Edward, faciliteront votre admission dans les commandos.

Un pieux mensonge, mais il ignorait les qualifications exigées par l'armée. L'important, c'était d'asseoir Edward à une table pour qu'il suive quelques cours. Ils devaient collaborer mutuellement pendant quelques semaines – le temps qu'Eva profite de ses vacances avec les filles, et que lui-même empoche quelques milliers de livres supplémentaires jusqu'à ce qu'il trouve un autre moyen de continuer à payer l'école de sa progéniture.

— Bien, ajouta-t-il, voyons ce qui vous intéresserait. J'aimerais préparer un planning pour les prochains jours.

— Comment ça ? Tout de suite ?

Wilt prit un ton ferme :

— Oui, tout de suite, avant que vous ne disparaissiez une nouvelle fois dans la nature. Commencez donc par abaisser votre arme. Même si elle n'est pas chargée.

Edward s'assit devant une petite écritoire tout en conservant son fusil plaqué contre sa cuisse, l'index sur la détente. Chaque fois qu'il faisait semblant de tirer, Wilt sautait au plafond en entendant le déclic.

— Que savez-vous de la guerre des Malouines ? Ou de la guerre du Golfe ?

— Je regarde la télé, hein !

— Et sur la Seconde Guerre mondiale ?

— Je sais plein de choses. C'était l'Allemagne contre l'Angleterre, et des tas de Juifs ont été exterminés. Peut-être deux millions, ajouta-t-il, fier de pouvoir sortir une telle statistique.

— En réalité, plus de six millions de Juifs ont péri pendant la guerre et, au fur et à mesure du conflit, la plupart des grands pays se sont alliés à l'Angleterre contre l'Allemagne.

Wilt était désespéré : comment allait-il enseigner quoi que ce soit à ce tueur en herbe et convaincre sa mère qu'elle ne gaspillait pas son argent ? Il décida de s'y prendre autrement :

— Edward, et si vous me disiez ce que vous connaissez le mieux ?

— Je sais tout de Bravo Two Zero.

— Bravo Twenty ? dit Wilt en fronçant les sourcils.

Il ignorait tout de ce conflit.

— Bravo Twenty ? Nan ! Je ne connais que Bravo Two Zero et ses célèbres missions. Ou peut-être que c'est Bravo Zero Two. En tout cas, ça montre à quel point vous êtes dépassé : il y a une génération entre nous. Faites-vous une séance de rattrapage, et ensuite on pourra parler. En attendant, je vais aller m'exercer au tir. La nuit, c'est encore mieux, on ne voit pas sa cible. Salut, mon vieux !

Edward s'éloigna en sifflotant, le fusil sur l'épaule.

Wilt secoua la tête d'un air sombre. Son élève avait pris le dessus et s'était même montré insolent. C'était vraiment une cause perdue, alors il n'avait plus qu'à se montrer en compagnie du gamin pour mériter ses gages. Mais on ne ferait plus jamais appel à lui, ça, c'était certain. Quant à Bravo Twenty, il n'allait pas perdre son temps à chercher ce que ça pouvait être. Edward l'avait sans doute inventé après avoir lu des récits de guerre dans des magazines spécialisés.

Eva, elle aussi, était dans de sales draps. Certes, elle ne s'était pas égarée de nouveau, et elle n'était pas non plus en panne sèche. Mais, pour éviter dans un virage un camion qui roulait comme un fou du mauvais côté de la route, elle avait dû escalader un talus, traverser une haie, survoler un fossé, et atterrir dans un champ de blé où les voitures qui passaient ne pouvaient pas la voir. Les quadruplettes avaient hurlé de terreur et s'étaient comportées comme si la fin du monde était arrivée, même si aucune d'elles n'avait été blessée.

Sans se préoccuper de leurs jurons et de leurs cris, Eva essaya de remettre le moteur en route. En vain. Elle découvrit en ramassant son portable sous la banquette arrière, qu'il ne fonctionnait plus. Les quadruplettes avaient visiblement envoyé des sms à des copines pendant tout le trajet – alors qu'elles se plaignaient toujours de ne pas avoir d'amies – et elles avaient mis la batterie à plat.

Une telle panne ne serait pas survenue si leur mère leur avait acheté des portables, protestèrent-elles, car elles auraient alors appris la durée de vie des batteries. Eva fit la sourde oreille, et elle les obligea à sortir de la voiture, à se glisser par l'ouverture dans la haie, et à regagner la route pour attendre qu'un automobiliste s'arrête et les aide. Hélas, il y avait peu de circulation. Après une demi-heure, une seule voiture était passée, et sans les remarquer – un exploit qu'Eva eut du mal à croire, étant donné que les filles s'amusaient à bronzer topless au bord de la route, malgré ses remontrances. La deuxième voiture qu'elles virent passer était conduite par un vieux monsieur tellement concentré sur le prochain virage à négocier qu'il ne fut que légèrement étonné par tant de chair exposée. Il faillit pourtant aller dans le décor et ne s'en sortit que par miracle. Finalement, les filles se rhabillèrent, tout en râlant contre leur puritaine de mère qui ne les-laisserait-jamais-avoir-un-bronzage-correct. Elles ajoutèrent qu'elles-ne-retourneraient-jamais-dans-cette-maudite-école-paumée-en-plein-désert. Et, pendant ce temps-là, deux décapotables qui faisaient la course passèrent en trombe.

Enfin, au bout d'une heure, une Mini s'arrêta ; mais le conducteur, après avoir vu les quadruplettes, déclara qu'elles ne pourraient pas tenir à l'arrière et il repartit tout seul.

Voyant que ses filles étaient fatiguées de rester debout sur le bas-côté, Eva prit une décision :

— On va marcher jusqu'à un téléphone. Allez, haut les cœurs, en route.

Elles obéirent en maugréant et en traînant les pieds, avançant si lentement qu'Eva fut obligée de promettre de leur acheter des téléphones jetables si elles accéléraient l'allure.

Deux kilomètres plus loin, elles croisèrent un homme qui coupait les orties avec une faucille de l'autre côté de la chaussée. Eva lui demanda où se trouvait le village le plus proche.

— Je dirais dans les dix kilomètres. Peut-être un peu plus. Vous faites une randonnée ?

— Non, notre voiture est dans un champ de blé à cause d'un énorme poids lourd qui a pris un virage sur le mauvais côté de la route et...

— J'ai vu ce fou furieux. Un jour, il va tuer quelqu'un. On devrait lui retirer son permis. Il devait rouler à plus de cent à l'heure.

— Il a failli nous tuer, constata Eva d'un ton amer. J'aurais besoin d'un téléphone pour appeler un garage. Est-ce qu'il y aurait une ferme ou une cabine dans les environs ?

L'homme secoua la tête :

— Rien du tout. D'ailleurs, qui voudrait habiter un coin perdu pareil ? Il y avait bien une cabine, mais elle n'existe plus depuis longtemps. Il y a une ferme à trois kilomètres dans votre dos, seulement Mrs Wornsley a eu un bébé voici trois jours et elle est toujours à l'hôpital de Fenscombe. Son mari est à son chevet.

Eva regarda autour d'elle. Seuls quelques arbres plantés le long de la route rompaient la monotonie du paysage. Des champs de blé se perdaient à l'horizon, et la terre était uniformément plate. Au loin, elle aperçut le clocher d'une église et quelques toits. Elle se retourna vers l'homme qui continuait à couper les orties.

— Vous êtes arrivé comment jusqu'ici ?

— J'habite près de chez les Wornsley et je m'occupe de leurs cochons. Il m'emmène une fois par semaine au marché où j'achète mes provisions. J'ai aussi un vélo.

Marquant une pause, il scruta la route. Un tracteur avec une remorque déboucha alors du virage.

L'homme se mit au milieu de la route et fit signe au conducteur de stopper.

— Ah, Sam, tu tombes à pic ! Cette dame a quitté la route à cause d'un type qui conduit son camion comme s'il était sur un circuit... Tu sais, ce connard avec cet énorme poids lourd ? Sa voiture a atterri dans le champ de Volly, et elle n'arrive pas à en sortir. Sois sympa et emmène-la, elle et ses quatre filles. Vois si tu peux la remorquer jusque sur la route.

Il se pencha vers son copain et ajouta à voix basse :

— Je suis sûr qu'elle saura te remercier.

— D'accord, je m'en occupe. Vous êtes dans les blés, hein, m'dame ? lança à Eva le nouveau venu. Dites à vos filles de grimper dans la remorque. Juste parce que j'ai pas envie que Volly s'aperçoive que son blé est abîmé. Il a un caractère de cochon, le vieux.

Vingt minutes plus tard, l'antique Ford des Wilt, accrochée au tracteur par une grosse corde, fut tirée à travers la haie et regagna la route, quelque peu cabossée. Dans un premier temps, elle refusa de démarrer, mais Sam souleva le capot, farfouilla dans le moteur, et la voiture toussota.

— Mieux vaut l'emmener chez Jim Bodle pour qu'il y jette un œil, déclara Sam. Il s'y connaît en mécanique, moi pas.

Les quadruplettes regagnèrent la remorque, et Sam tira la Ford jusqu'à la cour d'un garage à une dizaine de kilomètres de là. Un homme en salopette bleue sortit d'un atelier tandis que les filles disparaissaient dans la boutique adjacente.

— Y a un problème ? demanda le mécanicien.

— J'sais pas. Elle a pas voulu redémarrer jusqu'à ce que je la titille, et elle tourne pas rond. Elle a atterri dans le champ de blé du vieux Volly, mais j'ai rien vu de grave.

— Qu'est-ce qu'elle faisait dans son champ ?

Eva intervint :

— J'ai braqué pour éviter d'être tuée. Un gros camion a pris un virage du mauvais côté de la route ; il fonçait tellement vite que j'ai dû traverser une haie, puis cet homme charmant est arrivé et m'a sortie de là.

Pendant qu'elle parlait, un certain Joe ouvrit le capot et regarda le moteur.

— Je ne vois rien de cassé. Peut-être dessous.

Il prit une torche pour inspecter le châssis. En se relevant, il rigolait.

— Sam, la prochaine fois que tu sors une bagnole d'un champ, tire-la par l'avant. En la remorquant par l'arrière, elle était comme le soc d'une charrue, et le tuyau d'échappement s'est rempli de terre et de paille. Je vais arranger ça, vite fait.

Eva partit à la recherche des quadruplettes. Un quart d'heure plus tard, après avoir payé pour les différents dégâts commis par ses filles dans la boutique, et récupéré les marchandises dissimulées dans leurs vêtements, elle reprenait la route. Non sans avoir distribué vingt livres à Sam et à Jim. Le plus mal loti fut le gérant, qui dut fermer son magasin pour le reste de la journée afin de remettre de l'ordre dans ses rayons. Sur la route, les quadruplettes ne cessèrent de ricaner. Elles venaient d'apprendre une nouvelle façon de déglinguer une voiture. En outre, comme elles avaient pris beaucoup de retard, un arrêt pour la nuit s'imposait. Ces vacances commençaient sous les meilleurs auspices et dépassaient de très loin les séjours rasoir du Lake District.

20

LADY CLARISSA SORTIT DE SON LIT légèrement ravigotée par ses quelques heures de sommeil alcoolisé, et se rendit dans sa salle de bains en se disant que plusieurs de ses problèmes s'étaient résolus par eux-mêmes. En fait, si elle réussissait à persuader Sir George d'enterrer oncle Harold dans la propriété, elle n'aurait presque plus aucun souci à se faire. Grâce à ses cours particuliers, Edward allait entrer à Cambridge. De plus, ayant passé du temps avec Wilt depuis son arrivée, elle était convaincue qu'il s'intéressait à elle et – plus important – qu'il serait un excellent amant. Ou du moins plus attirant que le garagiste, dépourvu d'imagination dès qu'il ne s'occupait plus de voitures. Et puis Wilt ne lui avait-il pas laissé entendre que sa femme Eva était totalement et uniquement obsédée par ses filles ?

Clarissa en déduisait que les Wilt ne pouvaient avoir une vie conjugale sexuellement satisfaisante ni disposer de beaucoup d'argent. L'étincelle dans les yeux de Mrs Wilt, quand elle lui avait parlé des mille cinq cents livres par semaine et du bonus en cas de succès, ne lui avait pas échappé. La mort d'oncle Harold l'arrangeait bien sur le plan financier : elle avait dépensé beaucoup plus en week-ends à L'Ours noir que Wilt ne lui coûterait. De toute façon, elle n'avait pas de soucis d'argent : non seulement elle s'était mariée aavec Gadsley pour sa fortune, mais son premier mari l'avait laissée à l'abri du besoin. D'excellente humeur, elle émergea de son bain pour se sécher et s'habiller.

À l'inverse, Eva était d'une humeur massacrante. Non seulement les ennuis s'étaient accumulés pendant son aller-retour à l'école, mais elle avait été obligée de passer une nouvelle nuit à l'hôtel. Certes, les quadruplettes lui avaient promis de se tenir parfaitement bien, et, certes, elle avait fermé leur minibar à double tour, mais cela n'avait pas empêché qu'elle soit réveillée au petit matin par des cris perçants d'une incroyable intensité. Il lui avait fallu un bon moment pour situer la provenance de ces hurlements, et encore plus de temps pour dissuader la pauvre femme qui avait été tirée de son sommeil par la présence de quatre filles marchant à quatre pattes dans sa chambre d'appeler la police. Les gamines avaient prétendu qu'après être descendues pour chercher de la lecture elles s'étaient trompées de chambre. Ce qui n'expliquait pas pourquoi Josephine était enduite du maquillage de la dame ni pourquoi Penelope portait ses colliers.

Eva passa le reste de la nuit dans un fauteuil de la chambre de ses filles, à essayer de se rendormir. Le matin, elle régla non seulement sa note mais celle de la dame. Une demi-heure plus tard, en regardant dans le rétroviseur, elle s'aperçut que les filles avaient volé toutes les serviettes de l'hôtel ainsi que deux oreillers. Elle fut tentée de poursuivre sa route, dans l'idée de se dédommager de cette façon, mais elle fit sagement demi-tour.

Elle traversa une dernière épreuve : négocier les virages délibérément tortueux de la route menant au manoir. Comme elle avait oublié que Wilt lui avait conseillé d'utiliser l'entrée de service, elle se fourvoya une douzaine de fois dans d'impraticables culs-de-sac et dut effectuer tant de savantes marches arrière que les quadruplettes en restèrent le bec cloué.

Ayant enfin franchi le pont-levis, elle leur dit de rester dans la voiture pendant qu'elle allait actionner la cloche. Mais, alors qu'elle s'attendait à être accueillie par Lady Clarissa, elle se trouva face à un garçon portant un fusil qui lui demanda ce qu'elle faisait là. Il était clair qu'il la prenait pour une sorte de démarcheuse.

— Je suis Mrs Wilt et nous sommes invitées à séjourner ici.

— Personne ne m'a rien dit, rétorqua Edward. Je vais chercher Mrs Bale. Elle doit être au courant.

Il disparut dans le manoir. Quelques instants plus tard, Eva, qui regardait craintivement la surface de l'eau sous le pont, entendit des pas approcher. Levant les yeux, elle fut soulagée de voir une femme normale - quoique dotée d'un bel embonpoint - se planter devant elle. Mrs Bale se présenta et s'excusa de ne pas avoir ouvert elle-même.

— J'espère seulement qu'Edward n'a pas été trop grossier avec vous, dit-elle tout en jetant un coup d'œil aux quatre filles dans la voiture.

— C'était donc Edward ? J'imaginais qu'il serait un peu plus jeune. À vrai dire, il n'a pas été très poli. Il a eu l'air de me prendre pour une démarcheuse.

— Il est comme ça. Pour lui toute personne sonnant à l'entrée principale est un colporteur et il cherche à lui faire peur. Bon, venez dans la cuisine. Je viens de préparer du thé.

— Merci, je serai ravie d'en boire une tasse. Et peut-être une citronnade ou une limonade pour les filles ? Mais est-ce que mon mari est dans les parages, puisqu'il n'est pas avec Edward ? Et Lady Clarissa ?

— Au lit, si je ne m'abuse.

Mrs Bale les précéda dans le couloir aux portraits qui laissèrent les quadruplettes béates.

— Au lit ? Mais pourquoi ? Avec qui ? Qu'est-ce qui se passe ?

— Oh, je ne suis pas du genre à cancaner... mais vous vous en rendrez compte très vite. Trop d'alcool, comme d'habitude.

— Mon Dieu, quelle horreur ! Je ne sais pas quoi dire... Je suis écœurée ! Comment Sir George a-t-il réagi ?

— Oh, il a crié et poussé des hurlements, mais il s'en remettra. Ne vous en faites pas : ce sont des choses qui arrivent. Surtout dans cette maison.

— C'est inacceptable. Je ne le supporterai pas !

— Allons, inutile de vous énerver ! Je crois avoir entendu du bruit tout à l'heure. Elle va sûrement se lever et viendra vous voir immédiatement.

— Comment ça ? Lady Clarissa est couchée elle aussi ? fit Eva d'une voix anxieuse, en se demandant ce qu'il fallait comprendre. Tous les deux ont donc trop bu ? Je vous en prie, ne me dites pas qu'ils se sont couchés dans le même lit...

Elle se tut brusquement, consciente que les filles l'écoutaient avec attention.

— Comment ? Bien sûr que Lady Clarissa est au lit. De qui donc pensiez-vous que je parlais ? Oh... je vois. Non, non, Milady est assurément toute seule dans son lit. À moins que Sir George soit avec elle. Mais ça m'étonnerait.

— Comme je suis bête, avoua Eva en pénétrant dans la cuisine, suivie des filles qui, dans son dos, approuvèrent son jugement avec force hochements de tête. Mais je suis désolée pour Lady Clarissa.

— Il faut dire qu'il y a eu un deuil dans sa famille. Son oncle. Elle se console à grand renfort de martinis dry et autres breuvages.

— Mon Dieu, je suis vraiment désolée. Quelle épreuve ! Elle noie son chagrin ?

Mrs Bale acquiesça :

— J'en ai bien peur. Matin, midi et soir. Comment elle fait pour ne pas grossir et pour ne pas se bousiller le foie, c'est un mystère.

Eva arrêta les frais de la conversation et se concentra sur son thé. Quand sa tasse fut vide, Mrs Bale intervint :

— Je ferais mieux de vous montrer où vous allez loger, vous et vos filles. Vous avez de la chance de ne pas habiter le manoir. Là-bas, c'est plus calme, et j'ai réparé le frigo et la cuisinière. Cependant, j'espère que vous dînerez en ma compagnie ce soir. Votre mari prend ses repas avec moi. Il n'aime pas l'ambiance de la salle à manger.

— Heureuse de l'apprendre, fit Eva. Où est-il donc fourré, puisqu'il n'est pas au lit ? Je m'attendais à ce qu'il vienne m'accueillir.

— Tout à l'heure, je l'ai vu traverser la pelouse en direction de l'étang. Il enlevait sa chemise. Peut-être qu'il est allé se baigner.

Après avoir inspecté le cottage, Eva prit congé de Mrs Bale et fonça vers le lac, laissant les filles jouer dans les bois. Elle n'eut pas de mal à repérer Wilt qui lisait, couché dans l'herbe. Elle se précipita sur lui, l'air surexcité.

— Oh, Henry, gémit-elle, il s'est passé une chose épouvantable !

— Je sais. Son oncle est mort.

— Non, c'est bien plus grave : les filles risquent fort d'être définitivement exclues de St Barnaby.

Wilt la fixa d'un air furieux.

— Comme je n'ai pas cessé de te le répéter, ça devait arriver tôt ou tard. Elles auraient dû rester au Convent. En tout cas, ça me libère.

— Ce qui veut dire ?

— C'est tout simple. Je n'ai plus besoin de perdre mon temps à expliquer l'histoire contemporaine européenne à un garçon à peu près illettré dont la seule ambition est de canarder les passants. Et qui, comme par hasard, est encouragé dans cette voie par son beau-père.

— Ce que tu peux être égoïste ! On vient d'arriver et les filles se font une telle joie de ces vacances... Mais les mille cinq cents livres qu'elle te paie chaque semaine. On va être obligés de les rembourser.

— Ne t'en fais pas pour ça. J'ai été suffisamment malin pour n'accepter aucune somme d'argent avant d'avoir vu ce gamin débile... Bon, dis-moi pourquoi les filles ont été virées ?

Eva rougit.

— Je n'ose pas te le dire.

— Ah, mais je veux tout savoir ! J'insiste, même.

Eva hésita encore. Même la directrice, trop gênée pour lui faire part du motif de vive voix, avait préféré lui remettre une seconde lettre au moment du départ.

— Allez, raconte ! insista Wilt avec impatience.

— Attentat à la pudeur aggravé, murmura-t-elle.

— Voilà qui ne me surprend guère. En tout cas ça ne vient pas de mon côté. D'après ce que tu m'as dit, ta tante qui travaillait dans un pub près d'une base américaine était une espèce de...

— Pas un mot à son sujet !

— Bon. Alors explique-moi de quel genre d'attentat à la pudeur les quadruplettes se sont rendues coupables.

— Je ne sais pas exactement.

Eva eut une nouvelle hésitation, mais finit par avouer :

— D'après la directrice, il était question d'un préservatif.

— Un préservatif ? Pour autant que je sache, ça ne sert qu'à une chose, et Dieu nous garde qu'il ait été utilisé à cet effet. Elle t'a donné plus de précisions ?

— Je n'ai pas osé le lui demander. Elle était furieuse.

Un coup de fusil retentit dans les bois.

— C'était quoi, bon sang ?

— Rien ! Edward a dû tirer sur quelque chose.

— Tu veux dire à balles réelles ?

— Bien sûr. J'ai passé les dernières vingt-quatre heures à tenter de te joindre pour t'empêcher de venir avec les filles, mais ton satané portable ne marchait pas. Ce gamin, armé jusqu'aux dents, est dangereux et tu devrais t'en aller prestissimo. En revanche, si tu veux la mort des quadruplettes – et d'après les récents événements, ça ne serait pas une si mauvaise chose –, tu peux rester dans le coin.

— Henry, ne sois pas ridicule. Dis-moi plutôt sur quoi il tire. Et pourquoi on permet à un gosse aussi jeune de manier une arme.

— Pour la simple raison que son horrible beau-père est aussi stupide que lui. Quant aux cibles qu'il vise : tout ce qui bouge. Je le sais car je l'ai vu à l'œuvre en rentrant du village. Il ne savait même pas ce qu'il avait tiré. Il a dit à Sir George que c'était un cerf ou peut-être un sanglier.

— Un sanglier ? Mais ce sont des animaux très dangereux, non ?

— Ils n'arrivent pas à la cheville d'Edward, affirma Wilt en se levant au moment où une série de détonations éclatait.

Eva hurla de terreur et s'agrippa à Wilt.

— Mon Dieu, Lady Clarissa aurait pu nous prévenir ! Les filles sont allées jouer dans les bois. Comment as-tu pu laisser les choses en arriver là ?

Elle se tut en entendant des cris aigus. Les quadruplettes jaillirent des bois et couraient en direction de leurs parents.

— Je ne pouvais pas le savoir, répliqua Wilt, je ne suis pas devin. Si l'on m'avait dit que ce jeune salaud faisait feu sur tout et n'importe quoi, je n'aurais jamais mis les pieds dans cet enfer...

— Maman, on nous a tiré dessus ! cria Emmeline en se blottissant contre sa mère.

— Rentrez au cottage, aussi vite que possible, ordonna Eva tout en suivant les quadruplettes avec Wilt. Et commencez à faire vos bagages. On ne reste pas ici une seconde de plus.

— Mais on vient de tout déballer !

— Eh bien, ça n'en sera que plus facile.

Wilt dissimula un sourire : il était ravi de partir.

— On va rentrer à la maison. Je conduirai, car votre mère est sûrement fatiguée, proposa-t-il.

— Il n'en est pas question, répliqua Eva. On va trouver un hôtel sympathique au bord de la mer et y séjourner.

— Dans ce cas, elles n'auront pas d'autre choix que de retourner au Convent, tu t'en rends bien compte ? demanda Wilt. À condition toutefois que personne n'apprenne leur expulsion pour attentat à la pudeur - et usage de préservatif... Tu es vraiment sûre qu'on peut s'offrir l'hôtel ?

— Comment ça ? Qui a dit que tu allais arrêter de donner des leçons au gosse ? Pas moi ! J'ai dit seulement que les filles et moi allions partir. Toi, tu continueras à gagner tes mille cinq cents livres hebdomadaires.

— Parfait, allez-vous-en et laissez-moi ici, lâcha Wilt furieux. Je ne suis que la vache laitière de cette famille. Et si je meurs, tu seras une veuve riche.

— En effet, tu es assuré par la municipalité, je serai donc à l'abri du besoin. En plus, je pourrai faire un procès aux Gadsley et obtenir d'énormes dommages et intérêts...

— Madame est trop généreuse ! J'ai intérêt à trouver ce petit con pour lui demander de m'achever.

— Ton langage, Henry ! Pas de gros mots devant les filles !

— Par contre, toi ça ne te gêne pas d'évoquer ma mort devant elles !

— C'était juste une façon de parler. D'ailleurs, c'est ta faute, tu as été le premier à aborder le sujet.

Wilt préféra la boucler au lieu de cracher ce qu'il avait sur le cœur. En particulier, que c'était Eva qui avait fait de la lèche à Lady Clarissa afin qu'il obtienne ce maudit job. Et que, si lui ou une des quadruplettes venaient à être blessés, elle en porterait la responsabilité. Il se tut et pria pour qu'il n'arrive rien. Eva était déjà d'une humeur massacrante. Plus vite elle aurait déguerpi avec les filles, mieux ce serait.

21

COMME ELLE S'APPRÊTAIT À DESCENDRE À LA CUISINE, Lady Clarissa entendit une fusillade, mais ne parvint pas à lui trouver une explication. Et si elle était habituée à ce qu'Edward joue avec des armes, quelle ne fut pas sa surprise de voir en s'approchant de la fenêtre du palier, quatre filles identiques foncer vers le cottage, suivies d'Eva et de Wilt ! Au bout d'un instant, elle se souvint qu'Eva lui avait parlé de ses quadruplettes, sans jamais mentionner leurs prénoms. Sur le moment, elle n'y avait pas fait attention.

Leur présence créait un problème supplémentaire vis-à-vis de Sir George qui, n'ayant pas d'enfants, détestait à peu près tous les jeunes. Il n'avait jamais caché son aversion pour Edward, l'appelant « ta vermine de fils », et allant même un jour jusqu'à souhaiter que « ce porc tombe d'une de ces foutues tourelles ». Quelle serait donc sa réaction lorsqu'il verrait quatre adolescentes identiques pousser des glapissements et courir partout ? Clarissa préféra ne pas y penser.

Il lui fallait faire comprendre aux Wilt que les filles ne devaient pas approcher du manoir. Mais, quand elle arriva au cottage, elle fut étonnée de le trouver vide, qu'il n'y ait aucun signe de leur passage. Ni valises ni sacs. Revenue au manoir, elle s'en ouvrit à Mrs Bale qui lui expliqua :

— Ils sont partis précipitamment. Mrs Wilt m'a dit qu'elle ne voulait pas que ses filles soient mitraillées par Edward.

— Mais il ne tirerait jamais sur elles !

— Je suppose qu'il a dû tirer à travers la route. Il le fait souvent...

— Comment ? Quand des gens passent ? Mais il risque de tuer quelqu'un !

— On en a tous atrocement peur, expliqua Mrs Bale comme si elle s'adressait à un enfant de quatre ans. Pourquoi croyez-vous que je prends la petite route pour me rendre au village ? Parce qu'il y a des maisons. C'est bien plus sûr.

— Il faut vraiment que j'en discute avec Edward. Plus vite il ira à l'université, mieux ça sera. En tout cas, je suppose que Mr Wilt n'est pas parti...

— Je ne crois pas. Je suis montée dans sa chambre il y a quelques minutes et j'ai vu ses affaires. Il va donc revenir. La dernière fois que je l'ai aperçu, il emmenait sa famille en voiture avec les bagages. Il n'avait pas l'air content.

Après s'être trompé plusieurs fois de route, après avoir subi les gémissements des quadruplettes se plaignant de ne pas avoir de fusils comme les garçons, Wilt s'arrêta devant un hôtel à l'autre extrémité du village. Il surplombait la mer et une plage de sable.

— Ça doit être diablement cher, rétorqua Wilt quand Eva lui déclara son amour pour ce genre d'établissement.

— Certainement. Mais j'ai l'intention d'envoyer la note à la mère de cet horrible garçon.

— Comment ? À Lady Clarissa ? Tu t'imagines qu'elle va payer ?

— Sinon, elle le regrettera, crois-moi !

Wilt soupira. Il avait l'habitude des menaces d'Eva car, en général, il en était la cible, mais celle-là dépassait les bornes. Le plus drôle, c'est qu'Eva avait passé de la pommade à Clarissa pendant des mois pour être invitée à Sandystone.

— Et à ton avis, qu'est-ce que je vais fabriquer toute la journée ? demanda-t-il en portant les valises jusque dans le hall de l'hôtel. Tenir en laisse les filles sur la plage ?

— Les attacher ? répliqua Eva, furieuse. Il n'en est pas question. Même si elles se conduisent mal. D'ailleurs, je te le répète, tu dois retourner là-bas et gagner tes mille cinq cents livres hebdomadaires en donnant des leçons à ce petit assassin pour qu'il entre à Cambridge.

— Tu rêves ! Primo, jamais Cambridge ne voudra de lui, ni d'ailleurs aucune autre université. Secundo, je n'ai pas envie d'être abattu par ce débile. Mets-toi ça dans la tête !

— Comment oses-tu me parler ainsi ? glapit Eva.

Mais Wilt en avait sa claque.

— Je m'exprimerai comme j'en ai envie. Tu nous as fourrés dans ce merdier en envoyant ces diablesses dans une école au-dessus de nos moyens, et maintenant qu'elles sont sur le point d'être virées, tu me forces à passer l'été avec un psychopathe !

— Tu n'as qu'à parler aux Gadsley et leur demander de mettre du plomb dans la tête de leur rejeton. Ils ne peuvent pas le laisser agir de la sorte. Et puis, il devrait consacrer tout son temps à potasser ses cours avec toi, non ?

— Essaie de faire comprendre ça à Edward. Depuis que je suis là, il erre dans les bois pour détruire tout ce qu'il trouve. Le lendemain de mon arrivée, je l'ai vu s'attaquer à une créature cachée dans de hautes herbes. Il ne savait même pas ce que c'était. Et tu as entendu ce petit salaud tirer coup après coup à proximité des quadruplettes. Tu t'attends vraiment à ce que je retourne chez ces sinoques ?

— Absolument. Oui, j'insiste. On a besoin de ton salaire. J'ai dépensé tout notre argent en venant ici, et maintenant il nous faut de quoi régler l'hôtel. Tu as déjà passé une semaine au manoir : ils nous doivent mille cinq cents livres. Tu ne bouges pas de là-bas avant qu'ils les allongent.

Wilt renonça. Il n'avait jamais vu Eva dans un état pareil. Et il était trop fatigué pour expliquer à sa femme que, s'ils rentraient chez eux immédiatement, il n'y aurait pas de note d'hôtel à régler.

— D'accord. Si tu tiens à être veuve, ce ne sera pas ma faute, murmura-t-il en retournant à la voiture.

— Et où as-tu l'intention d'aller ? hurla Eva dans son dos.

— Là où tu veux que j'aille, évidemment. Je retourne à l'asile, répondit-il en démarrant.

Laissée seule, Eva se rendit à la réception et demanda deux chambres – pour s'entendre répondre que l'hôtel était complet.

D'un air méprisant, le préposé affirma :

— Il y a des chambres chez l'habitant dans le village. Vous aurez peut-être plus de chance.

Wilt s'arrêta dans un pub où il commanda une bière et un sandwich puis un whisky soda, sans faire attention au regard peu amène de la serveuse. Et maintenant, qu'est-ce qu'il allait faire ? Laisser Eva et les filles en sécurité dans un hôtel de luxe était une chose, mais il n'avait guère envie de retourner à Sandystone pour y être abattu par Edward, ou pour passer les prochaines semaines à esquiver les avances lubriques de sa mère. De toute façon, quel était l'intérêt de payer une note d'hôtel exorbitante quand ils disposaient d'une maison parfaitement confortable à Ipford ? Et Dieu sait ce que ses fichues filles allaient encore inventer : dépenser des fortunes dans les machines à sous, s'acheter des tonnes de bikinis, importuner des retraités et être verbalisées pour conduite antisociale ?

Tout en déjeunant dans la salle à manger du pub, il continua à se creuser les méninges. Il devait y avoir un moyen de se sortir de ce pétrin. Si seulement sa maudite femme n'avait accouché que d'une seule fille ! Mais non, comme pour tout ce qu'elle entreprenait, elle avait dépassé les bornes et mis au monde quatre démons d'un coup. Après avoir regretté pour la millième fois d'avoir été assez fou pour épouser cette obsédée sexuelle, Wilt considéra l'avenir. Il allait devoir regagner le manoir afin de récupérer les vêtements et affaires qu'il y avait laissés. Et puis, malgré tout le mal qu'il pensait d'Eva, il lui était impossible de l'abandonner avec les quadruplettes dans cet hôtel pour richards sans moyens de subsistance. Dieu seul savait ce que coûtait une chambre. Eva avait bluffé en menaçant d'envoyer la note à Lady Clarissa, mais si elle mettait cette menace à exécution, cela risquait de se retourner contre les Wilt et de mettre leurs finances en péril pour longtemps. « Il doit y avoir un moyen d'éviter une telle catastrophe », se dit Wilt en continuant d'examiner le problème sous tous ses angles.

Wilt commanda un autre whisky soda pour se donner du courage et oser dire aux Gadsley, les yeux dans les yeux, que leur idiot de fils n'avait pas la plus minuscule chance de réussir son examen. Quant à espérer qu'il entre dans une université, c'était tout aussi grotesque. Wilt était certain que, même si Clarissa piquait une grosse colère, ce qui était prévisible, Sir George l'approuverait. Il régla sa note, subissant sans broncher les commentaires sarcastiques de la serveuse devant l'extrême maigreur de son pourboire.

Prudent, il veilla se rendre à Sandystone par la route de service. En chemin, il fut surpris de voir qu'un grand véhicule noir pénétrait dans la propriété par la grille principale ouverte à deux battants. Non seulement il se refusa à le suivre, mais il détourna la tête de peur qu'un des passagers ne le voie. Il se gara un peu plus loin et, une fois assuré que la voie était libre, il emprunta l'entrée secondaire. Quelques minutes plus tard, il se retrouva dans la cuisine avec Mrs Bale, à qui il décrivit la voiture noire qui avait osé s'engager sur la route aux virages périlleux.

— Oh, c'est le cercueil ! s'écria-t-elle gaiement. Vous n'étiez pas au courant ?

— Un cercueil ? Non, je ne savais pas. Un pauvre type se serait-il fait descendre ?

Mrs Bale éclata de rire.

— C'est vrai qu'on lui a tiré dessus, mais c'était il y a drôlement longtemps. Personne ne vous en a parlé ?

— Laissez-moi deviner... Ce ne serait pas celui du colonel à la jambe de bois, par hasard ?

Mrs Bale le regarda, incrédule, puis hurla de rire.

— Pan dans le mille ! Comment avez-vous deviné ?

— Pour tout vous avouer, j'ai entendu Lady Clarissa supplier Sir George de lui permettre d'enterrer son oncle dans la propriété. Alors, en voyant le corbillard, j'ai fait le rapprochement.

— J'ignorais que vous aviez rencontré son oncle. Pauvre vieux bonhomme ! Il haïssait la maison de retraite où elle l'avait fourré.

— Je n'ai jamais fait sa connaissance, mais la femme que j'ai eu le malheur d'épouser étant la plus grande pipelette d'Angleterre, j'en connais pas mal à son sujet. Elle adorait ses petits tête-à-tête avec Lady Clarissa. Sinon comment croyez-vous que j'aurais pu atterrir ici ?

— Je vois. Je suppose que vous n'avez pas dit à votre femme que son titre était usurpé ?

— Vous plaisantez ! Si Eva savait comme il est facile d'acheter un titre, je n'aurais plus jamais un moment de paix.

— Elle est repartie à Ipford ?

— Si seulement ! Elle et les quadruplettes sont en train de dépenser une fortune dans un quatre étoiles de l'autre côté du village. Du moins, c'est là que je les ai déposées quand on m'a renvoyé ici dans l'espoir que je serais abattu.

Mrs Bale leva les sourcils.

— Vous n'avez pas l'air très heureux avec elle. Elle vous donne tout le temps des ordres ?

— Oui, depuis la naissance des quadruplettes. Mais ne croyez pas que je lui obéisse toujours au doigt et à l'œil. Bon, je vais monter dans ma chambre pour y broyer du noir.

Il s'avança vers la porte avant de se retourner vers Mrs Bale.

— Lady Clarissa est dans les parages ? J'ai décidé de lui dire la vérité sur les chances d'Edward d'entrer à l'université.

— Je crois qu'elle s'est rendue au cimetière familial, sans doute pour attendre le cercueil.

22

EVA AVAIT FINALEMENT TROUVÉ DEUX CHAMBRES chez un particulier. Elle s'était aussitôt mise à maudire Wilt qui, en ayant gardé la voiture, l'empêchait de se déplacer. Au moins, l'hôtel disposait d'un restaurant et d'un minibus à la disposition de la clientèle, alors que son gîte n'offrait aucun confort et que le plus proche café se situait à des kilomètres. Comble de malchance, elle n'avait pas pris le numéro de téléphone du manoir pour prévenir Wilt qu'elle avait dû changer d'endroit. Le service des renseignements lui avait donné deux numéros, qui se révélèrent l'un et l'autre constamment occupés. Enfin, pour couronner le tout, la propriétaire était déjà montée deux fois se plaindre du chahut que faisaient les quadruplettes dans leur chambre.

— Si vous ne parvenez pas à les faire tenir tranquilles, je me verrai dans l'obligation de vous demander de partir. Je loge à l'année une vieille dame qui vient de subir une grave opération et qui est en convalescence.

— Dieu du Ciel ! murmura Eva, dépassée par les événements.

Il lui fallait sans doute retourner à Sandystone pour récupérer la voiture, puisqu'elle était dans l'impossibilité de joindre Wilt et de lui dire de la lui rapporter. Mais qu'allait-elle faire des quadruplettes ? Si elle les laissait seules, il y avait de fortes probabilités pour qu'on les mette à la porte. Une seule solution : les emmener et les déposer à la grille du manoir en espérant qu'elles réussiraient à ne pas faire de bêtises pendant une demi-heure.

Sa décision prise, Eva ordonna pour la millième fois aux filles de se taire et appela un taxi pour se rendre chez les Gadsley. Le temps d'arriver à destination, elle avait changé d'avis. Elle garderait les quadruplettes auprès d'elle. Elles n'avaient cessé de bouder tout au long du parcours parce que leur mère avait refusé de les laisser seules dans la villa, et maintenant elles la menaçaient de rentrer à Ipford en auto-stop si les vacances continuaient à être aussi barbantes.

Eva s'excusa auprès du chauffeur pour la mauvaise éducation des filles, et tenta de cacher avec son manteau la déchirure qu'elles avaient faite sur la banquette.

— Soyez gentil de passer par la grille de service. Je veux récupérer ma voiture et repartir immédiatement, si possible sans être vue.

— Impossible d'entrer si vous n'avez pas le code. Je ne le connais pas et ils sont très stricts à ce sujet. Mieux vaut prendre par la porte principale.

Eva accepta à contrecœur.

— Bon, mais roulez doucement, la route est très dangereuse.

Le chauffeur lui répondit qu'il était au courant et que plusieurs bosses sur sa carrosserie pouvaient en témoigner. En entendant ça, Eva se sentit soulagée : les filles n'avaient donc pas abîmé un taxi neuf.

Au bout d'un quart d'heure, elles atteignirent le manoir et furent surprises de trouver un corbillard garé devant l'entrée.

— On dirait qu'un malheureux a avalé son bulletin de naissance, remarqua le chauffeur en désignant le cercueil dans le corbillard. J'ai pas arrêté de dire qu'on aurait dû prendre des mesures draconiennes contre le dingo. Il est trop gâté. Faut dire qu'ils sont pas nets, dans cette famille !

Il sortit discuter le bout de gras avec un des croque-morts.

Eva savait pertinemment qui était étendu dans le cercueil, mais elle préféra laisser croire aux filles que quelqu'un avait été tué sur le domaine. « Cela devrait les calmer un peu », espéra-t-elle.

L'arrivée du corbillard ne changea rien au projet de Wilt : le séjour d'Eva à l'hôtel allait lui permettre de récupérer chez lui des horreurs de la semaine écoulée. Après avoir cherché en vain Lady Clarissa pour lui dire qu'il en avait sa claque, il décida de lui laisser un mot et son numéro de téléphone. Puis il se prépara à plier bagage, et à quitter à jamais ce lieu et ses occupants déments. Il descendit à la cuisine pour annoncer à Mrs Bale qu'il partait définitivement, mais sans lui préciser où il se rendait.

— Je vous comprends, déclara-t-elle. J'en ferais autant si j'avais l'argent et si je dégotais un meilleur job dans les environs. Mais j'ai un crédit à rembourser sur ma petite maison, et je ne peux donc pas la vendre… Et puis, j'ai de bons amis par ici et je n'ai jamais vécu ailleurs. Malgré tout, je suis désolée que vous partiez. Votre femme rentre avec vous ?

— J'ai essayé de l'appeler à plusieurs reprises, mais ça ne répond pas. Elle est sûrement très occupée à mener la belle vie avec les quadruplettes. Je suis assez tenté de la laisser expliquer à Lady Clarissa les raisons de mon départ. Après tout, c'est elle qui m'a fourré dans cette situation aberrante... Au fait, le vicaire est déjà là ? Je viens de voir un taxi arriver...

— Mais non ! répondit Mrs Bale en riant. Ils ne vont pas s'embarrasser d'un homme d'Église... En tout cas, moi je n'en ai jamais vu ici. Sir George enfilera une collerette et l'attirail adéquat, et il conduira l'office. Il prétend qu'il en a le droit en tant que chef de famille et du moment que ça se passe dans la chapelle familiale. J'ignore si c'est légal ou non.

— Alors ils vont se contenter d'enterrer le vieux de cette manière ? Ça ne me paraît pas très « catholique » !

— Je suis bien d'accord, mais c'est leur façon de procéder. Bien sûr, ils n'enterrent pas d'étrangers dans le cimetière, seulement les défunts de la famille.

— Extraordinaire ! Voilà qui rend l'endroit plus intéressant, mais pas suffisamment pour m'inciter à rester. Et suivez mon conseil : si vous êtes coincée ici, procurez-vous un gilet pare-balles.

Wilt fit ses adieux à Mrs Bale, plaça sa valise dans le coffre de la voiture et prit la petite route, tout en se sentant vaguement coupable de filer sans prévenir les Gadsley.

Au même moment, on sortait du corbillard le cercueil du colonel Harold Rumble pour l'emmener au cimetière familial. À la grille, Wilt crut entendre la première strophe de « Plus près de toi, mon Dieu », puis se dit qu'il avait rêvé.

Mais tandis que Wilt quittait la propriété par la porte de service, Eva entrait dans le manoir par la porte principale après avoir fait jurer aux filles de s'asseoir sagement sur la pelouse et de l'attendre. Mrs Bale, en la voyant pénétrer dans la cuisine, faillit en lâcher le plateau du thé.

— Si c'est Mr Wilt que vous cherchez, vous venez juste de le rater.

— Il est parti ? Il vous a dit où il allait ?

— Non, je regrette.

— Vous ne lui avez pas demandé ?

— Non, vraiment pas.

— Mais vous auriez dû !

— Ce ne sont pas mes affaires.

— Il ne vous a pas laissé entendre qu'il venait nous voir, moi et les filles ?

— Non, rien de tout ça, comme je vous l'ai déjà répété plusieurs fois, rétorqua la secrétaire d'un ton brusque.

Eva commençait à lui taper sur les nerfs, et elle comprenait que Wilt en ait eu plus qu'assez. C'était une chose que d'être persécutée par Sir George – au moins, elle était payée grassement pour supporter sa grossièreté –, mais elle ne tolérerait pas plus longtemps l'interrogatoire de cette odieuse bonne femme. La question suivante d'Eva fit déborder le vase.

— Est-ce que mon mari a fait l'amour avec Lady Clarissa ? Je veux une réponse honnête.

— Mais bien sûr ! s'exclama Mrs Bale pour se défouler. Normal : ils occupaient des chambres contiguës et votre mari est très séduisant. Et puis on voit mal Sir George, à son âge avancé, satisfaire sexuellement une femme, surtout quelqu'un aussi désirable que sa milady. Vous vous attendiez à quoi ? Qu'elle lui verse un salaire aussi généreux juste pour donner des leçons à son fils débile ? Vraiment, ça ne tient pas debout !

Furieuse et incapable de proférer un mot, Eva fonça à l'étage, fit irruption dans la première chambre venue, et tomba comme de bien entendu sur Lady Clarissa qui s'examinait dans un immense miroir en pied. Elle portait un slip et pas grand-chose d'autre. Découvrant le reflet d'Eva dans la glace, elle fit volte-face et la toisa.

— Que diable voulez-vous ?

— Vous avez couché avec mon mari, espèce de sale putain ! bafouilla Eva, les yeux malencontreusement fixés sur la poitrine de Lady Clarissa.

— Comment osez-vous entrer chez moi et proférer de telles accusations ? Et qu'est-ce que vous regardez ? Vous n'avez jamais vu de seins ? Vous ne seriez pas bisexuelle, par hasard ?

— Sûrement pas. Vous êtes vraiment dégoûtante !

Eva hésita un instant avant de repartir à l'attaque :

— Ce que je veux savoir, c'est où se trouve Henry ! Comme il sort de votre lit, vous devez être au courant.

Lady Clarissa ne prit pas la peine de relever.

— J'ignore totalement où se balade votre foutu mari. En revanche, un bon conseil : prenez soin de vous comme je le fais de moi, et vous aurez une chance de le garder. Et maintenant fichez le camp, sinon je vais rater l'enterrement.

Eva regagna le rez-de-chaussée à pas lents. Elle avait eu la confirmation de ses pires craintes : Henry la trompait. Elle chercha Mrs Bale un peu partout, mais la secrétaire-intendante s'était évaporée. Mrs Wilt lui sortait par les yeux.

Eva voulut récupérer les quadruplettes pour les emmener au cottage. Cependant, malgré leurs promesses, elles avaient disparu. Et le chauffeur de taxi ne savait pas où.

— Elles ont dû filer pendant que je taillais une bavette avec les croque-morts. Mais, premièrement, je ne suis pas garde d'enfants, et, deuxièmement, vous n'avez qu'à mieux les surveiller.

Incapable d'en supporter davantage, Eva se laissa tomber par terre et commença à gémir.

Lasses de regarder la haie d'ifs au bout de la pelouse, les quadruplettes s'étaient demandé ce qui se passait derrière. À part quelques courtes séquences à la télévision montrant des cercueils qu'on descendait au bout de sangles dans des trous oblongs devant des églises ou qu'on déterrait en vue d'une autopsie dans des histoires de crime, elles n'avaient jamais vu de vrai enterrement. Enfin, l'occasion se présentait. Aussi, pendant qu'Eva cherchait Wilt, elles se rendirent au cimetière familial sans faire de bruit, conscientes qu'Edward avait la mauvaise habitude de tirer sur tout ce qui bougeait.

Elles traversèrent le potager et escaladèrent le mur qui le séparait d'un champ. De là, elles se glissèrent derrière le cottage, empruntèrent une allée qui menait vers un bois de pins au-delà du lac et contournèrent le hangar à bateau. Bref, elles prirent toutes les précautions pour ne pas être vues et ne communiquèrent entre elles qu'en chuchotant. Elles atteignirent enfin le chevet de la chapelle désacralisée qui était cachée par la haie d'ifs clôturant le cimetière. Elles s'allongèrent à tour de rôle dans l'herbe pour faire le guet tandis que les autres examinaient le cercueil. Au bout d'un moment, elles en eurent plus qu'assez et se demandèrent si le couvercle était cloué : pour leur plus grand bonheur, il ne l'était pas. Quand, après moult discussions et tergiversations, elles le soulevèrent, elles découvrirent un corps à l'intérieur.

— Oh, merde !

— Bouh, ce qu'il est laid ! Et visez-moi un peu cette jambe de bois !

— C'est sûrement le vieil oncle dont maman nous a parlé à Ipford, précisa Josephine d'un air déçu.

Elle avait espéré trouver quelqu'un qui aurait été abattu sur le domaine. Ou au moins un corps en état de putréfaction avancée.

— C'est un colonel.

— C'était. Y a peu de chances qu'il livre encore beaucoup de batailles.

— Surtout avec sa jambe de bois, commenta Samantha. De toute façon, il est trop vieux.

Soudain, Emmeline sortit de sa cachette derrière la haie.

— Grouillez-vous de refermer le cercueil ! Y a deux grandes personnes qui arrivent et elles s'engueulent comme du poisson pourri.

Aussitôt dit, aussitôt fait. Puis les quadruplettes se dissimulèrent derrière la chapelle, d'où elles purent entendre la dispute sans être vues. Le type, qui devait être Sir George, avait l'air vraiment mal embouché.

— Ce n'était pas un Gadsley – combien de fois dois-je te le répéter ? Il n'y aura pas de cérémonie pour quelqu'un qui ne faisait pas partie de la famille. Et je me fiche que tu ailles chercher le vicaire du village. Ce vieux fou ne sera pas enterré ici, un point c'est tout. Tu n'avais qu'à le faire incinérer comme je te l'avais dit. Franchement, j'ai bien envie de mettre le feu à cette satanée boîte, sans plus attendre. Sauf que ses cendres s'éparpilleraient sur le domaine...

— Ne sois pas ridicule. On verrait la fumée, et les gens se demanderaient ce qui se passe... George, je n'arrive pas à comprendre pourquoi tu es aussi odieux. C'était mon oncle et je suis ton épouse, il faisait donc partie de la famille. Bientôt, tu prétendras qu'Edward est lui aussi un étranger.

— Eddie ? Doux Jésus, mais évidemment qu'il ne fait pas partie de ma famille ! s'étrangla Sir George au comble de la fureur. Si c'était le cas, je l'aurais fait castrer il y a des années pour m'assurer qu'il ne puisse pas transmettre ses gènes. Lui non plus ne sera pas enterré ici, le jour bienheureux où nous serons débarrassés de lui !

Puis il se calma un peu.

— Écoute, Clarissa, tu vas te conduire en femme sensée et t'organiser avec le vicaire du village. C'est ça ou l'incinération. C'est d'ailleurs ce que tu avais prévu pour lui.

— George, tu es infect. C'est vrai que c'était ce que j'avais prévu, mais j'ai réfléchi et changé d'avis.

— Tu as réfléchi, avec ton petit pois de cervelle ? Alors mets-toi ça dans la tête : mon cimetière ne sera pas profané par un étranger. Ma décision est définitive.

Tendant le cou, les quadruplettes le virent quitter les lieux.

Lady Clarissa s'appuya contre le cercueil, pleura à gros sanglots pendant cinq minutes puis partit dans la direction qu'avait prise son mari. Quand ils eurent disparu, les quadruplettes émergèrent de leur cachette.

— Lady Clarissa pleurait, et cet homme horrible n'est pas revenu sur ses pas pour la consoler, constata Emmeline.

— Elle ne vaut pas mieux que lui, remarqua Josephine. J'ai entendu la grosse mémère dire à maman qu'elle avait couché avec papa... Tous les soirs, ajouta-t-elle pour enjoliver l'histoire et la rendre encore plus salace. On devrait leur donner une leçon à tous les deux, non ?

— Comment ?

— Si on volait le cadavre ? Lui pensera qu'elle l'a enterré ici, dans le cimetière, et elle qu'il l'a brûlé.

— D'acccord. Mais où on va le planquer ?

— On pourrait l'enterrer quelque part. Ni l'un ni l'autre ne le trouveront et ils s'étriperont.

— On arrivera jamais à creuser une tombe assez profonde, objecta Emmeline. Ce cercueil est immense.

— On pourrait prendre juste le corps, et ça ferait comme s'il avait été volé.

— Mais qui a envie de tripoter un cadavre ? Pas moi, en tout cas.

— Sois pas aussi froussarde, pauvre cloche, lança Samantha. On a juste besoin de gants en caoutchouc. Comme ça on aura pas à toucher le cadavre, et on laissera pas d'empreintes digitales au cas où quelqu'un le retrouverait un jour.

— Je ne vois toujours pas comment on va creuser la tombe.

— Pas besoin de creuser, intervint Josephine. On l'emmène dans la forêt et on le met sur un grand tas de bois. Et puis on fait ce que Sir George envisageait.

— Tu veux dire qu'on le brûle ! Pouah !

— Pas du tout. On incinère les gens tous les jours dans ce pays. Y a plein de gens qui l'exigent dans leur testament, tous ceux qui veulent pas être enterrés. Ils désirent qu'on éparpille les cendres dans leur jardin. Ou dans un bel endroit.

— C'est vrai. L'autre jour, j'ai lu qu'un type voulait qu'on répande les siennes sur la Lune quand il aurait cassé sa pipe.

— Le pauvre idiot. Il flotterait dans le vide, hein ?

— OK, on va le brûler. Mais il nous faut des allumettes.

Samantha trouva la solution :

— Surveille que personne n'arrive, je fonce au cottage. Il y avait un paquet de gants en caoutchouc dans la cuisine, et à tous les coups il y aura des allumettes.

Elle s'éloigna prudemment et revint vingt minutes plus tard avec quatre paires de gants jetables et une boîte d'allumettes.

Depuis la grille du cimetière, Josephine cria :

— Il se passe quelque chose de bizarre près du pont-levis. Il y a deux camions de déménagement et des types qui déchargent des tables et des chaises. On dirait qu'ils vont donner une garden-party.

— Pour un enterrement ? Tu dis des conneries !

— Ben, venez voir.

Les trois autres la rejoignirent, en se cachant l'une après l'autre comme Josephine l'avait fait. Puis elles se planquèrent derrière la haie.

— Ça doit être les gens du cortège funèbre qui viennent pour l'enterrement, sauf qu'il n'aura pas lieu.

— Avec des parapluies de couleur ?

— Ah oui, avoua Emmeline, c'est drôlement bizarre. Ils devraient être noirs.

— Ils sont sans doute là pour le buffet et pas pour le cortège. Ils veulent commencer à le dresser et ils ont besoin de pépins en cas de pluie.

— Bon, on s'en fout, trancha Samantha. Il faut qu'on sorte le macchabée très vite et qu'on le cache quelque part. On reviendra plus tard pour lui enlever son uniforme.

— C'est dégueulasse. Pourquoi pas le brûler avec son uniforme ? proposa Penelope.

— Parce que ses médailles, sa boucle de ceinture et le badge de sa casquette sont en métal, ce qui brûle pas.

— Et on fera quoi de ses vêtements et de sa jambe de bois ? demanda Emmy.

— On ne peut pas les laisser là, sinon quelqu'un risque de tomber dessus.

Cette fois, c'est Josephine qui trouva la solution :

— La jambe de bois va brûler, banane ! Et ses vêtements, rien ne nous empêche de les fourrer dans un sac en plastique qu'on jettera à la mer après l'avoir lesté avec une pierre. Personne ne le découvrira.

— Sauf un plongeur, rétorqua Samantha. Ou un type avec une canne à pêche et un hameçon.

— Stop ! Mettons-nous au boulot avant de nous faire piquer. C'est sûr qu'on ne pourra jamais les rapporter au cottage sans se faire prendre par maman. Il faudra enterrer tout ça dans un endroit où personne n'aura l'idée de chercher.

— Arrête de jouer au chef ! Bon, on va voir si on arrive à le bouger.

Les quadruplettes n'eurent aucune difficulté à sortir le Colonel de son cercueil et à disparaître avec lui dans un bois touffu, derrière la chapelle.

23

AU MANOIR, EVA AVAIT ATTRAPÉ UNE EXTINCTION DE VOIX à force d'appeler les filles, avant de se dire qu'elles s'étaient peut-être dirigées vers la plage. Elle dut emprunter de l'argent à Mrs Bale pour payer le chauffeur de taxi : il avait vu rouge quand elle lui avait annoncé qu'elle le réglerait seulement au retour de son mari.

— Je vous préviens que j'ajoute au compteur toute cette attente, et vous pouvez être sûre que je ferai appel à un avocat si...

Le chauffeur n'eut pas besoin de finir sa phrase. Eva fonça à la cuisine où, à son grand soulagement, se trouvait Mrs Bale. Elle lui demanda immédiatement si Wilt était de retour. L'intendante répondit qu'elle en doutait, étant donné que sa voiture n'était plus dans le parking. Elle allait ajouter qu'elle comprenait qu'avec une femme comme Eva il soit... mais elle y renonça, car la tigresse était au bord des larmes. D'ailleurs, quelques secondes plus tard, elle pleurait à gros sanglots.

— Je ne sais pas où mes filles ont disparu, Henry est parti avec la voiture et je n'ai pas d'argent... On n'aurait jamais dû venir !

— Calmez-vous, je vais vous avancer de quoi payer le taxi, mais il faudra que j'en parle à Milady. Elle voudra sans doute déduire cette somme du salaire de votre mari.

Eva émit encore un gros sanglot, et Mrs Bale s'en voulut de lui avoir raconté ce bobard au sujet de Lady Clarissa et de Wilt.

— Ne vous en faites pas. C'est l'heure de manger quelque chose. J'ai fait une tourte à la viande et aux rognons de bœuf facile à réchauffer, et vous vous sentirez mieux après un petit verre de gin tonic. Et moi aussi.

Après avoir payé le taxi, Eva fut invitée par Mrs Bale à s'asseoir dans un fauteuil, où elle apprécia pour une fois un gin ultrafort mêlé à un minimum de tonic. Deux autres suivirent qui lui remontèrent le moral tant et si bien qu'elle oublia les quadruplettes et se laissa conduire dans la chambre de Wilt où elle s'endormit aussitôt.

Dans son bureau, Sir George était d'une humeur féroce. En revenant au manoir, il avait décidé de poursuivre la violente querelle commencée au cimetière. Ne voulant pas que Mrs Bale l'entende crier, il attendit que sa femme l'ait rejoint, puis ferma la porte à double tour derrière eux. Clarissa continua à prétendre qu'ayant épousé un Gadsley elle était dorénavant un membre de la famille. Et Sir George persista à l'assurer du contraire.

— George, je n'ai jamais voulu en parler auparavant, mais tu m'as dit de telles horreurs que j'y suis bien forcée. D'après Mrs Bale, tu n'es même pas un vrai Gadsley.

Oubliant sa résolution de s'exprimer à voix basse, Sir George explosa littéralement :

— Quelle absurdité ! Je vais virer cette vieille bique de secrétaire pour une telle insolence ! Je suis plus Gadsley que tous les autres Gadsley !

Clarissa se demanda ce qu'il voulait dire mais avant qu'elle ait eu le temps de lui poser la question, il embraya :

— Je connais l'histoire de la famille mieux que quiconque. Vas-y ! Interroge-moi !

— Je n'en ai aucune envie, espèce de sale brute.

— Eh bien, je vais te la raconter quand même. Tout ce que tu dois savoir au sujet du cimetière où tu veux enterrer ton satané oncle. Créé par un Gadsley Blisett après la bataille d'Hastings, il est resté privé et secret afin d'empêcher les Normands de le profaner en y plaçant leurs propres morts. Alors ce n'est pas aujourd'hui que ça va commencer !

Il regarda sa femme dans le blanc des yeux.

— Depuis, ce cimetière est resté privé et, dans une certaine mesure, secret. Les pierres tombales ont été placées à plat, à la hauteur du sol, afin de ne pas attirer l'attention - un petit détail que tu aurais remarqué si tu n'avais pas été autant occupée à me faire tourner en bourrique.

— Et la chapelle ? Elle est consacrée elle aussi ? demanda Lady Clarissa en espérant calmer suffisamment son mari pour qu'ils aient une conversation sensée.

— Elle ne l'est plus bien sûr, mais elle l'a été lors de sa construction au XVIe siècle. À présent, elle est purement décorative, mais la famille la considère comme un lieu propice aux enterrements.

Ces mots le ramenèrent à leur discussion précédente, et il donna un coup de poing si fort sur la table que

Mrs Bale se précipita, pensant qu'on avait besoin d'elle. Gêné, Sir George lui ouvrit, et prétendit devoir passer un coup de fil aussi important que confidentiel nécessitant qu'elle prenne des notes. Après avoir viré Clarissa, il composa le numéro des renseignements. Quand la communication fut établie, il reposa le combiné sur le bureau, se servit un grand cognac ; puis, reprenant l'appareil, il commença une conversation imaginaire avec un conseiller financier fictif à propos d'actions tout aussi immatérielles. De temps en temps, il se taisait pendant deux minutes avant de reprendre. Pour finir, il raccrocha, renvoya une Mrs Bale perplexe et s'octroya un autre grand cognac.

S'il avait su ce que faisaient les quadruplettes dans la forêt de pins, il lui en aurait fallu plusieurs autres.

Elles avaient traîné le cadavre du Colonel jusqu'à la limite du domaine que bordait une rangée de grands sapins, à l'extrémité d'un bois touffu. Tous ces arbres contribuaient à dissimuler le manoir aux yeux des gens qui circulaient sur la grande route. Deux cents mètres plus loin, des vaches et sans doute un taureau paissaient dans un vaste pré.

Samantha s'adressa à ses sœurs, qui s'étaient effondrées sur le sol, crevées par l'effort fourni pour se frayer un chemin à travers les branches mortes :

— Pour le moment, on va se contenter de le recouvrir. Le temps de retourner dans la forêt ramasser de quoi faire un bûcher. Ce n'est pas le bois sec qui manque. Mais auparavant, on doit enlever tout ce qu'il a de métallique sur lui.

— Même les pièces de monnaie ? demanda Emmeline.

— Y en a plus. Si la famille ne les a pas piquées, les croque-morts se seront servis. Pour eux, c'est leur pourboire, comme ce qu'on donne aux chauffeurs de taxi ou aux serveurs.

Elles retournèrent dans la forêt de pins pour rassembler des branches et des brindilles, s'arrêtant par moments afin d'écouter si quelqu'un venait. Le cercueil constituait leur préoccupation majeure.

— En tout cas, on ne peut pas l'emporter et le cacher quelque part.

— Et pourquoi pas ? voulut savoir Josephine. Il n'est pas si lourd que ça. Et sans le cadavre à l'intérieur, il est encore plus léger.

— Du coup, les croque-morts qui le porteront vont trouver ça louche. Dommage qu'on puisse pas le brûler lui aussi.

— Mais le bois flambe bien, remarqua Samantha pour dire quelque chose. C'est ce qu'on va utiliser pour se débarrasser du Colonel, n'est-ce pas ?

— Si seulement le cercueil avait une clé et une serrure... On pourrait le fermer et jeter la clé.

— Vous déconnez les filles, ou quoi ? Je croyais qu'on voulait que Lady Clarissa trouve le cercueil vide, et qu'elle croie que son Sir Trucmuchemachin a manigancé quelque chose ?

À cet instant, Josephine fit une nouvelle proposition :

— Et si on mettait quelque chose de lourd, mais pas trop lourd, dans cette boîte ? Le Colonel n'était pas si gros que ça. Alors, quand ils soulèveront le couvercle pour un dernier coup d'œil, ils auront le choc de leur vie.

— Voilà une bonne idée, approuva Samantha, en chef de la petite troupe. On se sépare en deux groupes et on cherche une grosse bûche.

Mais le temps de dénicher une branche de la taille idéale, il était tard. Les quadruplettes eurent peur que leurs parents ne se lancent à leur recherche, alors elles se lavèrent les mains et le visage en vitesse dans le lac, et firent exprès de se mouiller les cheveux. Puis elles retournèrent au manoir, où elles trouvèrent Eva dans la cuisine qui soignait sa gueule de bois et tentait de se réveiller à l'aide d'un café noir.

— Où diable étiez-vous passées ?

— À la plage, mentit Josephine.

— Et vous avez nagé tout habillées, si j'en juge par vos vêtements. Ils sont trempés.

Après un instant de silence, Samantha se lança :

— On a vu un petit garçon, dans les cinq ans, qui avait perdu pied, et comme il ne savait pas nager on a été à sa rescousse.

— Il n'avait pas de parents ?

— Son père n'était pas sur la plage, et sa mère... si c'était sa mère, était hystérique. On a dû rester un peu plus longtemps pour la calmer. En tout cas, on est désolées.

Eva soupira. Il était évident que ses filles n'étaient pas désolées, mais elle ne se sentit pas le courage d'essayer de leur arracher la vérité.

Mrs Bale emmena les filles dans sa chambre pour leur sécher les cheveux, tandis qu'Eva se demandait ce qu'elle avait fait au bon Dieu pour mériter un tel sort.

— Vous êtes plus présentables, remarqua Eva à leur retour.

Derrière elles, Mrs Bale sourit intérieurement. Elle n'avait pas senti l'eau de mer sur la blouse mouillée d'Emmeline. Et lorsqu'elle avait léché son doigt pour vérifier, elle n'avait pas relevé le moindre soupçon de sel ! Les demoiselles Wilt, c'était certain, ne s'étaient pas approchées de la plage.

Assis sur la plage en contrebas de l'hôtel, Wilt aurait bien aimé savoir où sa femme avait disparu. À la réception, le préposé lui avait juré ses grands dieux que personne du nom de Wilt n'était enregistré : l'hôtel était complet, et il n'y avait eu aucune nouvelle arrivée depuis une semaine. Wilt regretta d'avoir laissé sa famille en plan, mais Eva lui avait tellement tapé sur les nerfs qu'il n'avait pas songé aux conséquences de son acte.

Il se demandait ce qu'il allait faire quand, ô surprise, la serveuse du pub du village vint s'asseoir à côté de lui.

— Doux Seigneur ! Qu'est-ce que vous faites ici ?

— Vous savez, il m'arrive d'avoir des pauses. En fait, je suis venue pour voir si on m'embaucherait dans cet hôtel. J'en ai marre de travailler dans le pub et de ne jamais faire la connaissance de gens intéressants. Ou de ne rencontrer que des hommes comme vous, qui sont trop radins pour me laisser un pourboire convenable.

— Justement, j'allais m'en aller. Je ne peux pas m'attarder plus longtemps, dit Wilt précipitamment tout en se levant.

— Pourquoi ? Vous n'êtes pas mal, là. Je ne veux pas vous faire fuir.

— Ce n'est pas ça. Je m'inquiète pour ma femme et mes filles.

— Elles ne sont pas malades, au moins ?

— Pas du tout. Mais je croyais qu'elles avaient des chambres à cet hôtel, alors qu'apparemment elles n'y ont jamais mis les pieds.

Devant l'air ahuri de la serveuse, Wilt se rassit et lui raconta toute l'histoire.

— Alors elles ont quitté le manoir de Sandystone après qu'on leur a tiré dessus, c'est ça ? Et puis votre femme a insisté pour rester ici, mais ça ne vous a pas plu...

— Ce n'est pas un hôtel bon marché. Dieu sait ce que ça peut coûter.

— Bref, vous n'avez pas de quoi payer. Et elles ne sont pas là.

— En théorie. Mais si elles avaient logé là, Eva voulait envoyer la note à Lady Clarissa.

— D'après ce que je comprends, cette lady a de quoi les allonger.

— Mais elle pourrait refuser de payer. Et dans ce cas...

— ... vous auriez une énorme note à régler si votre femme et vos filles y avaient dormi... Mais ce n'est pas le cas, ajouta la serveuse tout en songeant qu'elle aurait dû rentrer directement chez elle après son entrevue avec le directeur.

— Il y a plus grave encore : Eva m'a dit qu'elle ferait un procès aux Gadsley s'ils refusaient de payer. Mais s'il y a un procès, ils engageront les avocats les plus chers et les plus coriaces du pays. Et si nous perdons, ce qui est plus que probable, nous serons ruinés. Ce qui m'exaspère le plus, c'est qu'Eva a fait une lèche terrible à cette horrible bonne femme parce que soi-disant c'est une aristocrate et que ma femme est d'un snobisme incroyable. Et dire qu'elle n'est même pas une lady !

— Non, elle n'a rien de distingué.

— Non, comprenez-moi, ce n'est pas une vraie aristocrate.

— Oui, comme je viens de vous le dire, elle n'en a pas l'air, insista la serveuse, de plus en plus perplexe.

Wilt songea qu'il n'aurait pas dû commencer. Ils se turent un moment, puis la serveuse reprit la parole :

— J'ai pensé à cet ado et au fusil. Vous croyez qu'il a un permis ?

— Sans doute pas. Mais son beau-père en détient sûrement un. Il a une armoire pleine de ces ustensiles abominables dont je ne l'ai jamais vu se servir. Une fois, il est parti comme une fusée quand je l'ai averti qu'une caravane était garée sur sa propriété et qu'une femme étendait son linge. Il était armé d'un fusil car il a la phobie des intrus. Remarquez, il n'a pas tiré.

— Il ferme son armoire à clé ?

— Pas cette fois-là. Mais je ne suis pas resté. J'ai la phobie des armes.

— Ce que je veux vous faire remarquer, c'est qu'il a laissé l'armoire ouverte ; alors, quand vous avez quitté la pièce, n'importe qui pouvait piquer une arme en douce - vu leur nombre.

— Je ne les ai pas comptées, mais, à vue de nez, je dirais qu'il y en a au moins une dizaine. Mais en quoi ça vous intéresse ?

— Laissez tomber. J'y reviendrai dans une minute.

— Comme vous voulez. Je sais seulement qu'Eva m'a une fois de plus foutu dans le pétrin et que je ne peux pas y faire grand-chose.

— Vous vous trompez ! Vous avez des tas d'atouts en main. Primo, qu'est-ce qu'un ado faisait avec une arme sans avoir de permis ? Secundo, pourquoi Sir

George vous a laissé seul dans son bureau alors que l'armoire à fusils était ouverte ? Tertio, pourquoi Eva et vos filles ont-elles été chassées du domaine ? Répondez à ces questions, et vous saurez comment mettre fin à vos ennuis.

— Je vous répète qu'elles sont parties parce que quelqu'un – sans doute ce jeune cinglé – a tiré sur les quadruplettes ou dans leur direction quand elles étaient près du lac, et qu'il leur a foutu une sacré trouille.

— Exactement. Présentez les choses ainsi, et le meilleur avocat d'Angleterre ne pourra vous rendre responsable de quoi que ce soit. Ajoutez à ça l'armoire ouverte, et Sir George aura de gros problèmes avec la loi. Il perdra son permis et aura une amende. Oui, c'est sûr que vous le tenez... par ce que je pense.

Wilt soupira et lui dit qu'il l'espérait, même si dans son for intérieur il se demandait ce qui l'obligeait à poursuivre une conversation aussi démente et confuse. Il ne put s'empêcher de répliquer :

— Vous oubliez une chose, Sir George est magistrat, et il doit avoir des relations dans le monde juridique.

— Ce qui est encore pire pour lui ! D'abord, il viole la loi en laissant ses armes sans surveillance. Ensuite, il sait que son fils... enfin son beau-fils se promène illégalement avec un fusil puisque vous l'avez prévenu qu'il avait abattu un cerf.

— Il m'a répondu que ce devait être un sanglier qui s'était échappé d'une ferme où on les élève.

— Vous voyez bien que vous n'avez rien à craindre !

Wilt fut reconnaissant à la serveuse de son soutien, tout en doutant de la pertinence de ses arguments. Comme il regrettait de ne pas lui avoir laissé un pourboire plus substantiel, il songea un instant à lui offrir un peu d'argent. Mais il y renonça : son geste risquait d'être mal interprété. Aussi se contenta-t-il de la remercier, et il lui proposa de la raccompagner à son pub. La fille lui répondit qu'elle préférait rester là encore un peu.

En route pour le manoir, Wilt se sentit un peu plus gai. Il solliciterait l'aide de Mrs Bale pour téléphoner à tous les hôtels des alentours, car il était certain qu'Eva et les filles n'étaient pas rentrées à Ipford sans lui. Il ne serait pas trop difficile de les retrouver : quand on les avait vues une fois, on ne les oubliait pas. Il se gara dans l'arrière-cour et entra dans la cuisine.

— Ah, vous voilà de retour ! s'écria Mrs Bale. Votre femme vous cherchait. Elle voulait la voiture.

— Je n'arrive pas à le croire ! Pourquoi cette idiote ne m'a-t-elle pas téléphoné ? Je suis resté planté devant l'hôtel à l'attendre comme une andouille. Où est-elle maintenant ?

— Lady Clarissa et elle se sont furieusement engueulées parce que Clarissa avait couché avec vous...

— Quoi ! Mais c'est complètement faux !

— Je le sais bien, fit Mrs Bale l'air penaud. En tout cas, avant que Mrs Wilt se rende compte qu'elle s'était trompée, elle avait sorti de telles horreurs que Milady a dû aller s'étendre pour récupérer.

— Oh, Eva, dans quel pétrin tu nous as encore fourrés ! murmura Wilt en songeant à ce que cela lui coûterait en frais d'avocat supplémentaires.

— Pour se faire pardonner, elle a proposé d'aller au presbytère organiser les funérailles du Colonel.

— Je croyais qu'il serait enterré ici, sur le domaine, et que toutes les tables à tréteaux et les parapluies étaient pour la collation qui suivrait la cérémonie ?

— Pas du tout. Sir George refuse qu'il repose dans le cimetière familial. Nous avons dû renvoyer chez eux les personnes en deuil venues à l'enterrement sans leur permettre de franchir la grille principale, et le traiteur remballe son matériel. Remarquez, la plupart des gens n'étaient que des curieux désireux de reluquer le manoir de près.

— Et ma femme s'occupe de trouver une solution de remplacement ? s'exclama Wilt, sidéré. C'est extraordinaire !

— J'aurais pensé que, depuis le temps, vous vous seriez aperçu que tout ce qui se passe ici est extraordinaire.

— Oui, une vraie maison de fous, peuplée de déséquilibrés mentaux.

— Je vous avais pourtant averti. Même si, au début, j'ai cru que vous étiez son nouvel amoureux.

— Merci pour ce beau compliment.

— Depuis que j'ai fait la connaissance de votre dame, je vois à quel point je me suis trompée. Mieux vaut être sa copine que son ennemie.

— J'avoue qu'Eva me mène parfois la vie dure, quoique je m'y sois habitué. Mais si elle est descendue au village, où se trouvent mes filles ?

— Dieu seul le sait. Elles ont dit qu'elles retournaient à la plage… mais à mon avis, elles n'y ont jamais mis les pieds. Avec ces quatre, vous avez du pain sur la planche.

— J'en suis bien conscient, croyez-moi, admit Wilt amèrement. J'ai intérêt à partir à leur recherche. Je vous parie qu'elles sont en train de faire d'horribles bêtises.

24

RÉUNIES DANS LE CIMETIÈRE, les quadruplettes avaient placé dans le cercueil une bûche de la bonne taille qu'elles avaient enveloppée dans une couverture dérobée dans le cottage. Après avoir replacé le couvercle, elles étaient retournées à travers bois à l'endroit où elles avaient laissé le corps, prenant soin d'emprunter un itinéraire différent pour brouiller leur piste. Elles avaient enfilé leurs gants et empilé des branches sèches autour du cadavre.

Samantha était sur le point de craquer une allumette pour commencer l'incinération quand elles entendirent Wilt les appeler depuis la forêt.

— Merde et merde ! s'exclama Josephine. S'il nous trouve, on est foutues.

Elles se turent jusqu'à ce que la voix de leur père s'éloigne.

— Écoutez, on est trop à découvert ici. Sûr qu'on va nous voir. Mieux vaut se tailler et rentrer avant que papa nous tombe dessus.

— On est très bien ici, objecta Samantha, furieuse.

Elle était pressée de commencer, et tous ces contretemps l'exaspéraient.

— Non, Josephine a raison, intervint Emmeline. Recouvrons-le en attendant de trouver un meilleur emplacement... un endroit où personne n'aura l'idée de chercher. On devrait se séparer et chercher un bois de jeunes pins bien épais où les adultes auraient du mal à pénétrer. Où même nous, on aurait peut-être besoin de ramper.

— Et pourquoi on ferait ça ? rétorqua Samantha toujours mécontente. À mon avis, on devrait continuer là où on est.

— Un endroit pas trop loin mais bien dense, avec des tas d'aiguilles de pin pour recouvrir le corps. Comme ça, si quelqu'un passe à côté, il pensera juste que c'est une branche tombée.

— Mais les branches ne tombent pas des pins qui viennent d'être plantés !

— Évidemment. Mais t'as jamais vu les bûches provenant de vieux sapins qu'ils brûlaient dans les cheminées du manoir ? Ces gros arbres produisent des centaines et des milliers d'aiguilles qui peuvent facilement planquer un truc.

— À condition que la personne qui cherche le corps ne pose pas le pied dessus. Elle serait étonnée par le manque de consistance.

— Mais il est bien dur, maintenant. Il a la rigidité cadavérique.

— Minute ! Il fait si chaud qu'il va bientôt se mettre à pourrir, et il sera tout mou et flasque, sans parler de l'odeur horrible qu'il va répandre tous azimuts.

— Aucune importance, si on le recouvre bien... Vous deux, dit Emmeline à Josephine et à Penelope, allez par là. Samantha et moi, on ira de ce côté où les arbres sont plus touffus.

Une minute plus tard, les quadruplettes avaient disparu derrière les jeunes arbres.

Au bout d'une demi-heure, Emmeline signala à sa sœur un fossé rempli de feuilles mortes et d'aiguilles de pin, et de surcroît dissimulé par un épais sous-bois de jeunes pins.

— C'est exactement ce qu'on cherchait. On va appeler les deux autres et y apporter le Colonel pour le fourrer dedans en attendant.

— Et si on enlevait toutes les feuilles mortes pour que le fossé soit prêt quand on arrivera ? Mais le bûcher qu'on a construit ? Les gens vont se demander à quoi il peut bien servir.

— Quels gens ? Personne ne vient par ici. Et s'il y en a, ils penseront que c'est pour les feux d'artifice de Guy Fawkes ou un truc de ce genre. En tout cas, plus vite on s'en débarrassera et mieux ce sera.

Les quadruplettes retournèrent au bûcher, s'emparèrent du Colonel et le tirèrent jusqu'au fossé, accompagnées des jérémiades de Penelope qui ne s'amusait pas autant qu'elle l'avait pensé. Mais soudain, il y eut un coup de feu, et une balle s'écrasa dans le tronc d'un arbre, les ratant de peu. Trois des filles plongèrent instinctivement à terre, s'aplatissant le plus possible dans les fougères et les pommes de pin. Samantha, elle, se réfugia derrière l'arbre le plus proche, et put ainsi observer Edward qui s'avançait. Elle fut ébahie de voir qu'il ne cessait de recharger son arme et de viser le cadavre que les filles avaient laissé choir contre un sapin, moitié assis, moitié couché.

— Je t'ai tué, mon salaud ! cria Edward en s'approchant du mort. Ça t'apprendra à entrer dans une propriété privée, sale Boche !

— Mort aux trousses ! murmura Samantha, le code des quadruplettes pour avertir d'un grave danger.

Edward n'en continua pas moins d'avancer droit devant lui, sans prêter attention aux trois filles qui se défilaient loin de sa ligne de tir.

Samantha ramassa alors quelques cailloux et les lança dans sa direction, espérant faire ainsi diversion ; mais le plus gros projectile atteignit Edward à la tête. Il parut d'abord étonné, puis il trébucha en avant. En essayant de se récupérer, il buta contre une grosse racine ; son fusil partit, et la balle l'atteignit entre les deux yeux.

Un profond silence s'ensuivit.

— Oh, merde ! fit Samantha.

Les autres se relevèrent et la rejoignirent.

— Il est plein de sang !

— Tu peux le dire, ma vieille ! Maintenant, on l'a dans le baba !

— Ne vous inquiétez pas ! ordonna Penelope. Changement de plan : aidez-moi à relever Edward et à le rapprocher du Colonel.

Cela étant fait, elle s'empara du fusil, tira plusieurs balles dans le corps du Colonel, et replaça l'arme sous le dos d'Edward pour faire croire qu'il était tombé après avoir fait feu.

— Maintenant, précisa Penelope, ça paraît évident qu'il a volé le corps pour s'en servir comme cible d'entraînement, qu'il a perdu l'équilibre et qu'il s'est tué... Ce qui est la stricte vérité.

— Génial ! s'exclama Samantha, sauf qu'on n'a plus personne à brûler. Ça fait chier !

— Arrête de râler ! Et finissons-en avant que quelqu'un débarque pour voir d'où venait tout ce raffut.

Une demi-heure plus tard, les quadruplettes avaient effacé les traces laissées par le corps du Colonel sur les aiguilles de pin, enterré ses médailles et ses vêtements dans le fossé, et regagné le manoir.

Peu de temps auparavant, Sir George avait insisté auprès des croque-morts pour qu'ils retirent le cercueil du cimetière. Ils l'avaient donc replacé dans le corbillard, qui avait pris la direction de la grande route, suivi de près par Eva dans un taxi.

— N'oubliez pas d'insister pour qu'il soit incinéré, lui avait précisé Sir George avant qu'elle s'en aille. Je ne veux plus entendre parler d'enterrement à Sandystone. Assez de toutes ces stupidités.

Eva approuva d'un signe de tête, en dépit de sa promesse à Lady Clarissa que son oncle serait mis en terre et non incinéré. D'où le malaise qu'elle ressentit en arrivant au presbytère derrière le corbillard. Quand elle frappa à la porte, une femme à l'air méfiant lui ouvrit.

— Je peux faire quelque chose pour vous ?

Eva lui expliqua qu'elle était venue parler au vicaire, mais entre-temps la femme avait repéré le cercueil.

— Je vais dire à mon mari que c'est urgent, même s'il est très occupé à écrire son sermon pour dimanche prochain.

Elle rentra dans la maison, et bientôt apparut sur le seuil un homme âgé portant des lunettes et un col d'ecclésiastique.

— Si j'ai bien compris, vous désirez que je préside à une cérémonie d'enterrement. Le défunt habitait-il les environs ?

Eva secoua la tête.

— Je suis certaine que non.

— D'après votre accent, vous n'êtes pas non plus d'ici.

Eva répondit qu'elle habitait Ipford, mais qu'on l'avait chargée d'accompagner le cercueil jusqu'au presbytère.

— Je sais qu'il était colonel et qu'il a perdu une jambe à la guerre, ajouta-t-elle pour dire quelque chose.

Le vicaire l'observa par-dessus ses lunettes.

— Je vous ai posé la question parce que notre cimetière est presque plein. Nous n'inhumons que les gens de la région. Où habitez-vous exactement ?

— En fait, je ne vis pas ici. Je devais passer l'été à Sandystone...

— Au manoir de Sandystone ? insista le vicaire, l'air chiffonné.

Quelques années auparavant, il avait joué au golf avec Sir George, et les propos orduriers de son adversaire, lorsque celui-ci avait envoyé sa balle dans un bunker, l'avaient choqué. Il avait également peu apprécié de le voir absorber sans cesse des rasades du whisky contenu dans la flasque en argent qu'il portait dans sa poche revolver. Surtout, le vicaire en voulait aux Gadsley de refuser d'assister à l'office dominical comme à tout autre service. Enfin, il n'ignorait pas que les habitants du village les avaient en horreur.

Les gens qui séjournaient au manoir devaient avoir les mêmes défauts que ses propriétaires, pensait-il quand Eva déclara :

— Les quatre hommes qui ont apporté le cercueil sont repartis. Si vous ne l'accueillez pas dans votre église, je ne saurai pas quoi en faire. Il m'est impossible de le transporter toute seule.

— Désolé de ne pas pouvoir vous aider. Ma modeste voiture ne pourrait contenir une chose aussi massive. D'ailleurs, elle est au garage pour une révision.

Le vicaire réfléchit un moment avant de rentrer chez lui pour téléphoner à la station-service.

— Auriez-vous l'amabilité d'envoyer un camion au presbytère pour emmener un cercueil au manoir ?

— Il y a eu un mort là-haut ? demanda son interlocuteur plein d'espoir. Comme ce parfait salaud de Sir George de mon cul ?

— Je vous serai reconnaissant de ne pas utiliser un langage aussi ordurier, rétorqua le pasteur d'un ton pète-sec. J'appelle du presbytère...

— Mince alors ! Toutes mes excuses, dit le mécanicien qui connaissait le combat mené par le vicaire contre les gros mots et les jurons.

Il raccrocha et se tourna vers l'unique employé de la station-service pour lui ordonner :

— Prends le pick-up. Y a un cercueil à trimbaler du presbytère au manoir. Un mec a dû casser sa pipe là-haut. Espérons que c'est cette pourriture de Gadsley.

Quand l'apprenti arriva au presbytère, le cercueil était dans la cour, gardé par une Eva pire qu'anxieuse. Mais son aide ne suffit pas au jeune mécanicien pour le soulever. Il se résigna à sonner à la porte du presbytère afin de chercher du renfort. Le vicaire ayant terminé de rédiger son sermon, il accepta de prêter main-forte. Les deux hommes saisirent chacun une extrémité, et Eva se plaça au milieu, mais leurs efforts furent vains.

— Le défunt devait être très gros, remarqua le pasteur.

— Vous savez, il a fallu quatre hommes pour le porter jusqu'ici, expliqua Eva.

— Je suggère d'ouvrir le couvercle, de retirer le corps puis de le remettre en place une fois le cercueil monté dans le camion.

Eva songea que Clarissa détesterait voir son oncle chahuté ainsi, mais ce ne serait rien comparé à la crise que Sir George piquerait s'il voyait revenir le cercueil. Elle se tint à l'écart quand les deux hommes soulevèrent le couvercle et se saisirent de la forme enveloppée dans une couverture.

— Le défunt est bien plus léger que je ne le pensais, dit le pasteur. Et bien plus rigide.

Mais, le temps de le placer dans le pick-up, la couverture avait glissé.

— Oh, putain ! s'écria le jeune mécanicien.

Pour une fois, il ne fut pas réprimandé pour avoir prononcé un gros mot : le vicaire était dans un trop grand état de choc pour entendre ou surveiller les paroles de quiconque.

Toutes ses pensées se concentraient sur cette grosse branche cassée et sur la raison pour laquelle on avait cherché à lui faire commettre un acte impie en lui demandant de présider à une cérémonie d'enterrement pour un morceau de bois mort. Quand son pouls eut repris son rythme normal et son esprit recouvré sa capacité de raisonnement, il sut qui lui avait tendu un piège aussi odieux : ce monstre de Sir George Gadsley. Ils avaient toujours été à couteaux tirés, et pareil sacrilège visait à faire de lui la risée du village.

Sans tenir compte des cris d'orfraie d'Eva, et bien décidé à se venger de Sir George, le vicaire se rendit à son bureau d'où il téléphona à la police.

— J'ai maintes raisons de penser qu'un crime des plus graves a été commis, dit-il au brigadier de garde. Je veux que vous veniez immédiatement ici pour voir le corps du délit.

— J'arrive tout de suite.

Le sourire aux lèvres, le pasteur raccrocha. Il s'était convaincu qu'un meurtre avait été commis au manoir. Il avait souvent entendu des coups de feu sur la propriété ; et les villageois refusaient de s'en approcher, hormis pour aller y chercher quelqu'un en taxi ou pour y livrer les grandes quantités d'alcool ou d'autres denrées chères qui valaient la peine de prendre des risques.

Quand le brigadier flanqué d'un agent arrivèrent au presbytère, ils furent accueillis non seulement par le vicaire, mais par un des villageois qui avaient livré le cercueil.

— J'ai un contrat pour tondre la moitié de la pelouse chaque semaine, leur expliqua l'homme, à condition que le sale gosse et son fusil soient enfermés dans le manoir avec interdiction d'en sortir avant mon départ.

Puis il répéta ce qu'il avait déjà dit au vicaire :

— J'étais là quand il a tué un cerf, et ça m'étonnerait qu'il en soit resté là. Avant, il jetait des pierres aux gens ; il a dû passer à la vitesse supérieure.

Le brigadier nota soigneusement cette déposition. Il était au courant des méfaits du gamin, mais cette fois-ci l'affaire semblait trop sérieuse pour pouvoir être étouffée, juge ou pas juge.

— Je confirme qu'il y a souvent des coups de feu là-haut, déclara le vicaire. Il y a près d'un mois, une balle a frôlé ma tête alors que je me promenais sur la route. Mais venez constater ce que nous avons trouvé à l'intérieur du cercueil.

Ils se rendirent dans la cour où le vicaire garait sa voiture.

— Ouvrez-le !

Il avait refermé le couvercle pour que la surprise du brigadier soit totale : il ne s'attendait certainement pas à découvrir un corps en bois !

— Mince alors ! Ce n'est pas un cadavre. Pourquoi vous ont-ils apporté un bout de bois ?

— Ils avaient ordre de transporter un cercueil et ignoraient ce qu'il contenait.

— Ils sont venus avec une femme qui dit être d'Ipford, lança le mécano, mais c'est à des kilomètres d'ici.

— Elle m'a aussi dit qu'elle devait passer l'été au manoir, renchérit le vicaire, et que Gadsley lui a demandé d'accompagner le cercueil et d'organiser l'enterrement.

— Où se trouve-t-elle ? s'enquit le brigadier.

— Dès qu'elle a vu la bûche, elle s'est tirée vite fait, répondit le mécanicien. En y repensant, j'aurais dû en faire autant. Si j'avais su que ça prendrait tout ce temps, j'aurais mis les voiles.

Le vicaire jeta un regard méchant au mécano et s'adressa au brigadier :

— Il est possible qu'elle soit retournée au manoir. Vous devriez vérifier. Utilisez mon téléphone.

— Vous connaissez son nom ? Je me vois mal demander à parler à la dame qui devait rester l'été à Sandystone et qui a apporté un cercueil au presbytère.

— Mais si ! Je ne doute pas qu'ils vous donneront son nom et son adresse, même si elle est retournée à Ipford, insista le vicaire qui désirait ardemment mettre Sir George dans l'embarras.

Il y fut aidé par le policier : celui-ci annonça qu'il avait découvert une trace de balle dans la bûche.

— Cela m'en a tout l'air, appuya le brigadier pour le plus grand plaisir de l'ecclésiastique. Nous devrons attendre que le médecin légiste ait terminé son auto... enfin... qu'il ait bien examiné la bûche.

À ce stade, le vicaire buvait du petit-lait. Quand le brigadier avait failli prononcer le mot « autopsie », il avait savouré un moment d'intense bonheur qu'il chérirait le restant de sa vie. Il était temps d'appeler l'inspecteur en chef pour qu'il prenne les opérations en main, décida-t-il. Ainsi, le scandale prendrait de l'ampleur, et le nom de Sir George apparaîtrait en première page de tous les horribles tabloïds. L'idéal serait que la police trouve une véritable victime, mais le vicaire était trop homme de Dieu pour le souhaiter.

Il préféra suggérer à demi-mot de faire appel à une autorité supérieure.

Le brigadier local l'approuva pleinement. Son malaise grandissait, à regarder cette branche en s'efforçant de comprendre sa sinistre présence dans ce cercueil luxueusement décoré. Sur ces entrefaites, la femme du vicaire vint dans la cour leur demander s'ils désiraient une tasse de thé. Le brigadier secoua la tête en la remerciant. Il aurait préféré une boisson plus forte, mais il jugea inconvenant de l'avouer en pareille compagnie. Il se contenta d'accepter la proposition du vicaire d'utiliser son téléphone et appela à Ligneham le commissaire principal. Il eut beaucoup de mal à le convaincre qu'il n'était ni fou, ni ivre, ne souffrait pas d'hallucinations morbides et ne se moquait pas de lui.

Le commissaire hurla dans l'appareil :

— Aucune personne saine d'esprit ne mettrait un morceau de bois à l'intérieur d'un luxueux cercueil dans l'attente qu'un respectable vicaire l'enterre religieusement !

— C'est pourtant ce qui s'est passé. Et pour couronner le tout, on a trouvé une trace de balle dans la bûche.

— Une trace de balle ? Dans la bûche ? Vous me faites marcher ! Vous ne pouvez pas… Enfin, si c'est un tout petit arbre…

— Mais non. Elle appartenait à un arbre de bonne taille qui a été écimé.

— Écimé ? Voilà donc vos conclusions ? Brigadier, vous êtes un policier ou un putain de jardinier ?

Une demi-heure plus tard, deux voitures de police pleines de flics en civil se garèrent sans la moindre discrétion devant le presbytère, au grand dam du vicaire soudain inquiet des rumeurs qui pourraient se répandre dans le village à son sujet. Quoi qu'il en soit, le commissaire principal ne douta bientôt plus de la santé mentale du brigadier : le morceau de bois à l'arrière du camion prouvait qu'il n'avait rien inventé. Maintenant, c'était au tour du vicaire de lui raconter qu'un gamin muni d'un fusil lui avait tiré dessus et ne l'avait raté que de peu, alors qu'il passait près du domaine la semaine précédente.

— Au mépris le plus total de la sécurité générale, poursuivit le vicaire, Sir George encourage le gamin à utiliser des armes mortelles en visant d'innocents passants dès qu'ils s'approchent de la propriété. Soit il est malhabile, soit il fait exprès de tirer au-dessus des têtes. Je serais enclin à penser que la famille est déterminée à empêcher qui que ce soit de pénétrer dans la propriété. Et ce n'est pas nouveau. Mais un jour un promeneur sera tué, souvenez-vous-en.

— Vous donnez quel âge à ce garçon ?

— Pas plus de dix-sept ans. Peut-être même moins, ajouta le vicaire en exagérant.

— À mon avis, c'est le gosse qui a déjà eu des ennuis, conclut le commissaire, sauf qu'à présent il utilise un fusil particulièrement puissant. Cela expliquerait que la balle se soit enfoncée aussi profondément dans la bûche.

— À coup sûr, c'est ça, approuva le brigadier. Mais si nous devons prouver que la balle a bien été tirée avec son fusil, cela prendra du temps. Et il pourrait commettre d'autres dégâts dans l'intervalle.

— Et si vous retiriez la balle et l'emportiez avec vous en allant au manoir, suggéra le vicaire ? Ça ne devrait pas être trop difficile. Je dispose d'une excellente scie électrique et de plusieurs ciseaux à bois. On pourrait l'extraire en deux temps trois mouvements.

Mais le commissaire principal refusa :

— On doit laisser les choses en l'état. C'est une preuve et on ne peut pas y toucher.

— Alors, si vous n'avez pas le droit d'y toucher, comment, par Jésus-Christ, allez-vous identifier le fusil ?

— Calmez-vous, je vous en prie. Avec ce que vous m'avez révélé sur les divers coups de feu tirés par-dessus le mur, nous avons suffisamment d'éléments pour épingler vos amis.

Le vicaire faillit bondir de sa chaise sous l'effet de l'indignation :

— Ils ne sont en rien mes amis. Ce diable d'homme me hait depuis des années…

— C'était juste une façon de parler. Mais je croyais que les gens comme vous étaient amis avec tout le monde – n'êtes-vous pas tenus d'aimer votre prochain ?

— Oui, oui, bien sûr. Et je l'aime – jusqu'à un certain point, protesta le vicaire de plus en plus irrité. Mais, vous savez, il n'a jamais voulu me permettre de présider à une cérémonie d'enterrement chrétienne dans son cimetière privé.

— A-t-il réellement enterré quelqu'un là-bas ?

Le commissaire principal paraissait avide d'en savoir plus à ce sujet.

— Pas que je sache. N'empêche que c'est clair, non ? S'il m'a envoyé un cercueil avec une bûche à l'intérieur, c'est pour se moquer de moi parce que j'ai écrit au journal local pour dire que les cimetières privés ne sont pas chrétiens.

Le commissaire et le brigadier échangèrent des regards médusés.

— C'est tout ?

— Mais non. Depuis la parution de l'article, il ne me salue plus – ce qui ne me dérange pas. Seulement, il a commencé à répandre des rumeurs scandaleuses sur ma personne...

— Si elles l'étaient autant que vous le dites, vous auriez dû lui faire un procès, non ? Cela semblerait logique.

— Au village, on déteste tellement Sir George que personne ne l'a cru. Et puis, je ne veux pas qu'une telle accusation paraisse dans les journaux...

— Quel genre d'accusation ?

— Oh, des banalités ! Je serais un pervers sexuel qui s'en prend aux jeunes garçons.

Le commissaire principal réfléchit un moment.

— Et c'est le cas ?

— Comment osez-vous me demander une chose pareille ? Bien sûr que non ! Interrogez ma femme si vous ne me croyez pas. Je déteste les jeunes garçons... ils sont méchants et vicieux. Et je n'aime pas davantage les plus grands.

Le commissaire songea à rappeler au vicaire l'étendue de l'amour chrétien, mais choisit de s'abstenir. Après un court silence, il annonça :

— Il est temps que je fasse la connaissance de Sir George Gadsley. Pendant ce temps, brigadier, pourriez-vous rapporter cette bûche à Ligneham et la faire enfermer dans la salle des preuves ? Bien, monsieur le vicaire, y a-t-il d'autres choses que je dois savoir ?

— Ma foi, en toute conscience, je dois vous avertir que Sir George n'est pas un client facile. Il boit comme un trou, sa femme aussi - et elle a un faible pour les hommes. Franchement, si ce n'était pas cruel de ma part, je la qualifierais d'un mot bien plus fort.

— C'est-à-dire ?

— Il n'y a qu'un terme, fit le vicaire en se délectant, je la traiterais de nymphomane.

— Allons, allons, si vous continuez, nous allons vous réprimander pour propagation de rumeurs délictueuses.

Le vicaire rougit, mais ne put résister à la tentation de rétorquer :

— J'en doute car je ne fais que dire la vérité. Vous pouvez demander au mécano qui est dehors.

Tout en lui souhaitant une bonne journée, le commissaire se dit que cet homme d'Église n'était pas à la hauteur de sa fonction. Puis il alla interroger le jeune mécanicien au sujet de la femme qui avait accompagné le cercueil.

— C'était la première fois que je la voyais. Elle avait une trouille du diable, quand elle s'est barrée en marmonnant qu'elle devait rejoindre ses filles. Remarquez, j'sais pas si elle tournait déjà rond avant : lorsqu'elle a vu la bûche, elle a pas arrêté de répéter que c'était une jambe.

— Vous en êtes bien sûr ?

— Ouais, et comment. Elle a dit « jambe »... alors qu'on pouvait tous le voir : c'était un morceau de bois. Et débité, en plus.

25

DE RETOUR AU MANOIR, Wilt eut l'impression d'avoir piétiné dans les bois pendant des heures. Malgré ses cris, promesses, menaces et serments, les quadruplettes ne s'étaient pas manifestées. Il avait craint le pire en trouvant au bord du lac le cardigan d'une des filles et une paire de socquettes, avant de se raisonner : il y avait peu de chances qu'elles se soient noyées toutes les quatre en même temps, quoiqu'avec elles on ne sache jamais. De façon plus vraisemblable, elles avaient mis en scène leur mort avant de se cacher dans les parages pour se moquer de lui. Plusieurs fois, il se retourna brusquement dans l'espoir de les surprendre, mais ne croisa que les regards perplexes des employés qui remballaient le matériel du traiteur.

Wilt fut sérieusement troublé par des coups de feu lointains suivis de cris aigus, mais, comme tout redevint tranquille il en conclut qu'Edward avait encore abattu une bête sauvage.

Il devait en être à son cinquième ou sixième tour de la propriété quand il découvrit la caravane à moitié dissimulée derrière des arbres. Par précaution, il décida de jeter un coup d'œil à l'intérieur, au cas où les filles y seraient planquées. En s'approchant, il s'aperçut que les branches bougeaient et que la caravane dansait.

« Je parie que c'est les quadruplettes », se dit-il.

Il continua d'avancer sur la pointe des pieds jusqu'à la fenêtre, et se prépara à leur donner le choc qu'elles méritaient. En réalité, ce fut lui qui en reçut un terriblement fort, étant donné que le plus insolite des spectacles le cueillit à froid : le postérieur nu de Sir George rebondissant sur ce qui devait être l'intruse.

Par chance, ils étaient tous deux trop occupés pour noter la présence d'un voyeur. Wilt se recula vivement pour regagner précipitamment le manoir.

Mrs Bale vint à sa rencontre en haut des marches.

— Dieu merci, vous voici de retour ! Votre femme est dans un état épouvantable.

— Elle est toujours dans un état épouvantable. Qu'est-ce qui est encore arrivé ? S'il s'agit de ces satanées filles, vous pouvez lui dire de ma part que j'ai passé des heures à les chercher. En vain : elles ont officiellement disparu.

— Les filles ? Non, c'est plutôt l'oncle qui n'est plus là.

— Je sais bien qu'il n'est plus, le pauvre vieux et j'en suis désolé pour lui. Mais je ne vois pas en quoi cela nous concerne Eva et moi.

— Certes, il n'est plus. Mais son corps, surtout, a disparu. Évanoui. Décanillé. Mrs Wilt est sous le choc, et elle a une peur bleue d'avouer la nouvelle à Milady.

Sur ce, Mrs Bale retourna en courant jusqu'à la cuisine, d'où émanaient les sanglots hystériques d'Eva, constata Wilt en la suivant. Sa première impression avait été la bonne : il avait atterri dans une maison de fous.

Durant le temps qu'il lui fallut pour calmer Eva, les quadruplettes rejoignirent leurs parents pour leur jurer qu'elles étaient simplement retournées à la plage et ignoraient la raison de tout ce bazar.

En examinant leurs visages penauds ainsi que les aiguilles de pin accrochées à leurs vêtements, Wilt flaira tout de suite le bobard ; mais, vu l'état d'Eva, il préféra ne rien en dire. Il allait leur demander si elles avaient entendu des coups de feu quand un énorme braillement leur parvint du bureau. Pas de doute, Sir George était revenu, et de fort méchante humeur. Mrs Bale sortit précipitamment pour rejoindre Lady Clarissa. Wilt referma la porte et s'assit près de son épouse. Il n'avait aucune envie de connaître le motif de la présente engueulade.

Les quadruplettes ne doutant pas d'en savoir la cause, se glissèrent au contraire dans le couloir pour écouter à la porte. Elles s'aperçurent très vite de leur erreur : personne n'avait encore découvert les cadavres, mais Sir George engueulait furieusement le commissaire principal.

— Vous êtes tombé sur la tête si vous croyez que j'ai mis une bûche dans le cercueil ! Pour quelle raison, bordel de bordel, aurais-je fait une chose pareille ? Vous mentez comme un arracheur de dents. Allez, ouste, sortez de chez moi !

Les quadruplettes profitèrent d'une courte accalmie pour se dissimuler derrière la porte de la bibliothèque, d'où rien de ce qui serait dit ou crié dans le bureau ne leur échapperait.

— Pour votre gouverne, sachez que le vicaire l'a trouvée en ouvrant le cercueil, répliqua le commissaire principal.

— Et vous avez cru ce vieux fou ? Il n'a plus toute sa tête. Un morceau de bois dans un cercueil ? C'est parfaitement absurde !

— Absurde sans doute, mais nous avons des témoins.

— Et puis, qu'est-ce qui vous fait croire que ce bout de bois provient d'ici ?

— C'est ce qu'ont affirmé les employés des pompes funèbres chargés de l'emporter là-bas. Il y avait aussi une femme, avec eux, qui prétend passer l'été à Sandystone.

— Bon Dieu ! Cette salope de Wilt !

— J'ai une autre question à vous poser, Sir George : fermez-vous toujours à clé votre armoire à fusils ?

— Évidemment. Mais il me semble que ça n'est pas vos oignons.

— Alors, expliquez-moi pourquoi je l'ai trouvée ouverte quand on m'a introduit ici avant votre retour. Laisser une armoire à fusils ouverte est une infraction. Bien entendu, vous avez un permis de port d'armes ?

Sir George répondit par l'affirmative et sortit le papier d'un tiroir. Le calme de ce policier en civil le tracassait. Il n'avait pas bronché devant ses cris et n'avait pas bougé quand il l'avait mis à la porte. La question suivante le rendit encore plus méfiant :

— Quel âge a votre beau-fils ?

— Aucune idée. Je ne peux pas le blairer.

— Est-ce qu'il tire beaucoup ? Je veux dire, possède-t-il un fusil ?

Sir George hésita puis répondit qu'il ne l'avait pas remarqué.

— Pourquoi me demandez-vous ça ? ajouta-t-il.

— Parce qu'il y a une trace de balle dans la bûche du cercueil, et qu'il pourrait y avoir un lien entre ce garçon, son fusil et la balle. Est-il possible que vous n'ayez pas « remarqué » non plus qu'il manquait un fusil dans votre armoire ? Autoriser un jeune sans permis à utiliser une arme puissante est un grave délit.

Sir George commença à s'inquiéter. Et à transpirer. Les choses ne se déroulaient pas comme il l'avait prévu.

— Je ne sais pas de quoi vous parlez. Il n'y a pas eu d'enterrement ici depuis mille ans – sauf, bien sûr, pour les descendants de la famille, et le dernier remonte à la saint-glinglin – alors pourquoi y aurait-il un cercueil ? Le vicaire a dû vous mettre au courant.

— Il l'a fait. Mais nous avons également contacté toutes les entreprises de pompes funèbres de la région, et elles nous ont confirmé qu'un corbillard en provenance d'Ipford avait été vu en route pour Sandystone.

— Ils se sont trompés. Personne n'est mort. Allez, foutez le camp !

— Nous avons un corbillard et un cercueil mais pas de cadavre, et ça me paraît louche. C'est la raison pour laquelle nous désirons fouiller le domaine.

— Fouiller le domaine ? Non, non et non ! Je veux bien être pendu si je laisse des flics fourrer leur nez partout ici !

— Il n'y aura que quelques-uns de mes hommes accompagnés de chiens. Des chiens renifleurs... Si le corps est ici, les chiens le trouveront, précisa le commissaire en souriant. Ils sont infaillibles.

— Allez au diable avec vos chiens de cirque ! Je suis chez moi, c'est un domaine privé et vous ne fouillez rien du tout !

Le policier haussa les épaules.

— Si vous le prenez ainsi, je vais devoir revenir avec un mandat de perquisition. Je serai là demain matin.

Il sortit par la porte principale et remonta dans sa voiture.

26

LES QUADRUPLETTES TRAVERSÈRENT SUBREPTICEMENT la cuisine pour gagner l'entrée de la propriété, où elles virent la voiture de police écorcher son rétroviseur latéral en tentant de négocier le premier des dangereux virages de la route. Emmeline éclata de rire bruyamment, ce qui lui valut un regard furibond du chauffeur, puis elle alla rejoindre ses sœurs assises sur la pelouse.

— Des chiens renifleurs ! Qu'est-ce qu'on va faire ? demanda Josephine. J'espère qu'ils ne remonteront pas jusqu'à nous, après toutes nos manips. On doit encore avoir l'odeur des cadavres sur nous.

— Pas de problème, puisqu'on s'est lavées, affirma Emmeline. Mais sûr que les chiens vont dégoter les corps.

— Oui, approuva Josephine. Et qu'est-ce qui se passera avec les médailles et les vêtements ? Ça va être ficelle d'expliquer pourquoi Edward les a pas enterrés, si les chiens les déterrent.

— Sois pas nulle ! Je te parie que ces trucs-là sont où ils sont pour l'éternité.

— Pas certain, rétorqua Samantha après un temps de réflexion. Rappelez-vous cette émission à la télé où on avait frotté un bout de tissu contre un renard, et on avait fait sentir le tissu à une douzaine de chiens pour qu'ils prennent en chasse le renard...

— Mais la chasse à courre est illégale ! protesta Penelope. Ils ont plus le droit de faire ça.

— Bien sûr que c'est interdit de tuer les renards, admit Emmeline. Mais rien n'empêche de leur courir après.

— Oh, bouclez-la, les filles ! s'écria Samantha. On ne participe pas à une chasse à courre, et on s'en fiche s'ils trouvent les corps, les médailles et tout le bastringue. L'important, c'est qu'ils mettent tout sur le dos d'Edward, et pas sur le nôtre.

Un bref silence s'ensuivit.

— S'ils ne les découvrent pas avant un certain temps, l'expertise médico-légale va pédaler dans la semoule, affirma Emmeline.

— L'expertise médico-légale ?

— Ouais, tu sais, les preuves qui montreraient qu'on était là et que ce n'est pas lui qui a tout fait.

— On devrait planter des fausses pistes un peu partout pour les embrouiller et qu'ils ne puissent rien prouver, proposa Josephine.

— Comme quoi ?

— Eh bien, si la police amène ses chiens renifleurs, on n'a qu'à disperser dans les bois toutes les affaires du Colonel, ses vêtements, ses médailles, ses chaussures : les chiens se perdront.

— Là tout de suite, c'est moi qui suis perdue, avoua Penelope. On devrait se préoccuper de nos alibis plutôt que des chiens.

— Bon Dieu, tu as raison. On l'avait oublié ça. Mais on peut forcer papa à dire qu'on était avec lui, je parie.

— Tu parles ! Pourquoi il nous rendrait service ? Le seul truc qui compte pour lui, c'est qu'on ne l'embête pas. Il aimerait mieux nous voir arrêtées. Je l'ai entendu dire à maman qu'on était rien que des petites psychopathes et qu'on finirait de toute façon en prison...

— On va lui dire que s'il ne déclare pas qu'on est restées tout le temps avec lui, on racontera à maman qu'il a couché avec Lady Clarissa. On affirmera qu'on l'a vu.

— Mais on l'a pas vu ! Et puis c'est pas vrai qu'il a couché avec elle...

— Non, mais il sait que maman ne le croira jamais, ça.

Enchantées de leur plan, les quadruplettes regagnèrent le manoir, où elles apprirent la décision de leurs parents : ils resteraient tous dormir sur le domaine. Elles iraient avec Eva au cottage tandis que Wilt dormirait dans sa chambre du manoir. À l'étonnement des filles, Sir George et Lady Clarissa s'étaient déjà retirés ; mais lorsqu'elles suggérèrent que c'était pour s'envoyer en l'air, Mrs Bale leur affirma que cela arriverait la nuit où les poules auraient des dents.

Plus tard dans la soirée, Eva avoua qu'elle était toujours terrifiée par les agissements d'Edward, et c'est alors seulement que Mrs Bale constata qu'on n'avait pas vu le garçon de la journée. Mais comme il faisait maintenant trop sombre pour mener des recherches approfondies dans la propriété, elle préféra décréter que le gamin s'était caché pour bouder. Elle laissa des sandwichs à son intention et alla se coucher.

Dans le cottage, les quadruplettes restèrent éveillées pendant des heures pour se confectionner les meilleurs alibis. Leurs murmures ne dérangèrent en rien Eva :

ayant absorbé un somnifère, elle ronflait profondément. Wilt, en revanche, ne dormait que par à-coups. Quand il se réveillait, il se remémorait les braillements furieux de Sir George et le calme du commissaire principal pendant leur échange. Il ne pouvait pas non plus s'empêcher de penser que ses filles étaient impliquées dans cette histoire de cercueil et de bûche – mais si elles étaient capables de bien des choses, pouvaient-elles aussi avoir osé déplacer un cadavre ? Il se demandait également ce que dirait Lady Clarissa quand elle apprendrait à son réveil que son oncle avait été remplacé dans le cercueil par un bout de bois. Enfin, lorsqu'il arrivait à chasser de son esprit l'énigme du cercueil vide et l'éventuelle participation des quadruplettes à cette opération, Wilt songeait à la disparition de ce gamin – à qui Eva voulait absolument qu'il continue à donner des leçons alors que c'était une cause perdue...

Tous ces éléments tournoyaient dans la tête de Wilt : l'ineptie d'Edward, la culpabilité dans les yeux des quadruplettes, les effroyables hurlements venus du bureau...

Sir George était un homme extrêmement dangereux, sa collection d'armes comme sa violente impulsivité le prouvaient. Dieu sait ce dont il serait capable s'il apprenait qu'il avait été surpris dans la caravane avec l'intruse. Il abattrait sans doute le voyeur...

Vers cinq heures du matin, renonçant à trouver le sommeil, Wilt décida d'aller se promener. Il prit la route de service et longea le mur le plus éloigné des bois qui masquaient la laideur du manoir. Protégé d'un côté par l'épaisse forêt et de l'autre par le grand mur, il ne risquait rien si d'aventure Edward sortait pour un entraînement de nuit. À la réflexion, Wilt ne se rappelait pas avoir entendu de coups de feu depuis le milieu de l'après-midi ; néanmoins, se remémorant l'avertissement de Sir George sur la propension de son beau-fils à tirer sur tout ce qui bougeait, il restait sur ses gardes. Et l'abominable garnement ne pourrait de toute façon pas le canarder depuis le mur sans se faire facilement repérer. C'était déjà quelque chose.

Une demi-heure plus tard, Wilt atteignit la haute haie qui dissimulait la caravane un peu plus tôt. Le véhicule n'était plus là. Il inspecta la grille par laquelle il était entré : le cadenas installé par Lady Clarissa avait été brisé – et cela pouvait tout à fait l'avoir été par une balle bien ajustée.

L'entrée du cimetière familial s'ouvrant sur sa droite, Wilt traversa le court espace non protégé qui l'en séparait et se sentit rassuré : il lui suffirait de suivre le sentier menant au sommet peu élevé d'une colline très boisée pour être en parfaite sécurité. En grimpant à travers les arbres, il frôla sans le savoir le tronc contre lequel le Colonel était appuyé, et, à une faible distance, passa également tout près de l'endroit où gisait le cadavre d'Edward, le visage dans les fougères.

Un peu plus loin, il s'arrêta au bord d'une petite cuvette : en regardant vers la colline, il aperçut un coin du toit de la chapelle. C'était une vue calme et tranquille, conforme à ses vœux. Enfin en paix avec lui-même, il poursuivit sa route jusqu'au sommet de la colline, où il s'arrêta pour se reposer au milieu des pins.

Une fois assis, il repensa aux récents événements – et en particulier à l'inexplicable disparition du corps du Colonel. Il était convaincu que le cadavre se trouvait quelque part dans ces bois, même s'il n'avait rien pour étayer cette idée. Elle reposait sur son intuition – et sur sa certitude que, lorsque quelque chose tournait mal, ses maudites filles en étaient forcément à l'origine.

L'air sombre, Wilt réfléchit à son avenir. Il lui faudrait des années avant d'être débarrassé des quadruplettes. « Vu ma chance, se dit-il, quand elles auront terminé leurs études secondaires (à la condition de trouver une école qui les accepte), elles voudront aller à Fenland University pour faire des économies en vivant à la maison. »

À ce stade de sa réflexion, il s'appuya contre un arbre, le moral en chute libre, alors que le soleil émergeait lentement au-dessus de la cime des pins.

27

DANS SON BUREAU, Sir George avait une prise de bec particulièrement sévère avec son épouse, qui avait déclenché les hostilités au petit-déjeuner. Une scène dont Mrs Bale, venue annoncer l'absence d'Edward, se serait bien passée.

— Il s'est enfui parce que tu le détestes tellement ! cria Clarissa à son mari. Quoi que tu dises, tu ne l'as jamais aimé. Et puis, c'est ta faute s'il adore chasser : dès le début, tu l'as encouragé.

— Je n'ai rien fait de tel. C'est un pur mensonge et tu le sais.

— Je ne laisserai personne me traiter de menteuse, hurla Lady Clarissa, folle de rage, et tu es bien mal placé pour formuler ce genre de jugement ! Hier soir, j'ai entendu ce que tu as dit au policier, même si tu me caches la raison de sa visite. Quand il reviendra, je lui dirai que tu fais exprès de laisser l'armoire à fusils ouverte : tu le fais pour qu'Edward puisse se servir facilement. Oui, j'ai vu ton regard haineux quand il sort avec un fusil sous le bras. Mais qu'est-ce qui m'a pris de t'épouser.

Le visage de Sir George vira au rouge.

— Tu as l'air d'oublier que tu t'es mariée avec moi pour mon argent. Tu savais que j'étais très riche, et moi, comme un idiot, je te trouvais charmante. Je t'ai offert une bague de fiançailles et de quoi vivre dans le luxe. Depuis, tu n'as cessé de claquer du fric pour ton Colonel bouffé aux mites ou pour les loubards que tu te tapes. Plus exactement, c'est en les payant avec mon argent que tu peux coucher avec eux. Si j'avais su quel genre de putain tu étais, je t'aurais fuie comme la peste. Tu n'es qu'une grue !

— Salaud ! vociféra Clarissa. Mon oncle vient de mourir, et c'est ta façon de me consoler ! Tu ne me laisses même pas l'enterrer dans le carré familial, je vais devoir descendre au village chaque fois que je voudrai me recueillir sur sa tombe, et voilà que tu as fait s'enfuir mon fils à force de l'insulter et de lui dire des horreurs. Eh bien, crois-moi, je vais te le faire payer ! Tu vas voir qu'il est en mon pouvoir de te ruiner. J'ai la liste de tous les grenouillages financiers auxquels tu t'es livré, sans compter celle de tes petits vices abjects. Et je ne suis pas la seule à te haïr : sache que tout le personnel te déteste, sans parler des gens du village !

Ils se hurlaient encore dessus lorsque le fourgon de la police traversa le pont-levis. Les chiens renifleurs en sortirent, suivis de deux policiers tenant des morceaux de vêtement, et d'un troisième armé d'un fusil. Le commissaire principal, arrivé dans un autre véhicule, s'engagea bientôt à pied sur le pont-levis. Il faillit percuter les quadruplettes qui s'étaient précipitées pour arriver la première à la porte, l'ouvrant à toute volée avant que le policier ait eu le temps de sonner.

— Maudits soient les flics ! s'exclama Sir George en les voyant par la fenêtre, pendant que Lady Clarissa, au fond de la pièce, sanglotait et gémissait à propos de son fils chéri.

Elle quitta le bureau quand le commissaire y entra, avec dans son sillage Mrs Bale, les filles, et une Eva désireuse de savoir ce qui pouvait bien se passer.

— Bonjour, Sir George.

Le vieil homme fit un bref signe de tête.

Le commissaire poursuivit avec le calme et l'assurance qu'il avait montrés la veille :

— En tant que magistrat, vous devez savoir ce que notre venue signifie. J'ai ici un mandat pour perquisitionner l'ensemble du domaine. D'autre part, des policiers ont enquêté à Ipford, où ils ont eu confirmation qu'un corps avait été acheminé au manoir – celui d'un homme âgé qui, semble-t-il, est un de vos parents.

— Ce n'était en rien un membre de ma famille, bon Dieu ! grommela Sir George.

— C'est possible, mais nous nous sommes procuré des vêtements du vieux monsieur. Il ne nous faudra pas longtemps pour découvrir si son corps se trouve dans la propriété.

— Ne soyez pas ridicule : bien sûr qu'il n'est pas dans ma propriété, espèce d'idiot ! À propos, savez-vous bien à qui vous parlez ? Un coup de fil à vos supérieurs, et vous vous retrouvez à faire la circulation…

— C'est une menace ? riposta le commissaire qui en avait sa claque de Sir George. Je vous dresse un procès-verbal pour tentative de chantage. Et attendons la fin de la journée pour voir quels autres chefs d'accusation s'y seront ajoutés.

Jamais les quadruplettes n'auraient imaginé que les événements prendraient une telle tournure. Devaient-elles rester dans le bureau pour écouter Sir George et le commissaire, ou sortir entendre les chiens aboyer et Mrs Bale proposer du thé à la ronde ? Finalement, elles optèrent pour faire deux équipes : Josephine et Penelope allèrent dans le jardin où les chiens tiraient avec force sur leurs laisses depuis qu'ils avaient reniflé des bouts de vêtement.

— Bon, il est temps de parler de votre garçon, poursuivit le commissaire dans le bureau. Son certificat de naissance montre qu'il n'a pas l'âge d'utiliser un fusil de gros calibre. Le service médico-légal a travaillé toute la nuit : la balle extraite de la bûche provient d'un .303 de la Seconde Guerre mondiale…

— Et alors ? interrompit Sir George. Mon père l'a rapporté comme souvenir.

— Vous admettez donc que la balle a été tirée avec votre fusil ? et probablement par votre beau-fils ?

— Bien sûr. Il devait viser quelque chose dans les bois, cette espèce d'empoté. C'est lui que vous devez arrêter, pas moi. Je ne l'ai pas autorisé à prendre ce fusil…

— Mais tu laisses toujours ouverte l'armoire à fusils ! l'interrompit Lady Clarissa en apparaissant de nouveau dans le bureau à cet instant. Tu l'encourages à tirer sur les gens et les choses. Je peux en témoigner devant un tribunal.

— Ta gueule, stupide créature ! Il est certain qu'il a volé ce fusil ! insista Sir George en ouvrant l'armoire pour montrer qu'il manquait une arme. Il a dû partir tirer dans la forêt et a touché cette foutue branche. Puis j'imagine qu'il s'est enfui afin de s'engager dans l'armée.

— Vous avez donc apparemment permis à votre beau-fils d'utiliser une arme dangereuse, constata le commissaire. Un premier délit. Pour le deuxième, nous avons des témoins prêts à déclarer qu'il tirait sur la route, une voie publique, depuis ce que vous appelez votre propriété privée. Et n'oublions pas vos menaces de m'attirer des ennuis - un délit encore plus grave et qui nous amène à un total de trois. Pour le moment.

Se tournant vers le brigadier, il lui ordonna :

— Lâchez les chiens renifleurs.

Après quoi, il s'occupa à nouveau de Sir George, qui avait pâli :

— Nous allons déterminer où le corps du Colonel a été effectivement enterré, dans la propriété ou à proximité. Il nous est difficile de ne pas soupçonner une manœuvre criminelle ou même un assassinat. Au minimum, nous vous accuserons d'avoir enseveli quelqu'un dans une terre non consacrée.

Lady Clarissa semblait à présent totalement perdue, car elle n'avait aucune raison de douter que le corps de son oncle ne se trouvait pas au presbytère.

— Je n'ai rien fait de tel ! se défendit violemment Sir George. J'ai envoyé ce foutu cercueil au village. Nous n'enterrons que des membres de notre famille dans notre cimetière.

— George, qu'est-ce qui se passe ? Où est le corps de mon oncle ? s'écria Clarissa.

— Sir George, on dirait que vous avez pas mal d'explications à fournir à votre femme, constata le commissaire. Je vous laisse vous débrouiller. Nous reviendrons fouiller le manoir quand nous en aurons fini avec le reste du domaine.

Là-dessus, il quitta la pièce avec les deux dernières quadruplettes sur les talons. Dans la cour, les chiens renifleurs, des croisements de colleys, avaient fini de renifler les vêtements du Colonel et d'autres affaires à lui. Libérés de leurs laisses, ils étaient capables de retrouver un corps à trente kilomètres à la ronde, donc sur toute la surface de la propriété. Mais quand on les lâcha, leurs maîtres furent déconcertés de les voir se mettre à tourner en rond ; et plus encore quand un des chiens se précipita sur les quatre filles qui ne manquaient rien de la scène tandis que l'autre fonçait dans les bois. Au bout d'un moment, le maître-chien resté là partit à la poursuite de son collègue, et les quadruplettes, d'abord troublées, décidèrent de suivre le mouvement.

Dans le bureau, Lady Clarissa affrontait toujours son mari :

— C'est quoi, cette histoire de bûche percée de balles et couchée dans le cercueil ? Et pourquoi le commissaire croit-il que tu as fait quelque chose à oncle Harold ?

Mais Sir George, à présent effondré dans son fauteuil, était incapable de lui répondre. S'il ne comprenait rien à ce qui se passait, il ne doutait à présent pas qu'il était dans la mouise jusqu'au cou et que de solides charges s'accumulaient contre lui.

Toujours adossé à son arbre, Wilt réfléchissait à la conversation qu'il avait eue la veille au soir avec Mrs Bale. Elle lui avait confié que Sir George était furieux à l'idée que la police allait revenir munie d'un mandat de perquisition.

— La personne qui a mis cette bûche dans le cercueil savait qu'elle allait déclencher une fichue empoignade. Lady Clarissa va devenir folle, quand elle sera au courant !

— La disparition du corps de son oncle la perturbe visiblement.

— Pensez-vous ! Ce qui la tracasse, c'est l'idée de perdre toute cette sacrée fortune de Gadsley, s'il divorce d'elle. Avant l'arrivée de la police, ils se sont battus comme des chiffonniers. Il la menaçait de lui couper les vivres et de lui faire un procès pour adultère. Et ça lui serait facile parce que, quand elle se rendait tous les week-ends à Ipford, ce n'était pas seulement pour voir son oncle... Elle ne l'aimait pas tant que ça, je le sais de source sûre.

Mrs Bale s'était arrêtée de cancaner le temps de préparer le thé. Wilt avait rompu le silence :

— J'avoue que je trouve Sir George particulièrement atroce. Je n'ai jamais connu quelqu'un renfermant en lui une telle violence. J'ai du mal à l'imaginer en tant que juge. Je détesterais passer sous ses fourches caudines.

— Vous comprenez donc qu'il soit haï dans le village. C'est un véritable monstre, renchérit Mrs Bale en lui offrant une tasse de thé. Enfin, pour être honnête, dans leur couple il n'y en a pas un pour racheter l'autre.

— À votre avis, quand va-t-il avouer à Clarissa que le corps de son oncle a disparu ?

— Jamais, s'il a deux sous de bon sens ! Il faut espérer qu'on remettra la main dessus avant que les choses tournent vraiment au vinaigre.

Wilt avait souvent pensé que rien n'était pire que d'avoir ces quatre filles odieuses : elles semaient la terreur dans leur école et il en serait responsable toute sa vie, n'ayant pas le moindre espoir de pouvoir jamais divorcer. Assis dans les bois, il se dit pour la énième fois que s'il n'avait pas épousé cette damnée Eva, il n'aurait pas récolté ces insupportables sorcières. Mais il n'avait aucun souvenir de la façon dont les choses s'étaient passées ; en fait, c'était elle qui lui avait demandé sa main alors qu'il était ivre et ne savait plus ce qu'il faisait. Maintenant, il savait ce qu'il avait fait…

Le premier chien renifleur le tira de ses pensées lorsqu'il déboucha soudain sur le chemin en aboyant furieusement, suivi de trois policiers en civil. Mais, avant même que Wilt ne s'en rende compte, le chien fila avec son maître-chien au milieu d'un épais massif de jeunes pins.

— Va voir ce que le chien a senti, dit un des autres policiers à son collègue, tout en sortant un carnet de sa poche. Je reste ici pour poser quelques questions à cet individu… Puis-je avoir vos nom et adresse, je vous prie ?

— Wilt… Henry Wilt. Je réside au manoir, chez Sir George. Il vous confirmera mon identité.

— Comment s'épelle votre nom ?

Wilt commençait à le lui dire quand un grand cri retentit de la forêt de pins :

— Le chien a déniché un macchabée à poil avec une jambe de bois. On rapplique au galop.

— Pourquoi ? lança le policier qui interrogeait Wilt.

— Parce que ça pue l'enfer, t'as pas idée !

Deux minutes plus tard, les maîtres-chiens, le nez recouvert d'un mouchoir, ressortirent du bois.

— Enfer et damnation ! Il y en a deux là-dedans.

— Deux quoi ?

— Deux cadavres ! L'un est couché sur le ventre, l'autre appuyé contre un arbre. Je croyais qu'on cherchait seulement un corps ?

— Oui, c'est pour ça qu'on est là. Enfin, qu'on était là. Mais au moins on a obéi aux ordres du chef. Il va être content de notre doublé… Où est le chien ?

— Sans doute en train de vomir tripes et boyaux. Si j'étais resté deux minutes de plus là-bas, j'en aurais fait autant... À propos, où est le type qui était ici quand on est arrivé ?

Wilt avait profité des cris et du remue-ménage pour foncer jusqu'au cimetière et se cacher derrière l'autel de la chapelle. Par le passé, il avait trop souffert de ses rencontres avec des flics essayant toujours de lui coller sur le dos des crimes qu'il n'avait pas commis. Il avait fui avant d'entendre qu'ils avaient découvert un second cadavre, et avant l'arrivée en trombe des quadruplettes poursuivies par les deux chiens qui se délectaient en les reniflant.

Mais, au bout de trois quarts d'heure, Wilt était tellement courbatu qu'il se glissa hors de sa cachette et s'éloigna du cimetière. Il longea de près le mur ceinturant le domaine de Sandystone jusqu'à la grille de derrière et se précipita dans le parking. Pour la première fois de la matinée, il se sentit à l'abri des balles et de la police. Traversant la cour à grandes enjambées, il gagna ensuite la cuisine où, comme à son habitude, Mrs Bale buvait une tasse de thé.

— Je vois qu'un peu de thé vous ferait du bien. Mais, pour l'amour du Ciel, où étiez-vous passé ? À vous voir, on dirait que vous avez traversé une jungle de sapins !

— Vous avez raison, pour la jungle et j'adorerais boire une tasse de thé. La police a découvert le corps du Colonel totalement nu et puant d'une façon abominable.

Mrs Bale frissonna.

— Ça ne me surprend pas. Mais je ne comprends pas pourquoi on l'a déshabillé. C'est aussi insensé que de l'avoir caché dans les bois. Et pourquoi mettre une bûche dans son cercueil ?

Wilt haussa les épaules en répondant qu'il n'en savait rien.

— Il y a un fou dans les parages, ajouta-t-il. Qu'en dit Sir George ?

Mrs Bale hésita avant de déclarer :

— À dire vrai, quand il a su que le cercueil était vide, il a pensé que c'était vous ou Edward qui aviez pris le corps.

— C'est ridicule !

— Je ne dis pas que c'est vous, c'est juste ce que croit Sir George... C'est bien le Colonel, n'est-ce pas ? Il avait une jambe de bois ?

— Qui ça pourrait être d'autre ? Et le corps n'avait qu'une jambe, d'après ce qu'a crié un des policiers.

— Pas de doute, donc. Lady Clarissa va être folle de rage, quoique le pire ait été évité : au moins on a retrouvé le corps. Je vous l'avoue, j'en ai marre de la voir se morfondre.

— Vous voulez dire qu'elle est en grand deuil ?

Mrs Bale éclata de rire.

— Jamais de la vie ! Mais désormais elle n'a plus d'excuses pour se rendre à Ipford tous les week-ends et s'envoyer son garagiste.

— Ah oui, bafouilla Wilt, mal à l'aise comme chaque fois qu'il devait évoquer la vie sexuelle de Lady Clarissa. Bon, il est temps que j'aille leur parler du corps.

Quittant la cuisine, il emprunta le couloir jusqu'au bureau, où il tomba sur le commissaire principal en grande discussion avec Sir George et Lady Clarissa, qui ne cessait de beugler.

Le commissaire dévisagea Wilt d'un air méfiant.

— Où étiez-vous ? Et à propos, que faisiez-vous si près des corps ? D'après mes hommes, quand ils sont arrivés sur les lieux, vous vous teniez à seulement quarante mètres.

Wilt trouva étrange la façon dont le commissaire donnait du pluriel à un singulier. Mais sans doute était-ce pour impressionner Sir George. Il jeta un regard nerveux vers Lady Clarissa en se demandant pourquoi elle était si bouleversée, étant donné que le corps de son oncle avait été retrouvé.

— Et alors ? Comment pouvais-je savoir qu'il y avait une tombe toute proche ? J'ai déclaré à vos policiers que j'étais sorti faire une promenade matinale, loin de cet idiot à qui je dois donner des leçons. Vous ne le savez peut-être pas, mais ce garçon passe son temps à tirer sur tout ce qui bouge. Voilà pourquoi je ne sors qu'à l'aube ; et voilà pourquoi ma femme est partie avec les quadruplettes.

— Les quoi ?

— Nos quatre filles, nées en même temps, tenta d'expliquer Wilt malgré les lamentations toujours plus bruyantes de Lady Clarissa.

Le commissaire changea d'angle d'attaque :

— Et l'odeur ? Mes hommes l'ont trouvée dégoûtante... absolument répugnante. Comment avez-vous réussi à vous détendre, tranquille comme Job ? C'est ce que j'aimerais bien savoir. Vous vous trouviez à seulement quarante mètres du site et vous n'en avez pas été incommodé ? Le chien renifleur n'a pas hésité une seconde...

— Je ne suis pas un chien renifleur. Je me suis simplement assis pour me reposer et contempler la vue.

Mais il soufflait alors un vent d'est violent qui a dû chasser la puanteur dans la direction opposée.

— Exact, admit le commissaire d'une voix frustrée.

Ce salaud répondait logiquement à chacune de ses questions.

— Mais dites-moi, insista-t-il néanmoins en clignant des yeux pour paraître malin et pro, qu'est-ce que vous avez à me dire au sujet du second cadavre - qui, lui, n'avait aucune odeur ?

28

TOUT EN ÉCOUTANT LE COMMISSAIRE soumettre Wilt à une batterie de questions, Sir George tirait certaines conclusions. Bon Dieu, comme il maudissait le jour où il avait épousé cette belle femme à la moralité de chatte en chaleur, flanquée d'un fils qui n'avait pas plus de chances d'entrer à l'université que de courir le cent mètres en moins de dix secondes ! Et maintenant c'était le bouquet ! Ce parfait crétin avait apparemment vidé le cercueil et emporté le corps – sans doute pour l'utiliser comme cible. Et puis il s'était tiré dessus par accident ! Clarissa, qui était à présent inconsolable, allait le lui faire payer très cher, il en était certain.

Qu'Edward l'ait bien cherché, Sir George en était convaincu, mais il réfléchissait déjà à la manière d'éviter le scandale qui allait éclater et qui rejaillirait presque totalement sur lui. Le premier à en faire des gorges chaudes serait ce maudit vicaire. Toutefois, calcula Sir George, s'il arrivait à mettre la mort d'Edward sur le dos de Wilt, il aurait une chance de s'en sortir ; de plus, si Wilt était reconnu coupable, Clarissa n'aurait plus qu'à se mordre les doigts d'avoir introduit cet homme à Sandystone.

Le commissaire serait de son côté, estima Sir George, car il semblait considérer Wilt avec la plus grande méfiance. De fait, son interrogatoire prenait un ton des plus désagréables.

— Quel autre corps ? demanda Wilt ahuri.

— Mon Edward chéri... Edward, mon fils et mon seul héritier ! Mon Edward adoré ! brailla Clarissa, percluse de douleur.

Puis, se tournant vers son mari, elle s'écria :

— Tout est ta faute ! Tu ne l'as jamais aimé. Tu l'as laissé utiliser tes fusils et tu l'as encouragé à se suicider.

— C'est totalement faux ! Je n'y peux rien si Edward était stupide... En tout cas, s'il y a un coupable, ça doit être Wilt.

— Minute ! protesta Wilt. Pourquoi moi ? Je ne suis concerné en rien. Et puis quoi ? Edward est mort, lui aussi ?

Sir George cessa de lui prêter attention pour accabler sa femme :

— C'est toi qui l'as amené ici pour donner des cours à ton fils débile, et j'ai la preuve qu'il lui a enseigné l'histoire de la guerre. Cela a dû donner des idées à Eddie, qui a volé le corps de ton oncle pour s'en servir de cible. Il n'est pas impossible que Wilt l'ait aidé à installer le cadavre dans les bois.

Wilt pâlit et se laissa tomber sur un siège.

Sir George, ravi de sa théorie, poursuivit :

— Et je te le demande, comment se fait-il que le Colonel soit mort à un moment aussi opportun ? Juste quand Wilt est arrivé. Et ne crois pas que j'ignore que tu mourais d'envie de te l'envoyer...

— Espèce d'ignoble salaud ! sanglota Clarissa. Mon oncle est mort et tu t'en fiches éperdument. Tu n'as même pas voulu qu'il soit enterré dans le cimetière familial. Et voilà que tu insultes la mémoire de mon cher fils. C'est toi qui as tué Edward, pas moi. Oui, toi ! Pour t'assurer qu'aucune personne ne faisant pas partie de ta famille ne te survivrait.

— Mais non, ma chère, pas moi. Toi et ton amant Wilt, vous êtes sûrement de mèche.

Wilt ne put en supporter davantage :

— Contactez l'inspecteur Flint à Ipford, lança-t-il au commissaire. Il se portera garant de mon innocence.

— C'est déjà fait, répondit le commissaire... à l'instant même où le dénommé Flint rejoignait la mêlée.

— Flint ! s'écria Wilt, ce que je suis content de vous voir ! Dites-leur que je suis incapable de tuer une mouche.

L'inspecteur, l'air impassible, répliqua :

— Cette fois-ci, c'est peut-être différent. Jusqu'à maintenant, je n'ai pas réussi à vous coincer. Mais j'ai l'impression qu'on vous a enfin pris la main dans le sac.

Wilt se rendit alors compte qu'il était dans un sacré bourbier et que personne ne l'aiderait à s'en dépêtrer. Cette situation tournait très vite au cauchemar. À qui la faute ? À Eva, bien sûr. Elle avait tout manigancé. Quand il s'en serait sorti, il sévirait : les quadruplettes retourneraient illico au Convent.

— Mais quelle raison aurais-je eue de tuer Edward ?

Sir George lui fournit la réponse :

— Vous saviez qu'il était idiot et qu'il avait tiré sur vos filles.

— Oui, mais...

Sentant qu'il perdait le contrôle de la situation, le commissaire intervint :

— Lady Clarissa, je dois vous demander si vous avez euh... eh bien... des relations avec Mr Wilt, comme le prétend votre mari ?

Elle se tourna vers Sir George en hurlant :

— N'essaie pas de m'accuser, gros salaud !

— Allons, restons calmes, intervint Flint d'un ton tranquille mais ferme pour tenter de faire preuve d'autorité.

— Wilt, diriez-vous que vous n'étiez pas près du lieu du crime ? insista le commissaire.

— Non, je n'ai pas dit ça. J'étais près de l'endroit où les corps ont été découverts, étant donné que je me promène souvent dans les parages.

— Vous avouez donc que vous êtes impliqué ?

— Mais pas du tout ! Comme je viens de le dire, j'étais proche de la scène de crime, mais ça ne signifie en rien que je suis impliqué dans le crime ni que ma présence est un crime.

— Si vous n'êtes pas impliqué alors que faisiez-vous sur les lieux ? demanda Flint qui, comme chaque fois qu'il affrontait Wilt, ressentait un début d'effondrement mental.

— Écoutez, je n'avais aucun intérêt à la mort d'Edward. D'autant que j'ai accepté ce job parce que j'avais besoin de l'argent qu'il me rapporterait. Edward disparu, je ne suis plus d'aucune utilité ici.

— Ah, mais si cela vous laissait libre pour vous rendre utile à d'autres tâches ! s'écria Sir George, toujours résolu à compromettre Wilt.

— Je n'étais pas prête à le payer pour ça ! laissa échapper Lady Clarissa avant d'avoir pu se contrôler.

— Alors vous aviez l'intention de le payer pour quoi ? lui lança Flint.

— Pour rien du tout. C'est Sir George qui devait le payer.

Wilt, Flint et le commissaire se tournèrent vers Sir George.

— Quoi ? hurla celui-ci. Mais je n'ai convenu de rien. C'est Lady Clarissa qui a organisé la venue de Wilt ici. C'est elle.

Wilt, Flint et le commissaire se tournèrent vers Lady Clarissa.

— Es-tu en train de suggérer que je me serais arrangée pour que Wilt tue mon cher petit Edward ? Il était là pour lui donner des cours afin qu'Eddie entre à Cambridge !

Vu ce qu'il avait appris sur Edward, Flint ne crut pas à cette version des faits. Cependant, il était maintenant totalement perdu, incapable de discerner qui avait organisé quoi ni avec qui, et quel avait été le rôle de Wilt dans ce plan si bien conçu avant qu'il ne s'écroule. Mais l'avait-il été vraiment ? N'y comprenant donc plus rien, Flint prit la tangente :

— Écoutez, tout ça ne mène nulle part. Arrêtons-nous là et allons interroger le personnel, sans oublier Mrs Wilt et ces quatre filles.

Accompagné du commissaire et d'un policier, il se rendit à la cuisine pour qu'on leur prépare une tasse de thé, mais il n'y avait personne. Ils durent se contenter d'un verre d'eau du robinet.

Mrs Bale entra alors dans le bureau par l'autre porte, apportant un verre de whisky à Sir George et une tasse de thé à Wilt qui, à son avis, en avait grand besoin. Lady Clarissa alla elle-même se servir un cognac.

Wilt avala rapidement son thé et quitta la pièce pour partir à la recherche d'Eva et des quadruplettes. Il voulait qu'elles se préparent à quitter le manoir, avec ou sans lui. Assises ensemble au bord des douves, elles avaient été rejointes par le premier chien renifleur puis par le second. Les deux colleys leur donnaient d'amicaux coups de patte, malgré les efforts continuels d'Eva pour les repousser.

— Maman, est-ce que papa va être arrêté ? demanda Emmeline.

— Ça ne serait pas juste. Ce stupide gamin s'est tué lui-même, précisa Samantha.

Wilt la dévisagea.

Soudain, il eut la certitude que les redoutables quadruplettes étaient impliquées dans ces vacances-cadeau qui avaient viré à la tragédie. Seigneur ! Il aurait dû s'en douter. Pas question, donc, que Flint ou les autres policiers s'approchent des filles : il fallait laisser les quadruplettes hors circuit par tous les moyens. Il leur ordonna de ne parler à personne et d'aller s'asseoir dans la voiture en l'attendant. Comme elles refusaient d'obéir, il leur tendit deux billets de dix livres. Elles déguerpirent aussitôt, secrètement ravies de s'éloigner de ces chiens par trop amoureux. Sans répondre aux questions d'Eva, Wilt la somma de le suivre. Voyant sa mine, elle lui obéit pour une fois sans discuter. Ils retournèrent au manoir.

Conscient qu'il ne pourrait pas se tirer d'affaire sans l'aide de sa femme, Sir George se demandait comment réussir à obtenir sa collaboration.

Lady Clarissa sanglotait quant à elle dans son verre, se sentant horriblement coupable de ne pas avoir témoigné à l'oncle Harold le respect qui lui était dû, et d'avoir causé la mort de son fils bien-aimé par ses pensées lascives et son désir de séduire Wilt.

Pour la première fois depuis bien longtemps, Sir George s'approcha de Lady Clarissa et l'enlaça comme s'il désirait la consoler. Une situation dramatique exigeant des mesures au diapason, il lui murmura :

— Ma chérie, je suis désolé pour Eddie... je veux dire Edward. Je ne voulais pas qu'il se tue – seulement qu'il s'amuse avec mes fusils car c'était la seule chose qui semblait lui faire plaisir. Si cela peut te réconforter, j'accepte qu'il soit enterré ici. Quoique, pour être tout à fait exact, il ne fasse pas tout à fait partie de la famille Gadsley...

Il se tut un instant car Lady Clarissa se lamentait de plus belle. Puis il reprit :

— ... il doit bien sûr être enterré tout près. De plus, je t'offre le billet d'avion pour que tu emmènes les cendres de ton oncle au Kenya, afin de respecter ses dernières volontés. Et quand tu seras là-bas, pourquoi n'en profiterais-tu pas pour prendre de longues vacances ?

Lady Clarissa n'était pas née de la dernière pluie. Elle tourna son visage noyé de larmes vers son mari et lui demanda :

— Et que dois-je faire, en retour d'un tel assaut de bontés ?

— Mais rien du tout. Sauf dire à ces policiers qu'Edward savait où se trouvaient les clés de l'armoire à fusils. Et je te jure sur la tombe de ma mère que je n'ai jamais souhaité la mort de ton fils. Ce fut un accident tragique pour ce pauvre garçon.

Sir George fut plus que convaincant. Clarissa ne se rappela que bien plus tard, quand elle fut assise dans l'avion, en première classe naturellement, que la mère de Sir George avait été une des rares Gadsley à ne pas être enterrée dans le cimetière familial. En fait, Sir George n'avait jamais su ce qu'il était advenu du corps de sa mère après qu'elle avait été emportée par une énorme vague pendant des vacances sur la Costa Brava. C'est du moins ce que son père avait prétendu.

L'inspecteur Flint et le commissaire revinrent dans le bureau, bien résolus à tirer au clair cette mort ou ces deux morts ou ces deux meurtres ou ces un meurtre et une mort ou Dieu sait quoi.

Ils furent accueillis par une ambiance très différente de celle qui y régnait une demi-heure plus tôt. Sir George s'était rabiboché avec sa femme, et l'on sentait comme un air de réconciliation entre eux tandis qu'ils échangeaient des sourires contrits.

— Commissaire, inspecteur..., commença Lady Clarissa d'un air majestueux, je suis désolée que vous ayez perdu votre temps à enquêter sur ce qui n'a été qu'un tragique accident. Mon pauvre bêta de fils... – là, elle marqua une pause pour renifler bruyamment – a sans doute essayé de m'aider en se chargeant du corps de mon oncle, après que mon mari a refusé par erreur d'admettre qu'il faisait partie de la famille. Il aura pensé qu'il pouvait l'enterrer lui-même ici, et il a trébuché en le faisant, se blessant mortellement.

— Mais pourquoi a-t-il déshabillé le corps ? s'enquit Flint.

— Seul Edward le sait, intervint Sir George en glissant son bras autour de l'épaule de sa femme pour la soutenir. Mais j'imagine qu'il a voulu donner les médailles de son oncle à sa pauvre mère pour qu'elle se souvienne de lui.

Il se tut en voyant Wilt entrer, avec Eva à la traîne. Oubliant l'attitude grossière de Lady Clarissa un peu plus tôt, Eva déclara que la fin tragique d'Edward l'avait navrée, ajoutant qu'il était préférable pour tous que les Wilt quittent le manoir immédiatement. Ils pourraient faire les comptes plus tard, quand l'enquête de police serait terminée.

— Que voulez-vous dire par « faire les comptes » ? voulut savoir Flint.

— L'argent que Lady Gadsley doit à Henry pour les leçons données à Edward, répondit Eva. Vu les circonstances, nous oublierons les frais supplémentaires encourus tout du long.

— Ainsi Wilt devait être payé pour donner des leçons à votre fils et non pour..., bégaya Flint.

— C'est ce que j'ai dit, mais vous ne m'avez pas cru, rétorqua Wilt. Maintenant que vous êtes en possession du corps du Colonel, vous pourrez facilement vérifier s'il a été assassiné ou s'il est mort par sa propre faute. Dans la famille, on a un certain faible pour l'alcool. Vous savez où me trouver, en cas de circonstances suspectes... Mais dites-moi, Flint, vous pensez sérieusement que je serais resté près de quelqu'un tirant à balles réelles ? Vous me connaissez trop bien pour le croire. Comme vous saviez déjà qu'il y avait peu de chances que je puisse tuer quelqu'un. Que vous ayez pu envisager une telle possibilité me déçoit beaucoup !

Alors qu'ils avaient eu trois suspects, Flint et le commissaire n'en avaient plus aucun. Mais le commissaire avait encore une carte à jouer :

— Sir George, même si la cause de la mort d'Edward est accidentelle, je vais vous accuser d'avoir enfreint la loi en ne fermant pas à clé votre armoire à fusils, un délit qui a entraîné la mort involontaire d'un jeune homme.

Entendant ça, Lady Clarissa prit son mouchoir et gémit d'une façon tout à fait convaincante que Sir George la fermait toujours à clé, mais qu'Edward avait trouvé les clés et pris un fusil. Le commissaire se voûta. Il allait devoir vider les lieux sans inculper personne, pas même cet odieux Sir George. Son rêve de mettre aux fers ce pseudo-aristocrate et de recevoir de vives félicitations de son supérieur s'évanouit.

Les Wilt se retirèrent, laissant Flint défait et terriblement déçu. Il avait été pourtant certain un court instant que, cette fois-ci, Wilt ne lui échapperait pas. Et il s'était trompé. Pourtant, il restait tellement de questions sans réponses...

Pourquoi avait-on mis une bûche dans le cercueil ?

Pourquoi avait-on déshabillé le Colonel, s'il s'agissait juste de lui enlever ses médailles ?

Pourquoi Wilt était-il toujours dans les parages quand on trouvait des cadavres ?

Et pourquoi lui avait-on infligé à lui, malheureux Flint, de croiser une fois de plus le chemin de Wilt ?

29

EDWARD FUT ENTERRÉ DANS LE CIMETIÈRE FAMILIAL, sous la houlette de Sir George. Au même moment, le Colonel fut incinéré, l'autopsie ayant prouvé l'absence de poison et de toute autre matière suspecte dans son organisme. Ses cendres furent mises dans une urne et apportées à Lady Clarissa. Ses médailles, finalement dénichées par un chien renifleur emprunté à la police locale, furent enfermées dans l'urne afin que le Colonel soit symboliquement réuni à son ancien régiment. En échange, Sir George dut démissionner de la cour.

Le lendemain, Clarissa s'envola pour le Kenya, après que l'urne eut été ajoutée à ses excédents de bagages. Elle passa trois mois de vacances dans divers hôtels cinq étoiles. Son garagiste la conduisit à l'aéroport, puis il disparut mystérieusement pendant douze semaines. Quand Lady Clarissa regagna Sandystone, son visage rayonnait mais, comme Mrs Bale le confia au facteur, elle n'était nullement bronzée.

Pendant son absence, Sir George emprunta le chien renifleur pour retrouver la caravane de sa Philly bien-aimée. Il l'accueillit dans la cuisine puis dans son lit. Il mourut subitement deux mois plus tard, mais le médecin venu constater son décès remarqua son grand sourire. Était-ce un excès de cochon de lait ou l'abus d'activités exténuantes pour ses artères encrassées ? Personne n'en serait jamais certain. La lecture de son testament n'entraîna aucune surprise : tout revint à Lady Clarissa – sauf l'ordinateur, le fax et le téléphone dissimulés dans le lavabo secret, qui allèrent à Mrs Bale ainsi que la torche.

Les quadruplettes furent péniblement réintégrées dans leur école privée : Lady Clarissa s'était fendue. Elle avait versé le montant du bonus ainsi que le traitement hebdomadaire de Wilt, affirmant que ce n'était pas sa faute si Edward n'avait pas réussi son examen d'entrée à l'université. La directrice vit d'un très mauvais œil le retour des quatre filles armées à la fois de téléphones mobiles et de iPod. Mais en partant, Wilt les avait mises en garde : il confisquerait tout leur matériel électronique à la moindre incartade. Et pendant au moins un trimestre, elles se tinrent à carreau.

De retour à Ipford, Wilt et Peter Braintree partagèrent une pinte de bière aux Armes du bourreau en se mettant au courant des derniers événements avant le début de la nouvelle année. Peter avait attendu avec impatience d'affranchir Wilt, et celui-ci ne le déçut pas tant il fut stupéfait d'apprendre que l'université Fenland serait fermée et remplacée par un collège technique. Wilt s'effondra à moitié sur son siège, bouche bée.

— Bon Dieu, qui aurait pensé que je vivrais assez vieux pour entendre ça ? s'écria-t-il ensuite. Pas moi, en tout cas. C'est incroyable et… absolument formidable ! Ce maudit bahut n'aurait jamais ouvert, sans la folie de Mayfield et de son copain Vark.

— Tu oublies Pinson, ce salaud, ce voleur de multimilliardaire qui, voulant être élu à la Chambre des lords, a donné un milliard aux deux principaux partis politiques pour être sûr d'atteindre son but. C'est ainsi que Fenland a été autorisée à construire malgré tout ces bâtiments dégueulasses.

— À propos d'argent, qu'est-ce qui va se passer ? Les quadruplettes sont retournées dans leur pension et ça me coûte une sacrée fortune.

Peter réfléchit un instant :

— Il va nous falloir attendre un peu pour savoir ce que les hautes autorités veulent de nous. Ou, plus exactement, à quelle sauce elles vont nous manger. Ces messieurs vont sans doute faire appel à de nouveaux maîtres de conférences. Ou au contraire proposer de nouvelles matières avec de vieux profs comme nous.

— Tu crois qu'ils vont réintroduire les études classiques ? demanda Wilt. À une époque, j'ai dirigé avec plaisir un de ces départements, et j'en ai plus que marre de ces foutus ordinateurs.

— Qui sait ? Il est certain que le gouvernement a une peur bleue des chiffres énormes du chômage et du manque de main-d'œuvre qualifiée. Je ne serais donc pas surpris si on était noyés sous une masse de jeunes s'inscrivant à des programmes de promotion. Il suffirait que le gouvernement s'inspire de la loi de 1944, qui comprenait une heure d'études classiques obligatoire par semaine, et tu récupérerais ton vieux job en quatrième vitesse. Mais comme tu es déjà directeur des études informatiques, quoi qu'il arrive, on ne te coupera pas la tête.

— Bon, et comme on parle toujours anglais - ou presque -, tu n'as pas à t'en faire non plus. Pour compenser notre déclassement en n'appartenant plus à une université, il est possible que nous soyons mieux payés.

— Tu parles ! En livres dévaluées, soupira Braintree. Mais quelle aubaine ! Allez, je nous offre une nouvelle tournée.

Wilt se sentit soudain plein d'espoir.

Il s'occuperait d'Eva et des quadruplettes lors du prochain drame qui ne manquerait pas d'éclater. Mais il pria Dieu que ce soit le plus tard possible.

Collection « Littérature étrangère »

ADAMS Poppy
Le Temps des métamorphoses

ADDERSON Caroline
La Femme assise

AGUÉEV M.
Roman avec cocaïne

ALI Monica
Sept mers et treize rivières
Café Paraíso
En cuisine

ALLISON Dorothy
Retour à Cayro

ANDERSON Scott
Triage
Moonlight Hotel

ARLT Roberto
Les Sept Fous
Les Lance-Flammes

ARPINO Giovanni
Une âme perdue
Le Pas de l'adieu
Mon frère italien

AUSLANDER Shalom
La Lamentation du prépuce
Attention Dieu méchant

BAXTER Charles
Festin d'amour

BENIOFF David
24 heures avant la nuit

BLOOM Amy
Ailleurs, plus loin

BROOKNER Anita
Hôtel du Lac
États seconds
La Vie, quelque part
Une chute très lente
Une trop longue attente
Fêlures
Le Dernier Voyage

BROOKS Geraldine
Le Livre d'Hanna
La Solitude du Dr March
L'Autre Rive du monde

BROWN Clare
Un enfant à soi

CABALLERO Antonio
Un mal sans remède

CAÑÓN James
Dans la ville des veuves intrépides

CONNELL D. J.
Julian Corkle est un fieffé menteur
Sherry Cracker et les sept voleurs

CONROY Pat
Le Prince des marées
Le Grand Santini

COURTENAY Bryce
La Puissance de l'Ange

CUNNINGHAM Michael
La Maison du bout du monde
Les Heures
De chair et de sang
Le Livre des jours
Crépuscule

DORRESTEIN Renate
Vices cachés
Un cœur de pierre
Sans merci
Le Champ de fraises
Tant qu'il y a de la vie

DOUGHTY Louise
Je trouverai ce que tu aimes

DUNANT Sarah
La Courtisane de Venise

DUNMORE Helen
Un été vénéneux
Ils iraient jusqu'à la mer
Malgré la douleur
La Faim
Les Petits Avions de Mandelstam
La Maison des orphelins

EDELMAN Gwen
Dernier refuge avant la nuit

ELTON Ben
Nuit grave
Ze Star

FERRARIS Zoë
La Disparue du désert
Les Mystères de Djeddah

FEUCHTWANGER Lion
Le Juif Süss

FLANAGAN Richard
La Fureur et l'Ennui
Désirer

FREY James
Mille morceaux
Mon ami Leonard

FROMBERG SCHAEFFER Susan
Folie d'une femme séduite

FRY Stephen
L'Hippopotame
Mensonges, mensonges
L'Île du Dr Malo

GALE Patrick
Chronique d'un été
Une douce obscurité
Tableaux d'une exposition
Jusqu'au dernier jour

GARLAND Alex
Le Coma

GEE Maggie
Ma bonne

GEMMELL Nikki
Les Noces sauvages
Love Song

GILBERT David
Les Normaux
Les Marchands de vanité

GUSTAFSSON Lars
La Mort d'un apiculteur

HAGEN George
La Famille Lament
Les Grandes Espérances du jeune Bedlam

HOMES A. M.
Mauvaise mère

HOSSEINI Khaled
Les Cerfs-Volants de Kaboul
Mille soleils splendides
Les Cerfs-Volants de Kaboul (roman graphique)

JOHNSTON Jennifer
Petite musique des adieux
Ceci n'est pas un roman
De grâce et de vérité
Un Noël en famille

JONES Kaylie
La fille d'un soldat ne pleure jamais
Dépendances

JORDAN Hillary
Mississippi

KAMINER Wladimir
Musique militaire
Voyage à Trulala

KANON Joseph
L'Ultime Trahison
L'Ami allemand
Alibi

KENNEDY Douglas
La Poursuite du bonheur
Rien ne va plus
Une relation dangereuse
L'homme qui voulait vivre sa vie
Les Désarrois de Ned Allen
Les Charmes discrets de la vie conjugale
Piège nuptial
La Femme du Ve
Quitter le monde
Cet instant-là

KLIMKO Hubert
La Maison de Róża
Berceuse pour un pendu
Les Toutes Premières Choses

KNEALE Matthew
Les Passagers anglais
Douce Tamise
Cauchemar nippon
Petits crimes dans un âge d'abondance
Maman, ma sœur, Hermann et moi

KOCH Herman
Le Dîner

LAMB Wally
Le Chant de Dolorès
La Puissance des vaincus
Le Chagrin et la Grâce

LAWSON Mary
Le Choix des Morrison
L'Autre Côté du pont

LEONI Giulio
La Conjuration du Troisième Ciel
La Conspiration des miroirs
La Croisade des ténèbres

LI Yiyun
Un beau jour de printemps
Un millier d'années de bonnes prières

LISCANO Carlos
La Route d'Ithaque
Le Fourgon des fous
Souvenirs de la guerre récente
L'Écrivain et l'Autre
Le Lecteur inconstant suivi de *Vie du corbeau blanc*

LOTT Tim
Frankie Blue
Lames de fond
Les Secrets amoureux d'un don Juan
L'Affaire Seymour

MADDEN Deirdre
Authenticité

MARCIANO Francesca
L'Africaine
Casa Rossa
La Fin des bonnes manières

MCCANN Colum
Danseur
Les Saisons de la nuit
La Rivière de l'exil
Ailleurs, en ce pays
Le Chant du coyote
Zoli
Et que le vaste monde poursuive sa course folle

MCCOURT Frank
Les Cendres d'Angela
C'est comment l'Amérique ?
Teacher Man, un jeune prof à New York

MCGARRY MORRIS Mary
Mélodie du temps ordinaire
Fiona Range
Un abri en ce monde
Une douloureuse absence
Le Dernier Secret

MERCURIO Jed
La Vie sexuelle d'un Américain sans reproche

MILLS Jenni
Le Murmure des pierres

MORTON Brian
Une fenêtre sur l'Hudson
Des liens trop fragiles

MURAKAMI Haruki
Au sud de la frontière, à l'ouest du soleil
Les Amants du Spoutnik
Kafka sur le rivage
Le Passage de la nuit
La Ballade de l'impossible
L'éléphant s'évapore

VREELAND Susan
Jeune fille en bleu jacinthe

WATSON Larry
Sonja à la fenêtre

WEBB Katherine
L'Héritage

WEISGARBER Ann
L'Histoire très ordinaire de Rachel Dupree

WELLS Rebecca
Fleurs de Ya-Ya

WEST Dorothy
Le Mariage

WINGFIELD Jenny
Les Ailes de l'ange

ZHANG Xianliang
La mort est une habitude
La moitié de l'homme, c'est la femme

ZWEIG Stefan
Le Monde d'hier. Souvenirs d'un Européen

Cet ouvrage a été imprimé par
CPI Firmin-Didot à Mesnil-sur-l'Estrée
en mars 2012

Composition et mise en pages : FACOMPO, LISIEUX

Dépôt légal : avril 2012
N° d'édition : 5028/01 - N° d'impression : 110396
Imprimé en France